中華書局

西遊記

吳承恩 著

二

卻說那兩個小妖，將假葫蘆拿在手中，爭看一會，忽擡頭不見了行者。伶俐蟲道：「哥呵，神仙也會打誑語。他說換了寶貝，度我等成仙，怎麼不辭就去了？」精細鬼道：「我們便宜的多哩，他敢去得成？拿過葫蘆來，等我也裝裝天，試演試演看。」把葫蘆往上一拋，撲的就落將下來，慌得個伶俐蟲道：「怎麼不裝，不裝，莫是孫行者假變神仙，將假葫蘆換了我們的真的去耶？」精細鬼道：「不要亂說，孫行者是那三座山壓住了，怎生得出來？拿過來，等我念他那幾句咒兒裝了看。」這妖也把葫蘆望空丟起，口中念道：「若有半聲不肯，就上靈霄殿上動起刀兵。」念不了，撲的又落將下來。兩妖道：「不裝，不裝，一定是個假的。」

正嚷處，大聖在半空裏將身一抖，把毫毛收上身來，弄得那兩妖四手皆空。精細鬼道：「兄弟，拿葫蘆來。」伶俐蟲道：「你拿著的，天呀，怎麼不見了？」都去地下亂摸，草裏亂尋，那裏得有。二妖唬得戰戰掙掙，道：「怎的好，怎的好！當時大王將寶貝付與我們，教拿孫行者。今行者不曾拿得，連寶貝都不見了，我們怎敢去回話？這一頓直直的打死了也。」伶俐蟲道：「我們走了罷！」精細鬼道：「不要走，還回去。二大王平日看你甚好，我推一句兒在你身上。他若肯將就，留討性命。說不過，就打死，還在此間。莫弄得兩頭不著。」那怪商議了，轉步回山。

行者在半空中見他回去，又搖身一變，變作蒼蠅兒，飛下去跟著小妖。你道他既變了蒼蠅，那寶貝卻放在何處？原來那寶貝與他金箍棒相同，叫作如意佛寶，隨身變化，可大可小，故蒼蠅身上亦可容得。「嚶」的一聲飛下，跟定那怪。到了洞裏，只見那兩個魔頭坐在那裏飲酒。小妖朝上跪下，二魔即停杯道：「你們來了，拿著孫行者否？」小妖叩頭，不敢聲言。老魔又問，又不敢應，只是叩頭。問之再三，小妖俯伏在地道：「赦小的萬千死罪！我等執著寶貝，走到半山之中，忽遇著蓬萊山一個神仙，他也有個葫蘆，善能裝天。我們也是妄想之心，養家之意，他的裝天，我的裝人，與他換了罷。原說葫蘆換葫蘆，伶俐蟲又貼他個淨瓶。誰想他仙家之物，經不得凡人之手，正試演處，就連人都不見了。萬望饒小的們死罪。」老魔聽說，暴躁如雷道：「罷了，罷了，這就是孫行者假粧神仙騙哄去了！那猴頭神通廣大，處處人熟，不知那個毛神放他出來，騙去寶貝。」

二魔道：「叵耐那猴頭著然無禮。既有手段，便走了也罷，怎麼又騙寶貝？我若沒本事拿他，永不在西方路上為怪！」老魔道：「怎生拿他？」二魔道：「我們有五件寶貝，去了兩件，還有三件，七星劍與芭蕉扇現在我身邊，那一條幌金繩在壓龍山壓龍洞老母親那裏收著哩。如今差兩個小妖去請母親來吃唐僧肉，就教他帶幌金繩來拿孫行者。」老魔道：「差那個去？」二魔道：「不差這樣廢物去！」將精細鬼、伶俐蟲一聲喝起。叫那常隨的伴當巴山虎、倚海龍來，吩咐去請老奶奶來吃唐僧肉，就帶了幌金繩來。

二怪領命疾走，怎知那行者在旁，一一聽得明白。他展開翅，飛將去，趕上巴山虎，釘在他身上。行經二三里，就要打殺他兩個。又思道：「打死他何難，但他奶奶不知住在何處，等我且問他一問再打。」好行者，「嚶」的一聲，躲離小妖，讓他先行，卻又搖身一變，也變作個小妖兒趕上同行。行了半日，行者道：「還有多遠？」倚海龍用手指道：「烏林子裏就是。」行者擡頭見一帶黑林不遠，即取出鐵棒，把兩個小妖搕作一團肉餅，卻拖在路旁深草科裏。即拔下一根毫毛變作巴山虎，自身卻變作倚海龍，三五步跳到林子裏。只見有兩扇石門，半開半掩，把門的一個女妖問道：「進去。」到了三層門裏，只見那正當中高坐著一個老媽媽兒，孫大聖見了不覺得傷心流淚起來。你道他哭怎的？他想到：「我為人做了一場好漢，止拜了三個人：西天拜佛祖；南海拜觀音；兩界山師父救了我，我拜了他四拜。今日見了此怪，若不跪拜，必定走了風訊。苦呵，算來只為師父有難，故使我受辱於人。到此際也沒奈何，只得撞將進去。」朝上跪下道：「奶奶磕頭。」那妖道：「我兒起來，你是那裏來的？」行者道：「蓮花洞二位大王差來，請奶奶去吃唐僧肉，教帶幌金繩要拿孫行者哩。」老怪大喜道：「好孝順的兒子！」就叫擡出轎來。即有兩個女怪，擡出一頂香藤轎，放在門外，掛上青絹緯幔。老怪起身出洞，坐在轎裏，兩個轎夫擡著。

行了五六里遠近，轎夫把轎子歇下坐坐。被行者掣出棒，著頭一磨，俱已了帳。那老怪轎子裏伸出頭來看時，亦被行者劈頭一棍打死。拖出轎來看處，原是個九尾狐狸。行者把他那幌金繩搜出來，籠在袖裏，歡喜道：「那潑魔縱有手段，已此三件兒寶貝姓孫了！」卻又拔兩根毫毛變作巴山虎、倚海龍，又拔兩根變作兩個擡轎的，他卻變作老奶奶坐在轎裏，將轎子擡起，徑回本路。

不多時，到了蓮花洞口，那把門的小妖即忙進去通報，兩個魔頭即命排香案來接。行者聽得，暗喜道：「造化，也輪到我為人了！」他即下了轎子，徑自進去。只見大小群妖，都來跪接，鼓樂響喨，爐靄香煙。他到正廳上南面坐下，兩個魔頭雙膝跪倒，朝上叩頭，叫道：「母親，孩兒拜見。」行者道：「我兒起來。」

卻說豬八戒吊在樑上，哈哈的笑了一聲。沙僧道：「二哥好呵，吊出笑來也。」八戒道：「兄弟，我笑中有故。我們只怕是老奶奶來了，就要蒸吃，原來不是奶奶，是那話兒來了。」沙僧道：「甚麼那話兒？」八戒笑道：「弼馬溫。」沙僧道：「你怎麼認得是他？」八戒道：「他彎倒腰還禮，那後面就掬起猴尾巴子。我比你吊得高，所以看得明白也。」沙僧道：「且不要言語，聽他說甚麼話。」

只見那大聖坐在中間，問道：「我兒，請我來有何事幹？」魔頭道：「母親呵，兒等久不曾孝順得。今早拿得東土唐僧，不敢擅吃，請母親來獻獻生，好蒸與母親吃了延壽。」行者道：「我兒，唐僧的肉，我倒不吃，聽見有個豬八戒的耳朵甚好，可割將下來整治整治我下酒。」那八戒聽見慌了，道：「遭瘟的，你來為割我耳朵的，我喊出來不好聽呵！」正說之間，只見幾個巡山的小怪撞將進來，報道：「大王，禍事了，孫行者打殺奶奶，他粧將來耶！」魔頭聞言，即掣七星寶劍，望行者劈臉砍來。大聖將身一幌，只見滿洞紅光，早已走了。正是那聚則成形，散則成氣。唬得個老魔頭魂飛魄散，道：「兄弟，把唐僧三眾與白馬、行李都送還那孫行者，閉了是非之門罷！」二魔道：「哥哥，你說那裏話？我不知費了多少辛勤，將那和尚攝將來，豈可容易送還？你且請坐勿懼。我聞說孫行者神通廣大，雖與他相會一場，卻不曾與他比試。取披掛來，等我尋他交戰三合。假如他勝我不過，唐僧還是我們之食。如我不能勝他，那時再送唐僧還他未遲。」

隨即結束齊整，執寶劍出門外高叫道：「孫行者！快還我寶貝與我母親，我饒你唐僧取經去。」大聖罵道：「這潑怪物錯認了你孫外公，趕早兒送還我師父、師弟，免得你外公動手。」二魔急縱雲跳在空中，輪寶劍來刺，行者掣鐵棒劈手相迎。他兩個在半空中戰了有三十回合，不分勝負。行者想道：「這潑怪倒也架得住老孫的鐵棒。我已得了他三件寶貝，卻這般與他苦殺，可不耽誤了工夫？不若拿葫蘆或淨瓶裝他去，多少是好。」又想道：「不好，不好。倘若叫他不答應，卻又不誤了事？且使幌金繩扣頭罷。」即一隻手把那繩拋起，刷喇的扣了魔頭。原來那魔頭有個《緊繩咒》，有個《鬆繩咒》。若扣住別人，就念《緊繩咒》；若扣住自家人，就念《鬆繩咒》。他認的是自家的寶貝，即念《鬆繩咒》，把繩脫出來，反望行者拋將去，卻早扣住了大聖。大聖正要變化脫身，卻被那魔念動《緊繩咒》，緊緊扣住，怎能得脫？褪至頸項之下，乃是一個金圈子套住。那怪將繩一扯，扯將下來，照光頭上砍了七八寶劍，行者頭皮兒也不曾紅了一紅。那魔把他牽著，帶至洞裏道：「兄長，拿將孫行者來了。」老魔一見，滿面喜笑道：「是他，是他，且把他拴在柱科上耍子！」二魔又將他身上細搜，把葫蘆、淨瓶都搜出來。兩個魔頭，卻進後面飲酒。

那大聖在柱根下爬蹅，獃子吊在樑上，哈哈的笑道：「哥哥呵，耳朵吃不成了！」行者道：「獃子，休講閒話，我如今就出去，管情救了你們。」一會價，他見面前無人，就弄神通順出棒來，即變作一個純鋼的銼兒；扳過那頸項的圈子，三五銼銼作兩段，扳開銼口脫將出來。拔根毫毛變作一個假身拴在那裏，真身卻幌一幌變作個小妖，立在跟前要偷他寶貝。真個甚有見識，走上前對那怪道：「大王，你看那孫行者拴在柱上，左右爬蹅，磨壞那根金繩，得一根粗壯些的繩子換將下來纔好。」老魔道：「說得是。」即將腰間的獅蠻帶解下，遞與行者。行者接了帶，把假行者拴住，換下那條繩子，一窩兒籠在袖內。又拔一根毫毛，變作一根假幌金繩，雙手送與那怪。那怪那曾細看，就便收下。

大聖得了這件寶貝，急轉身跳出門外，現了原身，高叫「妖怪」。小怪問道：「你是甚人，在此呼喝？」行者道：「你快早進去報與你那潑魔，說者行孫來了。」那小妖如言報告。老魔大驚道：「拿住孫行者，又怎麼有個者行孫？」二魔道：「哥哥，怕他怎的？寶貝都在我手中，等我拿那葫蘆出去把他裝將來。」隨即拿了葫蘆，走出洞門，問道：「你是那裏來的？」行者道：「是孫行者的兄弟，聞說你拿了我家兄，卻來與你尋事的。」二魔道：「你來尋事，必要索戰。我也不與你交兵，我且叫你一聲，你敢應我麼？」行者道：「可怕你叫上千聲，我就答應你萬聲。」那魔執了寶貝，跳在空中，把底兒朝天，口兒朝地，叫聲「者行孫」，行者卻不敢答應。那魔又叫一聲，行者想道：「我真名字叫作孫行者，起的鬼名字叫作者行孫。真名字可以裝得，鬼名字好道裝不得。」卻就忍不住應了他一聲，颼的被他吸進葫蘆去，貼上帖兒，原來那寶貝那管甚麼名字真假，但綽個應的氣兒，就裝了去也。

大聖到他葫蘆裏，渾然烏黑。把頭往上一頂，那裏頂得動，且是塞得甚緊。卻就心中焦躁道：「那兩個小妖說，不拘葫蘆、淨瓶，把人裝在裏面，只消一時三刻就化為膿了，敢莫化了我麼？」又想道：「沒事！老孫五百年前，被太上老君放在八卦爐中煉成銅頭鐵背，火眼金睛，那裏就化得我？」

二魔拿入裏面道：「哥哥，者行孫是我裝在葫蘆裏也。」老魔歡喜道：「賢弟，不要動，只等搖得響再揭帖兒。」行者聽得道：「我這般一個身子，怎麼便搖得響？只除化成稀汁，纔搖得響是。」誰知那怪貪酒不搖。大聖只要哄他來搖，忽然叫道：「天呀？孤拐都化了。」那魔也不搖。大聖又叫道：「娘啊！連腰截骨都化了。」老魔道：「化至腰時，都化盡矣。揭起帖兒看看。」那大聖聞言，就拔根毫毛，變作個半截身子在葫蘆底上。真身卻變作個蟭蟟蟲兒，釘在葫蘆口邊。那二魔揭起帖子看時，大聖早已飛出，打個滾又變作個小妖，站在旁邊。那老魔扳著葫蘆口張了一張，見是個半截身子，他也不認真假，慌忙叫兄弟：「蓋上，蓋上，還不曾化得了哩！」二魔依舊貼上。

那老魔拿了壺，滿滿的斟了一杯酒，雙手遞與二魔道：「賢弟，如此功勞，該與你多遞幾鍾。」二魔見哥哥恭敬，卻把葫蘆遞與小妖，雙手去接杯，不知那小妖是行者變的。二魔接酒吃了，也要回奉老魔一杯。行者頂著葫蘆，眼不轉睛，看他兩個左右傳杯，全不防閒，他就把葫蘆揌入衣袖，拔根毫毛變個假葫蘆捧在手中。那魔遞了一會酒，一把接過葫蘆，各上席依然飲酒。孫大聖得了寶貝，撤身走過，心中暗喜道：「饒君手段千般狠，畢竟葫蘆還姓孫！」畢竟不知向後怎樣施為，且聽下回分解。

第三十五回　外道施威欺正性　心猿獲寶伏邪魔

本性圓明道自通，翻身跳出網羅中。修成變化非容易，煉就長生豈俗同？
清濁幾番隨運轉，貞元數劫任西東。逍遙萬億年無計，一點神光永注空。

此詩暗合孫大聖的道妙。他自得了那魔真寶，溜出門外，現了本相，厲聲叫門。小妖道：「你又是甚人？」行者道：「快報與你那老潑魔，吾乃行者孫來也。」那小妖急入裏報知。老魔大驚道：「賢弟，不好了，惹動他一窩風，想是他幾個兄弟都來了。」二魔道：「兄長放心，我這葫蘆裝下一千人哩。我纔裝了者行孫一個，又怕那甚麼行者孫！等我出去，一發裝來。」

你看他拿著個假葫蘆，還像前番，雄糾糾走出門高呼道：「你是何人，敢在此間吆喝？你且過來，我不與你相打，但我叫你一聲，你敢應麼？」行者笑道：「你叫我，我就應了。我若叫你，你可應麼？」那魔笑道：「我叫你，是我有個寶貝葫蘆，可以裝人，你叫我卻有何物？」行者道：「我也有個葫蘆兒。」那魔道：「既有，拿出來我看。」行者就於袖中取出葫蘆道：「潑魔，你看！」那魔見了大驚道：「他葫蘆怎麼就與我的一般無二？」便道：「行者孫，你那葫蘆是那裏來的？」行者委的不知來歷，接過口來問道：「你那葫蘆是那裏來的？」那魔道：「我這葫蘆是混沌初分，天開地闢，有一位太上老祖，解化女媧之名，煉石補天。補到乾宮夬地，見一座崑崙山腳下，有一縷仙藤，上結著這個紫金紅葫蘆，卻便是老君留下到如今者。」大聖聞言，就道：「我的葫蘆，也是那裏來的。」魔頭道：「怎見得？」大聖道：「自清濁初開，天不滿西北，地不滿東南，太上道祖解化女媧，補完天缺。行至崑崙山下，有根仙藤，結有兩個葫蘆，我得一個是雄的，你那個卻是雌的。」那怪道：「莫説雌雄，但只裝得人的，就是好寶貝。」大聖道：「説得是，我就讓你先裝。」那怪甚喜，急縱身跳將起去，到空中執著葫蘆，叫一聲「行者孫」。大聖聽得，卻就不歇氣連應了八九聲，只是不能裝去。那魔墜將下來，跌腳捶胸道：「天那，只説世情不改變哩！這樣個寶貝也怕老公，雌見了雄，就不敢裝了。」行者笑道：「你且收起，輪到老孫該叫你哩！」急縱觔斗，跳起去，將葫蘆底兒朝天，口兒朝地，照定妖魔，叫聲「銀角大王」。那怪只得應了一聲，倏的裝在裏面，被行者貼上「太上老君急急如律令奉敕」的帖子，心中暗喜道：「我的兒，你今日也來試試新了。」他按落雲頭，拿著葫蘆，徑往蓮花洞口而來。那山路不平，他又拐呀拐的走著，搖的那葫蘆裏漷漷索索，響聲不絕。不覺的到了洞口，把那葫蘆搖搖，一發響了。他道：「這個好像發課的筒子響，等老孫發一課，看師父幾時纔得出門。」你看他手裏不住的搖，口裏不住念道：「周易文王，孔子聖人，桃花女先生，鬼谷子先生。」

那洞裏小妖看見道：「大王，禍事了，行者孫把二大王裝在葫蘆裏發課哩！」那老魔聞言，唬得魂飛魄散，跌倒在地，放聲大哭道：「賢弟呀！我和你私離上界，轉託塵凡，指望同享榮華，永為山洞之主。怎知為這和尚，傷了你的性命，斷吾手足之情。」滿洞群妖，一齊痛哭。豬八戒吊在樑上，忍不住叫道：「妖精，你莫哭，你令弟已是死了，哭他無益，快些兒刷淨鍋竈，辦些齋供、蔬菜，請我師徒們下來，與你令弟念卷《受生經》。」那老魔聞言，心中大怒，正要先將豬八戒蒸吃，只見小妖報道：「行者孫又罵上門來了！」老魔大驚，叫小的們查一查還有幾件寶貝。小妖道：「還有七星劍、芭蕉扇與淨瓶。」老魔道：「那瓶子不中用，原是裝人的，倒把自家兄弟裝去了。快將劍與扇子拿來。」

老魔將芭蕉扇插在領後，七星劍提在手中，跳出門來罵道：「你這猴子，害我兄弟，傷我手足，十分可恨！」行者罵道：「你這討死的怪物，快快的送我師父出來，饒你狗命。」那怪不容分說，舉寶劍劈頭就砍，這大聖使鐵棒舉手相迎。這一場戰經二十回合，不分勝負。他把那劍梢一指，叫小妖一齊擁上，把行者圍在垓心。大聖即使個身外身法，將毫毛拔一把，噴去叫「變」，一根根都變作行者，把那小妖打得星落雲散，齊聲喊道：「大王啊，事不諧矣，難矣乎哉，滿地盈山皆是孫行者了！」那魔慌了，將左手擎著寶劍，右手取出芭蕉扇子，望南方丙丁位正對離宮，唿喇的一扇子搧將下來，只見就地上火光焰焰，原來這寶貝平白地搧出火來。那火不是天上火，不是爐中火，乃是五行中自然取出的一點靈光火。那怪一連搧了七八扇子，只見烈焰飛騰，熯天熾地。大聖見此惡火，卻也心驚，急將身一抖，將毫毛收上身來，只將一根變作假身子，避火逃災。他的真身縱觔斗跳將起去，徑奔蓮花洞口，將小妖盡情打絕，撞入洞裏，要解師父。又見那內中有火光焰焰，仔細看時，原來不是火光，卻是一道金光，往裏視之，乃羊脂玉淨瓶放光，他取了這瓶子，急抽身往外而走。纔出門，只見那魔提著寶劍，從南而來。大聖迴避不及，老魔舉劍劈頭就砍。大聖急縱觔斗雲，跳起去無影無蹤。

那怪到得門口，但見屍橫滿地，止不住放聲大哭，悲切淒慘。獨自個坐在洞中，踢伏石案之上，昏昏默默睡著了。那大聖撥轉觔斗雲，佇立山前，把淨瓶牢扣腰間，徑來洞口打探。見那門開兩扇，靜悄悄的，隨即潛入裏邊，只見那魔呼呼睡著，芭蕉扇褪出肩後，七星劍還斜倚案邊。他輕輕上前拔了扇子，回頭就走。早驚醒了那魔，急忙執劍來趕。那大聖早已跳出門前，將扇子撒在腰間，雙手輪開棒，與那魔抵敵。這一場好殺，只見：

寶劍來，鐵棒去，兩家更不留仁義。蓋為取經僧，靈山參佛位，致令金火不相投，五行錯亂傷和氣。揚威耀武顯神通，魔頭力怯應迴避。

那老魔與大聖戰經三四十合，抵敵不住，敗下陣來，徑往西南上投奔壓龍洞而去。這大聖纔闖入洞裏，解下唐僧與八戒、沙和尚來。師徒們喜喜歡歡，就在洞中安排些素齋，飽餐安寢一夜，早又天曉。

卻說那老魔徑投壓龍山，會聚了大小女怪，到山後尋著他母親之弟，名喚狐阿七大王，帥領本洞妖兵，老魔盡點女妖，合同一處，徑投東北而來。這大聖聽得風聲，走出門看，乃是一夥妖兵，自西南上來。行者忙呼八戒道：「兄弟，妖精又請救兵來也。」即把他那幾件寶貝，都緊藏在身邊，雙手輪棒，教沙和尚保守師父，著八戒同出迎敵。

那怪物擺開陣勢，只見當頭的是阿七大王。他生得玉面長髯，鋼眉刀耳，手執方天戟，高聲罵道：「我把你個大膽的潑猴，怎敢這等欺人！趕早兒引頸受死，雪我姐家之仇。」行者罵道：「你這夥作死的毛團，不識你孫外公的手段！不要走，領吾一棒。」那怪物使方天戟劈面相迎。兩個在山頭戰經三四回合，那怪力怯敗陣回走。行者趕來，卻被老魔接住，又鬥了三合，那狐阿七復轉來攻。這壁廂八戒見了，急掣鈀擋住。戰經多時，不分勝敗。那老魔喝了一聲，眾妖兵一齊圍上。正值沙僧舉著寶杖出來，一頓打退群妖。阿七見勢不利，回頭就走，被八戒趕上，照背後一鈀築死。拖來看處，原來也是個狐狸。

那老魔見傷了他母舅，丟了行者，提寶劍就劈八戒，八戒使鈀架住。正賭鬥間，沙僧近前舉杖便打。那妖抵敵不住，縱風往南逃走，八戒、沙僧緊緊趕來。大聖急縱雲跳在空中，解下淨瓶，罩定老魔，叫聲「金角大王」。那怪只道是自家敗殘的小妖呼叫，就回頭應了一聲，颼的裝將進去，被行者貼上帖子。只見那七星劍墜下塵埃，也歸了行者。當時通掃淨諸邪，回至洞裏，與三藏報喜道：「山已淨，妖已無矣，請師父上馬走路。」三藏喜不自勝。師徒們吃了早齋，奔西找路。

正行處，猛見路旁閃出一個瞽者，扯住三藏馬道：「和尚，那裏去？還我寶貝來。」行者仔細觀看，原來是太上李老君，慌忙施禮道：「老官兒那裏去？」那老祖急昇玉局寶座，九霄空裏佇立，叫：「孫行者，還我寶貝。」大聖起到空中道：「甚麼寶貝？」老君道：「葫蘆是我盛丹的，淨瓶是我盛水的，寶劍是我煉魔的，扇子是我搧火的，繩子是我一根勒袍的帶。那兩個怪，一個是我看金爐的童子，一個是我看銀爐的童子。他偷了我的寶貝，走下界來，正無覓處，不期被你拿住。」大聖道：「你這老官兒，縱放家奴為害，該問個鈐束不嚴的罪名。」老君道：「不干我事，此是你師徒應有魔難，非此不成正果也。」大聖心中了然，便道：「既是老官兒親來，我還你去罷！」那老君收得五件寶貝，揭開葫蘆、淨瓶蓋口，倒出兩股仙氣，用手一指，仍化為金銀二童子，相隨左右，只見那霞光萬道。正是：

縹緲同歸兜率院，逍遙直上大羅天。

畢竟不知此後又有甚事，且聽下回分解。

第三十六回　心猿正處諸緣伏　劈破旁門見月明

卻說孫行者按落雲頭，對師父備言老君之事。三藏稱謝，虔誠前進。行罷多時，前又一山阻路。三藏叫徒弟：「你看山勢崔巍，須是隄防魔障。」行者道：「師父休得邪思亂想，只要定性存神，自然無事。」三藏道：「徒弟呀，西天怎麼這等難行？我記得離了長安城，在路上有四五個年頭，怎麼還不得到？」行者呵呵笑道：「早哩，早哩，還不曾出大門哩！師父不必掛念，且自放心前進，還你個功到自然成也。」師徒們信步行時，早不覺紅輪西墜。只見那山凹裏有樓臺疊疊，殿閣重重，卻是一座寺院。

長老放馬前來，徑到山門之外看時，上有五個大字，乃是「敕賜寶林寺」。行者道：「師父，這寺裏誰進去借宿？」三藏道：「我進去。」那長老丟了錫杖、斗篷，整衣徑入山門，只見兩邊坐著一對金剛。又到二層門內，見四大天王之相，乃是持國、多聞、增長、廣目，按東、北、西、南，風調雨順之意。進了大雄寶殿，那長老合掌下拜。轉過佛臺後面，又見有倒座觀音普度南海之相。長老點頭歎道：「鱗甲眾生都拜佛，為人何不肯修行。」正讚歎間，只見三門裏走出一個道人。三藏道：「弟子是東土大唐差上西天拜佛求經的，今到寶方天晚，告借一宿。」那道人道：「師父，我做不得主。裏面還有個管家的老師父，待我進去稟他看。」那道人急到方丈報知，僧官即起身開門迎接。見了三藏，大怒道：「道人少打！你豈不知我是僧官，但有士夫降香，我方出來迎接。這等個和尚，你怎麼報我接他？看他嘴臉多是雲遊方上僧，天晚要借宿的。我們方丈中豈容他打攪？教他往前廊下蹲罷了，報我怎麼？」抽身轉去。長老聞言，滿眼垂淚道：「可憐，可憐，這纔是人離鄉賤！我弟子從小兒出家做和尚，又不曾拜懺吃葷生歹意，看經懷怒壞禪心，不知是那世裏觸傷天和地，教我今生常遇不良人。」遂忍氣吞聲，急走出來。行者見師父滿面怒容，問道：「寺裏和尚打你罵你來麼，你這般苦惱怎的？」三藏道：「他這裏不便住宿。」行者道：「豈有此理，且等我進去看看。」行者執著鐵棒，徑到大雄寶殿。只見一個道人點了幾枝香，來佛前爐裏插，被行者咄的一聲，唬了一跌，爬起來看見臉，又是一跌，嚇得滾滾蹡蹡，跑入方丈裏報道：「老爺，外面有個和尚來了！」那僧官道：「你這夥道人都少打，一行說教他往前廊下去蹲，又報甚麼？」道人說：「老爺，這個和尚比那個不同，生得滿面毛，雷公嘴，手執一根棍子，恨恨的要尋人打哩。」僧官急開門看時，只見行者撞進來了，真個生得醜陋。那老和尚慌得把方丈門關上，行者撲的打破門扇道：「趕早將乾淨房子打掃一千間，老孫睡覺！」僧官躲在房裏，對道人說：「怪道他生得醜麼，原來是說大話，折作的這般嘴臉。」即戰索索的叫道：「那借宿的長老，我這荒山不方便，往別處去宿罷。」行者將棍子變得盆來粗細，直壁壁的豎在天井裏道：「和尚，不方便，你就搬出去！」僧官道：「我們老小四五百人，搬到那裏去？」行者道：「和尚，沒處搬，便著一個出來打樣棍。」老和尚叫道人：「你出去與我打個樣棍來。」那道人道：「爺爺呀，那等個大槓子，教我去打樣棍！」他自家裏面轉鬧起來。行者聽見道：「是也禁不得。且等我另尋件東西打與你看看。」忽擡頭，只見一個石獅子，就舉棍來，乒乓一下，打得粉碎。那和尚在窗裏看見，唬得骨軟觔麻，不住叫：「爺爺，棍重，棍重，禁不得！方便，方便。」行者道：「和尚，我且不打你。我問你這寺裏有多少和尚？」僧官道：「前後是二百餘房有五百個和尚。」行者道：「你快去叫那五百個和尚，都齊齊整整穿了長衣，出去把我那唐朝師父接進來，就不打你了。」僧官道：「爺爺，若是不打，便擡也擡進來。」即叫道人快去。

那道人不敢撞門，從後邊狗洞裏鑽出去，徑到正殿上打鼓撞鐘。驚動合寺僧眾，一齊上殿，問了緣故，隨即各換衣服，擺班出門迎接。有的即披了袈裟，有的著了偏衫，無的穿著個一口鐘直裰，十分窮的就把腰裙接起兩條在身上。行者看見道：「和尚，你穿的是甚麼衣服？」和尚道：「爺爺，這是我們城中化的布，此間沒有裁縫，是自家做的個一裹窮。」行者押著眾僧，出山門外跪下。那僧官磕頭高叫道：「唐老爺，請方丈裏坐。」唐僧甚不過意，上前叫「列位請起」，那些和尚卻纔起身，牽馬挑擔，擡著唐僧，馱著八戒，攙著沙僧，一齊進去。到後面方丈中坐下，安排齋供，管待唐僧師徒們。吃罷，請到前面禪堂安置。只見那禪堂裏面燈火光明，鋪著四張藤牀。行者與師父說了，發放眾僧俱散去訖。

唐僧舉步出門小解，只見明月當天，叫徒弟們，都出來看看。其時清光皎潔，玉宇無塵，真是一輪高照，大地平分。對月興懷，口占一詩云：

皓魄當空寶鏡懸，山河搖影十分全。瓊樓玉宇清光滿，冰鑒銀盤爽氣旋。
處處窗軒吟白雪，家家院宇弄朱弦。今宵靜玩來山寺，何日相同返故園？

行者聞言道：「師父，你只知月色光華，心懷故里，更不知月家之意，乃先天法相之規繩也。月至三十日，陽魂之金散盡，陰魄之水盈輪，故純黑而無光，乃曰晦。

此時與日相交，在晦朔兩日之間，感陽光而有孕。至初三日一陽現，初八日二陽生，魄中魂半，其平如繩，故曰上弦。至今十五日，三陽備足，是以團圓，故曰望。至十六日一陰生，二十二日二陰生，此時魂中魄半，其平如繩，故曰下弦。至三十日三陰備足，又當晦。此乃先天採煉之意。我等若能溫養二八成功，那時節見佛容易，返故園亦易也。豈不聞：

前弦之後後弦前，藥味平平氣象全。採得歸來爐裏煉，志心功果即西天。」

長老聽說，一時解悟，明徹真言，滿心歡喜，稱謝了悟空。沙僧在旁笑道：「師兄此言雖當，只說的是弦前屬陽，弦後屬陰，陰中陽半，得水之金；更不道：

水火相攙各有緣，全憑土母配如然。三家同會無爭競，水在長江月在天。」

那長老聞得，亦開茅塞。正是理明一竅通千竅，說破無生即是仙。八戒上前道：「師父，莫聽閒講，誤了睡覺。這月呵：

圓又缺，缺又圓，似我生來不十全。他都伶俐修來福，我自癡愚積下緣。但願你取經還滿三塗業，擺尾搖頭直上天。」

三藏道：「徒弟們走路辛苦，先去睡罷。等我把經卷來念一念。」他三人遂都睡下。長老掩上禪堂門，高剔銀缸，鋪開經本，默默看念。正是那：

譙樓初鼓香銷後，野浦漁舟火滅時。

畢竟不知那長老怎樣離寺，且聽下回分解。

第三十七回　鬼王夜謁唐三藏　悟空神化引嬰兒

卻說三藏在寶林寺禪堂燈下念一會經懺。坐到三更時候，忽聽得門外淅剌剌颳一陣怪風，颳得那燈或明或暗。三藏此時困倦上來，便朦朧伏案而睡。須臾風聲過處，耳邊隱隱的聞得叫一聲「師父」。三藏擡頭觀看，只見門外站著一條漢子，渾身水淋淋的，眼中垂淚，口裏不住叫「師父」。三藏欠身道：「你莫是妖怪邪魔，趁早兒潛身遠遁。莫上我的禪門來。」那人道：「我不是妖怪邪魔。師父，你捨眼看我一看。」長老仔細定睛看處，只見他：

頭戴沖天冠，腰束碧玉帶，身穿赭黃袍，足踏無憂履，手執白玉珪。面如東嶽長生帝，形似文昌開化君。

三藏見了大驚，急躬身高叫道：「是那一朝陛下？半夜至此，有何話說？」那人纔滴淚告道：「師父呵，我家住在正西，離此四十里遠近。那廂有座城池，便是我興基創業之處，號為烏雞國。五年前天年亢旱，民皆飢死，寡人沐浴齋戒，晝夜焚香祈禱。如此三年，只乾得河枯井涸。正在危急之處，忽然鍾南山來了一個全真，能呼風喚雨，點石成金。當即請他登壇祈雨，只見令牌響處，頃刻間大雨滂沱。寡人只望三尺雨足矣，他說久旱不能潤澤，又多下了二寸。我見他如此尚義，就與他八拜結為兄弟，同寢食者二年。又遇著陽春天氣，那時節文武歸衙，嬪妃轉院，我與他攜手緩步至御花園裏。行至八角琉璃井邊，不知他抛下些甚麼物件，井中忽起萬道金光，哄我到井邊看寶貝。他陡起兇心，把寡人推下井內，將石板蓋住井口，擁上泥土，移一株芭蕉栽在上面。可憐呵，我已死去三年，是一個冤屈之鬼也！」

唐僧見說是鬼，唬得毛骨聳然，只得又問他道：「陛下，你說的這話，全不在理。既死三年，那文武多官，三宮皇后，怎麼就不尋你？」那人道：「師父呵，說起他的本事，果然世間罕有。自從害了我，他當時在花園內搖身一變，就變作我的模樣一般。現今佔了我的江山國土，把我兩班文武、三宮六院，盡屬了他矣。」三藏道：「你何不在陰司閻王處告他。」那人道：「他的神通廣大，官吏情熟，都城隍常與他會酒，海龍王盡與他有親，東嶽天齊是他的好朋友，十代閻羅是他的異兄弟。因此我無門投告。」

三藏道：「你陰司裏既沒本事告他，卻來陽世間做甚？」那人道：「師父呵，我這一點冤魂不散，適纔虧夜遊神一陣神風，把我送來。他說我三年水災已滿，著我來拜謁師父，說你手下有個徒弟是齊天大聖，極能斬怪降魔。今特來至誠拜懇，千乞到我國中，拿住妖魔，辨明邪正。我當結草銜環，報酬大恩也。」三藏道：「陛下，你此來是要我徒弟去除那妖怪麼？」那人道：「正是。」三藏道：「我徒弟雖會拿怪，但恐理上難行。」那人道：「怎麼難行？」三藏道：「那怪既變得與你相同，滿朝文武、三宮妃嬪一個個志合情投。我徒弟縱有手段，決不敢輕動干戈。倘被多官拿住，說我們欺邦滅國，困陷城中，卻不是畫虎刻鵠也。」

那人道：「我朝中還有人哩！」三藏道：「何人？」那人道：「我本宮有個太子，是我親生的儲君。」三藏道：「那太子想必被妖魔貶了。」那人道：「不曾。他依然在金鑾殿上，五鳳樓中。只是這三年以來，禁他入宮，不能與娘娘相見。」三藏道：「此是何故？」那人道：「此是妖怪的巧計。只恐他母子相見，閒中論出長短，走了消息，故此兩不會面，他得永住常存也。」三藏道：「你縱有太子在朝，我怎得與他相見？」那人道：「如何不得見？他明早領人馬出城採獵，師父斷得與他相見。見時肯將我的言語說與他，他必然見信。」三藏道：「他本是肉眼凡胎，被妖魔哄在殿上，那一日不叫他幾聲父王，他怎肯信我的言語？」那人道：「既恐他不信，我留下一件表記與你罷。」即將手中白玉珪放下道：「此物可以為記。」三藏道：「此物何如？」那人道：「全真自從變作我的模樣，只少變了這件寶貝。他到宮中，說那求雨的全真拐了此珪去了。自此三年，還沒此物。我太子若看見他，睹物思人，此仇必報。」三藏道：「也罷，你留下此物，待我與徒弟計議。你卻在那裏等麼？」那人道：「我也不敢等。還央求夜遊神把我送進皇宮，託一夢與我那正宮皇后，教他母子們合意，好湊你師徒們同心。」

三藏點頭應承，那冤魂叩頭拜別。舉步相送，忽然絆了一跌，驚醒轉來，卻原來是一夢，慌得對著那盞昏燈，連叫：「徒弟，徒弟！」八戒醒來道：「甚麼『土地土地』？這早晚還不睡作甚？」三藏道：「我剛纔做了一個怪夢。」行者跳起來道：「師父，夢從想中來。你未曾上山，先怕怪物，又愁雷音路遠，又要思念長安，所以心多夢多。似老孫一點真心，專要見佛，更無一個夢兒到我。」三藏道：「我這一夢，不是思鄉之夢。」就將烏雞國王夢中之話一一說與行者。行者笑道：「不消說了，他來託夢與你，分明是照顧老孫一場生意，要我替他除那妖，管教手到成功。他說留下表記，我們且起去看看。」

行者遂開門看處，只見星月光中，階檐上果然放著一柄金鑲白玉珪。行者道：「師父，既有此物，想此事是真。明日拿妖都在老孫身上，只是要你依我而行。」三藏道：「依你何事？」行者道：「也不消講，等我先與你兩件東西。」好大聖，拔根毫毛，叫「變」，變作一個紅金漆匣兒，把玉珪放在內道：「師父，你明早將此物捧在手中，穿上錦襴袈裟，去那正殿坐著念經，等我先去看光景。若是那太子出城來，我就引他來見你。」三藏道：「見了我如何迎答？」行者道：「他來時，我先報知，你把那匣蓋兒扯開些，等我變作二寸長的一個小和尚，鑽在匣兒裏，你連我捧在手中。那太子進寺來，必然拜佛，你儘他下拜，只不動身，他一定教拿你。你憑他拿下去，打也由他，綁也由他，殺也由他。」三藏道：「呀！他的軍令大，真個殺了我怎處？」行者道：「沒事，有我哩。他若問你時，你說是東土欽差上西天拜佛取經進寶的和尚。他道：『有甚寶貝，你把那錦襴袈裟對他說一遍，說道：『此是三等寶貝。還有第一等、第二等的好物哩。』他再問時，就說這匣內有一件寶貝，能知一千五百年過去未來之事，卻把老孫放出來。我將你夢中話告誦他，他若肯信便罷，若不肯信，再將白玉珪拿與他看就是。」三藏道：「徒弟呵，此計甚妙！但這寶貝，一個叫作錦襴袈裟，一個叫作白玉珪；你變的寶貝卻叫作甚名？」行者道：「就叫作立帝貨罷。」師徒們一夜商議，那曾得睡。

不多時，東方發白。行者一觔斗跳在空中，睜火眼平西看處，果見有一座城池。近前仔細再看，只見那愁雲漠漠，妖氣紛紛。行者正點頭感歎，忽聽得炮聲響，只見東門開處，閃出一路人馬，真個是採獵之軍。只見中軍營裏，有一個小將軍，頂盔貫甲，手執青鋒寶劍，坐下黃驃馬，腰帶滿弦弓。真個是：

隱隱君王像，昂昂帝主容。規模非小輩，行動顯真龍。

行者道：「不消說，那個就是太子了，等我下去戲他一戲。」即按落雲頭，撞入軍中，搖身一變，變作一個白兔兒，只在太子馬前亂跑。太子看見，正合心懷，拈起箭，拽滿弓，一箭射去。那大聖眼乖手疾，一把接住那箭頭，放開腳步跑了。太子見箭中了玉兔，放開馬獨自爭先來趕那兔兒。緊趕緊走，慢趕慢走，一程一節，看看來到寶林寺前。行者現了本相，將箭插在門檻上，徑撞進去，見唐僧道：「師父，來了，來了。」卻就變作個二寸長的小和尚兒，鑽在紅匣之內。

卻說那太子趕到山門前，不見白兔，只見門檻上插著一枝雕翎箭。太子道：「怪哉，怪哉，分明我箭中了白兔，白兔怎麼不見，只見箭在此間！想是年多日久，成了精也。」拔了箭，擡頭看處，山門上寫著「敕賜寶林寺」。太子道：「我且進去走走。」跳下馬來，正要進去，只見那些人馬趕上，簇擁著都入山門裏面。慌得那本寺眾僧，都來叩拜，接入正殿中間，參拜佛像。卻纔舉目觀瞻，只見正當中坐著一個和尚，太子大怒道：「這個和尚無禮！我今半朝鑾駕進山，怎麼坐著不動？」教拿下來。說聲「拿」，兩邊校尉一齊下手，把唐僧抓將下來。

太子喝問道：「你是那方來的？」三藏上前施禮道：「貧僧乃是東土唐僧，上雷音寺拜佛求經進寶的和尚。」太子道：「你那東土雖是中原，其窮無比，有甚寶貝，你說來我聽。」三藏道：「我身上穿的這袈裟，是第三樣寶貝。還有第一等、第二等的好寶貝哩！」太子道：「你那衣服，半邊苫身，半邊露臂，能值多少，可稱寶貝。」三藏道：「這袈裟雖不全體，有詩幾句說道：

佛衣偏袒不須論，內隱真如脫世塵。萬綫千針成正果，九珠八寶合元神。

曾經仙女恭修製，遺賜禪僧靜垢身。我見駕不迎猶自可，你的父冤未報枉為人！」太子聞言，又大怒道：「這野和尚亂說！你那半片衣，憑著你口能舌便，誇好誇強罷了。我的父冤從何未報，你說來我聽。」三藏道：「殿下，貧僧不知，但只這紅匣內有一件寶貝，叫作立帝貨，他上知五百年，中知五百年，下知五百年，共知一千五百年過去未來之事。殿下問他，即知其詳。」

太子聞說，教拿來看。三藏扯開匣蓋兒，那行者跳將出來，拐呀拐的，兩邊亂走。太子道：「這星星小人兒，能知甚事？」行者聞言嫌小，卻就把腰伸一伸，就長了三尺四五寸。眾軍士吃驚道：「若是這般快長，不消幾日，就撐破天也。」行者長到原身，就不長了，太子纔問道：「立帝貨，這老和尚說你能知未來過去之事，你還是灼龜點卦，試將我國中的事說說看。」行者道：「我一毫不用占卜。只是全憑三寸舌，萬事盡皆知。你那國中的事，我那一件不曉得，等我說與你聽。你本是烏雞國王的太子。你那裏五年前，年程荒旱，你家皇帝秉心祈禱。正無點雨之時，鍾南山來了一個道士，他善呼風喚雨，點石為金，君王就與他拜為兄弟。這樁事有麼？」太子道：「有，有，有。你再說說。」行者道：「後三年不見全真，稱孤的卻是誰？」太子道：「果是有個全真，三年前父王同他在御花園裏玩景，被他一陣神風，把父王手中白玉珪攝回鍾南山去了。至今父王還思慕他，因此無心賞玩，遂把花園緊閉，已三年矣。做皇帝的，非我父王而何？」

行者聞言，哂笑不絕。太子怒道：「這廝當言不言，如何只管嬉笑？」行者道：「還有許多話哩，奈何左右人眾，不是說處。」太子見他言語有因，遂將人馬都出門外住紮。此時殿上無人，太子坐在上面，長老立在前邊，行者纔正色上前道：「殿下，那化風去的是你生身之老父，見坐位的是那祈雨之全真。」太子道：「胡說，亂說。」一把行者咄的喝下來。行者對唐僧道：「如何？我說他不信，果然，果然。如今卻拿那寶貝與他，倒換關文，往西天去罷。」三藏即將紅匣子遞與行者。行者接過來，將身一抖，那匣兒早不見了，卻將白玉珪雙手獻與太子。

太子見了道：「好和尚呵！你本是那三年前的全真，騙了我家寶貝，如今又粧作和尚來進獻。」叫「拿了」。一聲傳令，把長老唬得慌張失措。行者忙上前攔住道：「休嚷，莫走了風。我不教作立帝貨，還有真名哩！」太子怒道：「你上來！我問你個真名字，好送法司定罪。」行者道：「我是那長老的大徒弟，名喚孫行者。因與我師父上西天取經，我師父昨夜得一夢，夢見你父王道，他被那全真推在御花園琉璃井內，全真變作他的模樣。滿朝官不能知，你年幼亦無分曉，所以禁你入宮，關了花園，正恐怕走漏消息。你父王特來請我降魔，曉得你今朝出城打獵，你箭中的玉兔，就是老孫。老孫特特把你引到寺裏，說此緣由。你既然認得白玉珪，怎麼不念鞠養恩情，替親報仇？」那太子聞言，心中暗自躊躇。行者又道：「殿下不必狐疑，你請駕回本國，問你國母娘娘一聲，看他夫妻恩愛之情，比三年前如何？只此便知真假矣。」

那太子連聲道：「是，是。」他跳起身，籠著玉珪就走。行者扯住道：「你這些人馬都回，卻不走漏消息，難以成功？你只可單人獨馬進城，莫入正陽，須從後宰門進去。到宮中見你母親，須是悄語低言，恐那怪神通廣大，一時驚覺，你娘兒們性命俱難保也。」太子謹遵教命，出山門吩咐將士們：「穩在此紮營，不得移動，待我去去就來。」你看他上馬如飛而去。這一去不知娘娘有何話說，且聽下回分解。

第三十八回　嬰兒問母知邪正　金木參玄見假真

逢君只說受生因，便作如來會上人。一念靜觀塵世佛，十方同看降威神。
欲知今日真家主，須問當年阿母身。別有世間曾未見，一行一步一花新。

卻說那烏雞國王太子，不多時回至城中。從後宰門徑入皇宮裏面，忽至錦香亭，只見那正宮娘娘帶著幾個女侍，坐在亭上，倚雕欄兒流淚哩。你道他流淚怎的？原來他四更時也做了一夢，記得一半，忘了一半，沈吟思想。這太子下馬跪於庭下，叫聲「母親」。那娘娘猛擡頭看見，叫：「孩兒，喜呀，喜呀，二三年不得相見，我甚想念；今日如何得來看我一面？」太子叩頭道：「孩兒有一句話，要稟問母親。乞摒退左右，然後敢說。」娘娘即喝開侍從。太子道：「母親，我問你三年前夫妻宮裏之事，與三年後恩愛如何？」娘娘見說，摟住太子，眼中滴淚道：「孩兒，這樁事你若不問，我到九泉之下，也不得明白。你聽我說：

三載之前溫又暖，三年之後冷如冰。枕邊切切將言問，他說老邁身衰事不興。」

太子聞言，撒手脫身，扳鞍上馬。那娘娘一把扯住道：「孩兒，你有甚事，話不終就走？」太子道：「母親，不敢說。今早蒙欽差出城打獵，偶遇東土來的取經聖僧，有徒弟極善降妖。原來我父王死在御花園琉璃井內，這全真假變父王，侵了龍位。昨夜三更父王託夢，請他到城捉怪，又將白玉珪與他為記。孩兒不敢盡信，特來稟問母親，方纔聞得如此說，必然是個妖精無疑。」就在袖中取出白玉珪，遞與娘娘。那娘娘認得是當時國王之寶，止不住淚如泉湧，叫聲：「兒呵，我昨夜四更時分，也做了一夢，夢見你父王水淋淋的站在我跟前，說他死了，鬼魂兒拜請唐僧降怪，救他前身。是便是這等言語，只是一半兒記不分明。正在這裏狐疑，怎知今日你又來說這話。這寶貝我且收下，你去請那聖僧，急急掃蕩妖魔，辨明邪正，庶報你父王養育之恩也。」

太子急忙上馬，仍出後宰門，躲離城池。不多時，到寶林寺前下馬，眾軍士接著。只見紅輪將墜，太子又獨自入了山門，整束衣冠，拜請行者。行者攙住道：「你可曾問母親麽？」太子將前言說了一遍。行者笑道：「若是那般冷呵，想是個甚麽冰冷的東西變的。不打緊，等我老孫與你掃蕩。卻只是今日晚了，你先回去，待明早我來。」太子道：「我自早朝蒙差出城，今日更無一件野物，卻也難以入城回旨。」行者道：「這甚打緊，何不早說？」即將身一縱，跳在雲端裏，捻訣念咒，拘那山神、土地來，吩咐尋些野物，打發太子回去。山神、土地即遣陰兵，颳一陣聚獸陰風，捉了許多獐鹿獾兔之類，獻與行者。行者叫都捻斷了觔，擺在那四十里路上兩旁，算了汝等之功。眾神依言而去。行者與太子說了，太子纔傳令回城。只見那路旁果有無限的野物，軍士們不放鷹犬，一個個俱著手擒捉，齊喝采道：「是千歲殿下的洪福。」凱歌聲唱，一擁回城。

這行者與三藏依然還歇在禪堂裏。將近一更時分，行者心中有事，睡不著，爬起來到唐僧牀前，叫師父：「有一樁事兒和你計較。」長老道：「甚麽事？」行者道：「我日間與那太子誇口，說我的手段去拿那妖精，如探囊取物一般。方纔想起來，卻有些兒難哩！」唐僧道：「怎的難？」行者道：「你老人家只知念經打坐，那曾見那蕭何的律法？常言道：『拿賊拿贓。』那怪物做了三年皇帝，他與三宮妃后同眠，兩班文武共樂。我老孫就拿住他，也不好定個罪名。」唐僧道：「怎麼不好定罪？」行者道：「他敢道：『我是烏雞國王，有甚逆天之事，你來拿我？』將甚執照與他折辯？」唐僧道：「憑你怎生裁處？」

行者笑道：「老孫的計已成了。只是干礙著你老人家有些兒護短。」唐僧道：「我怎麼護短？」行者道：「八戒生得夯，你有些兒偏向他。」唐僧道：「我也不偏向，你如今要怎麼？」行者道：「如今趁此時，待老孫與八戒先入那烏雞城中，尋著那皇帝屍首。明日進城，且不管甚麼倒換文牒，見了那怪，掣棍就打。他但有言語，就將骨櫬與他看，說：『你殺的是這個人』，卻教太子上來哭父，皇后出來認夫，文武多官見主，我老孫與兄弟們動手，這纔是有對頭的官事好打。」唐僧聞言道：「是啊，是啊，只怕八戒不肯去。」行者笑道：「只要你不護短，莫說豬八戒，就是『豬九戒』，我也有本事教他跟著我走。」唐僧道：「隨你，隨你。」

行者就到八戒牀邊去叫。那獃子只是打呼不醒，被行者揪著耳朵拉起來，獃子道：「睡了罷，頑怎的？」行者道：「不是頑，有一樁買賣，我和你做去。」八戒道：「甚麼買賣？」行者道：「你可曾聽得那太子說麼？他說那妖怪有件寶貝。我們明日進城，不免與他對敵，倘或他執了寶貝，降倒我們，卻不反成不美？我想不如先下手，和你去偷他的來。」八戒道：「哥哥，你哄我去做賊哩！這個買賣，我也去得，只是也要與你講過，得了寶貝，我就要了。」行者道：「老孫只要圖名，那寶貝就與你罷了。」獃子聽說，就滿心歡喜，一轂轆爬將起來，套上衣服，和行者走路。這正是青酒紅人面，黃金動道心。

兩人縱祥雲，不多時到了城中，按落雲頭，只聽得樓頭方打二鼓。行者帶八戒徑入皇宮，尋到御花園，只見門上重重封鎖。即命八戒掣鈀，把門築破走進，卻記起唐僧的夢來，說芭蕉樹下是井。正行處，果見一株芭蕉，生得茂盛，真是：

一種靈苗秀，天生體性空。淒涼愁夜雨，憔悴怯秋風。
葉葉抽青翰，心心捲碧筒。緘書成妙用，揮灑有奇功。

行者道：「八戒，動手麼！寶貝在芭蕉樹下哩。」那獃子雙手舉鈀，築倒芭蕉，然後用嘴一拱，拱了三四尺深，見一塊石板，獃子歡喜道：「哥呀，造化了，果有寶貝，是一片石板蓋著哩！」行者道：「你掀起來看看。」那獃子果又一嘴，拱開看處，只見光輝燦爛，八戒只道是寶貝放光。近前細看，呀！原來是一口大井，那星月之光，映著井中水亮。八戒道：「哥呀，這是一眼井。你若早說，我好帶兩根繩來，設法下去。如今空手，卻怎麼處？」行者道：「你要下去麼？」八戒道：「正是要下去，只是沒繩索。」行者笑道：「你脫了衣服，我與你個手段。」八戒即將衣服脫了。

大聖把金箍棒拿出來，兩頭一扯，叫「長」，足有七八丈長。教八戒抱著一頭兒，放下井去，不多時放至水邊。行者問道：「可有寶貝麼？」八戒道：「沒甚寶貝，只是一井水。」行者道：「寶貝沉在水底下哩。你下去摸一摸來。」獃子真個深知水性，即丟了鐵棒，打個猛子，淬將下去。呀，那井底深得緊，他卻著實又一淬，忽掙眼見一座牌樓，上有「水晶宮」三字。八戒大驚道：「罷了，罷了，踃下海來也！」原來八戒不知此是井龍王的水晶宮。

早有一個巡水夜叉看見，急進去報道：「大王，井上落下一個長嘴大耳的和尚來了，赤淋淋的走著哩！」那井龍王聞言道：「這是天蓬元帥。怪道昨夜夜遊神來，取烏雞國王魂靈去拜見唐僧，請齊天大聖降妖。想必是他們來了。」即出門高叫道：「天蓬元帥，請裏面坐。」八戒卻纔歡喜，徑入宮裏，不管好歹，赤淋淋的就坐在上面。龍王道：「元帥，近聞你保唐僧西天取經，如何得到此處？」八戒道：「正為此說。我師兄孫悟空多多拜上，著我來問你取甚麼寶貝哩。」龍王道：「可憐，我這裏怎得個寶貝？比不得那江、淮、河、濟的龍王，飛騰變化，便有寶貝。我久困於此，日月且不能長見，寶貝何自而來也。」八戒道：「不要推辭，有便拿出來罷！」龍王道：「有便有一件寶貝，只是拿不出來，請元帥親自看看何如？」八戒道：「妙，妙！」

這獃子隨著龍王，轉過正殿，只見廊廡下，橫䩞著一個六尺長軀。龍王指道：「元帥，那就是寶貝了。」八戒上前一看，呀，原來是個死人，戴著沖天冠，穿著赭黃袍，踏著無憂履，繫著藍田帶，直挺挺睡在那廂。八戒笑道：「這樣的寶貝！我老豬在山為怪時，常將此物當飯，那裏算得甚寶貝。」龍王道：「元帥不知，他本是烏雞國王的屍首，自到井中，我與他定顏珠定住，不曾得壞。你若肯馱他出去，見了齊天大聖，假有起死回生之意呵，憑你要甚麼寶貝都有。」八戒道：「既這等說，我與你馱出去，只說把多少燒埋錢與我？」龍王道：「其實無錢。」八戒道：「你好白使人？果然沒錢，不馱！」即轉身就走。龍王差兩個夜叉把屍擡出宮門外丟下，摘了辟水珠，就有水響。

八戒急回頭看，不見水晶宮，一把摸著那死屍，慌得他攛出水面，扳著井牆叫道：「師兄！伸下棒來接我一接。」行者道：「可有寶貝麼？」八戒道：「那裏有！只是水底下有個井龍王，教我馱死人。我不肯馱。」行者道：「那個就是寶貝，如何不馱上來？」八戒道：「一個死屍晦晦氣氣，我馱他怎的？」行者道：「你不馱，我回寺中睡覺去。」八戒慌了道：「哥哥，不要去，等我馱上來罷。」他依舊一個猛子淬將下去，摸著屍首，拽過來，背在身上，攛出水面叫道：「哥哥，馱上來了！」行者看見，纔把金箍棒伸下井去，那獃子著了惱的人，張開口，咬著鐵棒，被行者輕輕的提將起來。

八戒將屍放下，撈過衣服穿了。行者看那國王容貌如生，道：「兄弟呵，這人死了三年，怎麼還容顏不壞？」八戒道：「這井龍王對我說，他使了定顏珠定住了，故此屍首不壞。」行者道：「造化，造化！一則是他的冤仇未報，二來該我們成功。兄弟快把他馱了去。」八戒道：「馱往那裏去？」行者道：「馱了去見師父。」八戒口中作念道：「怎的起，怎的起，好好睡覺的人，被這猴猻花言巧語，哄人做甚麼買賣，如今卻教我馱死屍！不馱，不馱。」行者道：「不馱，便伸過孤拐來打二十棒。」八戒慌了道：「哥哥那棒子重，若打上二十，我與這皇帝一般了。」行者道：「怕打時，趁早兒馱他走路。」八戒不敢違拗，沒好氣，把屍首拽過來，背在身上，拽步出園就走。大聖又捻訣念咒，往巽地上吸一口氣，吹起一陣狂風，把八戒攝出皇宮。離了城池，二人落地，徐徐卻走將來。

那獃子心中惱恨行者，算計要到師父跟前捉弄他報仇。到了寺裏，將屍首丟在禪堂門首道：「師父，起來看耶！」唐僧道：「徒弟，看甚麼？」八戒道：「你看這是行者的外公，教老豬馱將來了。」唐僧即與沙僧開門看處，那國王容顏未改，似活的一般。長老忽然淒慘道：「陛下，你不知那世裏冤家，今生遇著他，暗喪其身，拋妻別子，舉朝不知，可憐，可憐！」一邊說著，不覺淚如雨下。八戒笑道：「師父，他又不是你家父祖，哭他怎的？」三藏道：「徒弟呵，出家人慈悲為本，你怎的這等心硬？」八戒道：「不是心硬。師兄和我說來，他會醫得活。若是醫不活，我也不馱來了。」那長老原是一頭水的，被那獃子搖動了，便叫悟空：「若果有手段醫活這個國王，正是救人一命勝造七級浮屠，我等也強似靈山拜佛。」行者道：「師父，你怎麼聽這獃子亂談。凡人死去，或三七、五七，或七七日，受滿了陽間罪過，就轉生去了。此王已死三年，如何救得？」三藏聞言道：「也罷了。」八戒恨苦不息，道：「師父，莫被他瞞了。你只念念那話兒，管他還你一個活人。」真個唐僧就念《緊箍兒咒》，勒得那行者眼脹頭疼。畢竟不知怎生醫救，且聽下回分解。

第三十九回　一粒金丹天上得　三年故主世間生

話說那孫大聖頭痛難禁，哀告道：「師父，莫念，莫念，等我醫罷！」長老問怎麼醫，行者道：「只除到陰司，問閻王討了他魂靈來。」八戒道：「師父莫信他。他原說不用過陰司，陽世間就能醫活，方見手段哩！」那長老信邪風，又念《緊箍兒咒》，慌得行者滿口應承。八戒道：「師父莫要住，只管念。」行者罵道：「你這獃孽畜，攛掇師父咒我哩！」八戒笑得打跌道：「哥耶，哥耶，你只曉得捉弄我，不曉得我也會捉弄你捉弄！」行者道：「師父，莫念，莫念，待老孫陽世間醫罷！」三藏道：「陽世間怎麼醫？」行者道：「我如今去尋著太上老君，求得他一粒九轉還魂丹來，管取救活他也。」

三藏大喜道：「就去快來。」行者道：「如今有三更時候罷了，沒到回來，天好明了。只是這個人睡在這裏，冷冷淡淡，不像模樣，須得舉哀人看著他哭纔好哩！」八戒道：「不消講，一定是要我哭了。哥哥你自去，我自哭便了。」行者道：「你且哭個樣子我看看。」那獃子當真眼淚汪汪的哭將起來，口裏不住的絮絮叨叨，數黃道黑，真個像死了人的一般。哭到那傷情之處，長老也淚滴心酸。行者笑道：「正是那樣哀痛，再不許住聲。若略住住聲兒，定打二十個孤拐。」八戒道：「你去，你去，我這一哭動頭，有兩日哭哩。」

當時行者急縱觔斗雲，入南天門裏，徑來到三十三天離恨天兜率宮中，只見那太上老君正在丹房中煉丹哩。他見行者到來，即吩咐看丹的童兒各要仔細，偷丹的賊又來也。行者作禮笑道：「老官兒，我如今不幹那樣事了。」老君道：「你那猴子，不保唐僧往西天，卻潛入吾宮怎的？」行者將烏雞國王之事說了一遍道：「我如今特來參謁，萬望把九轉還魂丹借得百十丸兒，與我老孫搭救他也。」老君道：「這猴子亂說甚麼百十丸，當飯吃哩！沒有，沒有，去，去，去。」大聖拽轉步往前就走。老君尋思道：「不好，不好！這猴子憊懶，他說去就去，只恐怕溜進來偷。」即趕上叫住道：「你回來。我把這還魂丹送你一丸去罷！」

行者接著，纔辭了老祖，徑回寺中，只聽得八戒還哭哩。忽近前，叫聲：「師父。」三藏喜道：「悟空來了，可有丹藥？」悟空道：「有，有。」叫八戒道：「兄弟，如今用不著你了。你揩揩眼淚，別處哭去。」叫沙和尚取些水來，行者口中吐出金丹，安在那國王脣裏，扳開牙齒，用一口清水，把金丹沖灌下肚。有一個時辰，只聽得肚裏呼呼亂響，只是身體不能轉移。三藏道：「這久死之屍，元氣盡絕，得個人度他一口氣便好。」八戒上前就要度氣，三藏扯住道：「使不得！還叫悟空來。」原來那八戒自幼兒傷生吃人，是一口濁氣。惟行者自小修持，餐松吃桃，是一口清氣。這大聖上前，把個雷公嘴噙著那國王口脣，呼的一口氣，吹入嚥喉，度下重樓，轉明堂徑至丹田，從湧泉倒返泥垣宮，呼的一聲響喨，那君王氣聚神歸，便翻身輪拳曲足，叫聲「師父」，雙膝跪下道：「記得前夜鬼魂來拜謁，誰知今早返陽神。」三藏慌忙攙起請坐。

那寺裏僧人，正整頓早齋來獻，忽見那個水衣皇帝，個個驚疑。行者跳出來道：

「這本是烏雞國王，乃汝之真主也。三年前被怪害了性命，是老孫昨夜救活。如今要進城去辨明邪正。若有齋快拿來，等我們吃了走路。」眾僧隨即奉獻湯水齋供。大家吃罷，行者教那國王，將身上袍帶冠履，盡皆脱下，問僧官取了兩領布直裰，一條黃絲縧，一雙舊僧鞋，與他換了。行者笑道：「陛下，著你那般打扮，跟我們走，可虧你麼？」那國王跪下道：「師父，你是我重生父母一般，我情願執鞭墜鐙，伏侍老爺上西天去也。」行者道：「不要你西天去。只待進城，捉了妖精，你還做你的皇帝，我們還取我們的經。」一齊上路同行。

那寺裏五百僧人，齊齊整整，安排吹打遠送。行者道：「和尚們快不要如此，恐怕泄漏事機，反為不美。回去，回去，只把那皇帝的衣服冠帶整頓乾淨，或是今晚明早，送進城來，我討些賞賜謝你。」眾僧依命各回訖。正是：

西方有訣好尋真，金木和同卻煉神。丹母空懷懞懂夢，嬰兒長恨贅疣身。
必須井底求原主，還要天堂拜老君。悟得色空還本性，誠為佛度有緣人。

師徒們在路上那消半日，早到了烏雞國城外。只見街市上人物齊整，風光鬧熱。早又見鳳閣龍樓，十分壯麗。行者請三藏下馬，引五眾同至朝門，與閣門大使説了來意，道：「今到此倒換關文，煩大人轉達，不誤善果。」那黃門官急入啟奏，那魔王即令傳宣。五眾徑來到金鑾殿下。又見那兩班文武，威嚴端肅。

這行者引唐僧站立在白玉階前，挺身不動。那眾官無不悚懼道：「這和尚十分村愚！怎麼見我王不下拜，好大膽無禮。」説不了，只聽得那魔王開口問道：「那和尚是那方來的？」行者昂然答道：「我是東土大唐奉欽差往西天雷音寺拜活佛求真經者。今到此方，特來倒換通關文牒。」那魔王教取上關文，看了道：「那和尚，你起初一個人離東土，前後又收了四眾。那三個徒弟也罷了，這道人蹤跡可疑，他是何方人氏，叫甚名字？有度牒是無度牒？拿他上來取供。」唬得那國王戰戰兢兢。行者捻他一把，趨步上前，對怪物厲聲叫道：「陛下，這老道又聾又啞。他的起落根本，我盡知之，待我替他供罷！」魔王道：「趁早實實供來，免得取罪。」行者道：

供狀行童年老邁，癡聾瘖瘂家私壞。祖居原是此間人，五載之前遭破敗。天無雨，民乾壞，鍾南忽降全真怪。呼風喚雨顯神通，然後暗將他命害。推下花園深井中，陰侵龍位今三載。幸吾來，功果大，起死回生轉法界。要向金鑾辨假真，扶王滅怪安朝代。

那魔王在殿上聞得這一篇言語，唬得他心頭撞小鹿，面上起紅雲，急抽身向一個鎮殿將軍腰裏掣了一口寶刀，就駕雲頭望空而去。氣得沙和尚暴躁如雷，豬八戒高聲喊叫，埋怨行者：「這急猴子，你就慢說些兒，卻不穩住了他。如今他駕雲逃走，卻往何處追尋？」行者笑道：「兄弟們且莫亂嚷。你等一面叫太子下來拜父，嬪后出來拜夫，多官前來拜君，大家認了舊主人。待我去拿妖怪。」沙僧等即如命而行。

行者急跳在九霄空裏，睜眼四望，只見那魔王逃了性命，徑往東北上走哩。行者趕上喝道：「那怪物那裏去，老孫來了！」那魔王急回頭，提寶刀高叫道：「孫行者，你好憊懶！我佔別人的帝位，與你何干，你怎麼來管閒事。」行者呵呵笑道：「大膽的潑怪，皇帝又許你做的？不要走，吃我一棒！」那魔王纏寶刀劈面相還。

他兩個戰經數合，妖魔抵不住猴王，急回頭復跳入城裏，闖在白玉階兩班文武叢中，搖身一變，即變得與唐三藏一般模樣，併立在階前。這大聖趕上，就欲舉棒來打那怪。三藏道：「徒弟莫打，是我。」急掣棒要打那個唐僧，卻又道：「徒弟莫打，是我。」一樣兩個唐僧，實難辨認。只得停手，叫八戒、沙僧問道：「你們曉得那一個是怪，那一個是師父？」八戒道：「你在半空中相打，我們瞥瞥眼就見兩個師父，也不知誰真誰假。」行者聞言，捻訣念咒、叫那護法諸神道：「老孫至此降妖，妖魔變作我師父，實難辨認。汝等暗中知會，請師父上殿，讓我擒魔。」原來那妖怪善騰雲霧，聽得行者言語，急撒手跳上金鑾殿。這行者舉起棒望唐僧就打，多虧眾神架住道：「大聖，那怪會騰雲，先上殿去了。」行者趕上殿，他又跳將下來扯住唐僧，在人叢裏混了一混，依然難認。

行者心中焦躁，只見那八戒在旁冷笑，行者大怒道：「你這獃子，怎的這般歡喜？」八戒笑道：「哥哥，說我獃，你比我又獃哩！師父既然難辨，你何不忍些頭疼，叫我師父念念那話兒，我與沙僧各攙一個，但念著你頭不疼，必是妖怪，有何難也？」行者道：「正是，正是，師父你念念看。」真個那唐僧就念起來，行者即便頭疼。那魔王口裏亂哼，行者全然不覺。八戒道：「這一定是妖怪了！」他放了手，舉鈀就築。你看那魔王縱身跳起，踏著雲頭便走。八戒、沙僧俱趕到空中，使鈀杖左右夾攻。行者想道：「我要再去，當面打他，只恐他又走了。等我跳高些，與他個搗蒜打，結果了他罷！」

這大聖縱祥光起在九霄，正要下個切手，只見那東北上一朵彩雲裏面，厲聲叫道：「孫悟空，且休下手！」行者回頭看處，原來是文殊菩薩，急收棒上前施禮道：「菩薩，那裏去？」文殊道：「我來替你收這個妖怪的。」即向袖中取出照妖鏡，照住了那怪的原身。行者到鏡子裏看處，那魔王生得好不兇惡。行者道：「菩薩，這是你坐下的一個青毛獅子，卻怎麼走將來成精？」菩薩道：「他不曾走，他是佛旨差來的。當初這烏雞國王，好善齋僧，佛差我來度他。我因變作一個凡僧，問他化些齋供，故意將幾句言語相難。他把我一條繩捆了，送在那御水河中，曾浸了我三日三夜。如來故遣此怪，到此處推他下井，浸他三年，以報我三日水災之恨。今得汝等來此，成了功績。」行者道：「你雖報了私仇，但只點污了三宮娘娘的身體，壞了多少綱常倫理。」菩薩道：「點污他不得，他是個騸了的獅子。」八戒聞言，走近前就摸了一把。笑道：「這妖精真個是糟鼻子不吃酒，枉擔其名了。」行者道：「既如此，收了去罷！」那菩薩喝道：「畜生，還不皈正，更待何時？」那魔王纔現了原身。菩薩放蓮花罩定妖魔，坐在背上，踏祥光徑轉五臺山而去。畢竟不知那唐僧怎的出城，且聽下回分解。

第四十回　嬰兒戲化禪心亂　猿馬刀歸木母空

卻說那大聖兄弟三人，按下雲頭，徑至朝內。只見那君臣儲后，幾班兒拜接謝恩。行者將菩薩降魔收怪之事，與他君臣們說了，一個個頂禮不盡。正都在喜慶之際，又聽得黃門官來奏：「主公，外面又有四個和尚來也。」即命宣進來看時，原來是那寶林寺僧人，捧著那沖天冠、碧玉帶、赭黃袍、無憂履進上。行者大喜道：「來得好，來得好！」且教道人過來，一一穿戴。教太子拿出白玉珪來，與他執在手裏，早請上殿稱孤，正是朝廷不可一日無君。那國王那裏肯坐，哭啼啼跪在階心道：「我已死三年，今蒙師父救我回生，怎麼又敢妄自稱尊？請那一位師父為君，我情願領妻子城外為民足矣。」那三藏那裏肯受。又請行者，行者笑道：「不瞞列位說，我老孫若要做皇帝，天下萬國九州皇帝都做遍了。只是我們做慣了和尚，是這般懶散。若做了皇帝，就要頂冠束帶，黃昏不睡，五鼓不眠，聽有邊報，心神不安，見有災荒，憂愁無奈，我們怎麼弄得慣？你還做你的皇帝，我還做我的和尚修功行去也。」

那國王苦讓不過，只得上了寶殿，南面稱孤，大赦天下，賞賜了寶林寺僧人回去。卻纔大開東閣，筵宴唐僧。一壁廂宣召丹青，寫下唐師徒四位喜容，供養在金鑾殿上。又將鎮國的寶貝、金銀，獻與師父酬恩。三藏分毫不受，只是倒換關文，催悟空等鞴馬早行。那國王甚不過意，只得擺整朝鑾駕，請唐僧坐了，著兩班文武引導，他與三宮妃后，並太子一家兒，捧轂推輪。送出城郭，三藏即下龍輦相別。國王閣淚汪汪，與眾臣回去了。

那唐僧師徒上了平陽大路，正值秋盡冬初時節。行經半月有餘，忽又見一座高山，真個是摩天礙日。三藏馬上心驚，加鞭策馬，奔至山巖，十分險峻。師徒們正當悚懼，又只見那山凹裏有一朵紅雲，直冒到九霄空內，結聚了一團火氣。行者大驚，走近前，把唐僧搊下馬來，叫兄弟們不要走了，妖怪來矣。慌得個八戒掣鈀，沙僧輪杖，把唐僧圍護在當中。

話分兩頭。卻說紅光裏真是個妖精，他數年前聞得人講：「東土唐僧往西天取經，乃是金蟬長老轉生，十世修行的好人。有人吃他一塊肉，延壽長生。」他朝朝在山間等候，不期今日到了。他在那半空裏觀看，誇讚不盡道：「好呵，那個馬上的白面胖和尚，真是唐朝聖僧，卻怎麼被三個醜和尚護持住了，一個個伸拳斂袖，各執兵器，似乎要與人打的一般。噫！想是那個有眼力的認得我了。似此模樣，莫想得那唐僧的肉吃。」沈吟半晌道：「若要倚勢而擒，莫能得近。或者以善迷他，卻到得手。且下去戲他一戲。」好妖怪，即散紅光，按雲頭落下山坡裏。搖身一變，變作七歲頑童，赤條條的身上無衣，將麻繩捆了手足，高吊在那松樹梢頭，口口聲聲，只叫：「救人，救人！」

卻說那大聖擡頭再看處，只見那紅光散盡，火氣全無，便請師父上馬走路。唐僧道：「你說妖怪來了，怎麼又敢走路？」行者道：「我纔見一朵紅雲從地而起，到空中結作一團火氣，斷然是妖精。這一會紅雲散了，想是個過路的妖精，不敢傷人。我們去耶！」八戒笑道：「妖精又有個甚麼過路的。」行者道：「你那裏知道。若是那山那洞的魔王設宴，邀請那四路的精靈赴會，故此他只有心赴會，無意傷人。此乃過路之妖精也。」

三藏聞言，也似信不信的，只得策馬前進。正行時，只聽得叫聲「救人」。長老大驚道：「徒弟呀，這半山中是那裏甚麼人叫？」行者道：「師父莫管閒事，且走路。」行不上一里之遙，又聽得叫聲「救人」。長老道：「徒弟，這個叫的，想必是個有難之人。我們可去救他一救。」行者道：「師父，今日且把這慈悲心略收起收起。這去處凶多吉少。古人云：『脱得去，謝神明。』切不可惹他。」長老只得加鞭，催馬而行。行者暗想：「這潑怪不知在那裏叫，等我送他一個卯酉星法，教他兩不見面。」他讓唐僧先行幾步，卻使個移山縮地之法，把金箍棒往後一指，將他師徒送過此峰頭，往前走了，卻把那怪物撇下。他再拽步趕上唐僧，恨不得一步過此山。

卻說那妖在山坡裏連叫了三四聲，更無人到，他想道：「我望見唐僧離不上三里，卻怎麼這半晌還不到？想是抄下路去了。」他抖一抖，脱了繩索，又縱紅光，上空再看。大聖仰面一覷，又把唐僧撮下馬來道：「兄弟仔細，那妖精又來也！」慌得八戒、沙僧各持鈀棍，將唐僧又圍護在中間。那精靈見了，在空中稱羨不已道：「好和尚！我這一去，必先把那有眼力的弄倒了，方纔捉得唐僧。不然是徒費心機也。」即按下雲頭，卻似前番變化，高吊在那松樹梢頭等候。這番卻不上半里之地。

卻說那大聖擡頭，只見那紅雲又散，復請師父上馬前行。三藏道：「你說妖精又來，如何又請走路？」行者道：「這還是個過路的妖精，不敢惹我們。」長老怒道：「這個潑猴，十分弄鬼！正當有妖魔處，卻說無事。似這般清平之所，卻來嚇我，不時的將我搊著腳，捽下馬來，如今卻解說甚麼過路的妖精。假若跌傷了我，卻也過意不去。」行者道：「師父，若是跌傷了，還好醫治。若是被妖精撈了去，卻何處跟尋？」三藏大怒，恨恨的要念《緊箍兒咒》，卻是沙僧苦勸，只得上馬又行。

還未曾坐得穩，又聽得叫「師父救人呵」。長老擡頭看時，原來是個小孩童，赤條條吊在樹上。兜住馬，便罵行者道：「這潑猴老大憊懶！我那般說叫喚的是個人聲，他就千言萬語，只嚷是妖怪。你看那樹上吊的不是個人麼？」大聖見師父怪下來了，再也不敢回言，讓唐僧到了樹下。那長老將鞭梢指著問道：「你是那家孩兒，因甚事吊在此間？說與我好救你。」那妖見他下問，眼中噙淚，叫道：「師父呵，這山西去有一條枯松澗，澗那邊有一莊村，我是那裏人家；我祖公公姓紅，喚作紅百萬。年老歸世，家產遺與我父。近年人事奢侈，家私漸廢，改名叫作紅十萬，專一結交四路豪傑，將金銀借放，希圖利息。怎知無籍之人，設騙了去呵，本利無歸。我父發了弘誓，分文不借。那夥人身無活計，結成兇黨，明火執杖，白日殺上我們，將財帛盡情劫擄，把我父親殺了；把母親擄去，做甚麼壓寨夫人。那時節，我母親捨不得我，把我抱在懷裏，哭哀哀跟隨賊寇，不期到此山中，又要殺我。多虧母親哀告，免我刀下身亡，卻將繩子吊我在樹上，只教凍餓而死。那些賊將我母親不知掠往那裏去了。我在此已吊三日三夜，更沒一個人來行走。不知那世裏修積，得遇老師父。若肯捨大慈悲，救我一命回家，就典身賣命，也酬謝師恩，更不敢忘也。」

三藏聞言，就教八戒解放繩索，救他下來。那獃子便要上前動手。行者在旁，忍不住喝了一聲道：「那潑物，有認得你的在這裏哩！莫要只管架空搗鬼，你既家私被劫，父被賊傷，母被人擄，救你去交與誰人？你將何物與我作謝？這謊脫節了耶！」那怪聞言，心中害怕，就知大聖是個能人，卻又戰戰兢兢，滴淚說道：「師父，雖然我父母空亡，家財盡絕，還有田產未動，親戚皆存。我外公家在山南，姑娘居嶺北，澗頭李四是我姨夫，林內紅三是我族伯。還有堂叔、堂兄，都在本莊左右。老師父若肯救我，到莊上見了諸親，定然典賣田產，重重酬謝也。」

八戒聽説道：「哥哥，這等一個小孩子家，你只管盤詰他怎的，救他下來罷！」獃子即把戒刀挑斷繩索，放下怪來。那怪對唐僧馬下淚汪汪只情磕頭。長老心慈，便叫：「孩兒，你上馬來，我帶你去。」那怪道：「師父呵，我手腳都吊麻了，腰胯疼痛，且是鄉下人家，不慣騎馬。」唐僧叫八戒馱著，那妖怪抹了一眼道：「師父，我不敢要這位師父馱，他腦後鬃硬，搠得我慌。」唐僧又教沙和尚馱著，那怪也抹了一眼道：「師父，那些賊來打劫時，一個個都搽了花臉，我被他唬怕了，見這位晦氣臉的師父，一發不敢要他馱。」唐僧便教行者馱罷，行者呵呵笑道：「我馱，我馱。」

那怪物暗自歡喜，順順當當的要行者馱他。行者試了一試，只好有三斤十來兩重，笑道：「你這個潑怪物，今日該死了，怎麼在老孫面前搗鬼！我認得你是那話兒呵。」妖怪道：「師父，我是好人家兒女，不幸遭此大難，怎的是甚麼那話兒？」行者道：「你既是好人家兒女，怎麼這等骨頭輕？」妖怪道：「我骨格兒小。」行者説：「也罷，我馱著你；若要尿尿把把，須和我説。」於是一行徑投西去。詩曰：

道德高時魔障高，禪機本靜靜生妖。心君正直行中道，木母癡頑躧外趫。
意馬不言懷愛欲，黃婆無語自憂焦。客邪得志空歡喜，畢竟還從正處消。

孫大聖馱著妖魔，心中怨恨，算計要摜殺他。那怪物早知覺了，就使個神通，往四方吸了四口氣，吹在行者背上，便覺重有千斤。行者笑道：「我兒呵，你弄甚麼重身法壓我老爺哩！」那怪恐怕大聖傷他，卻就出了元神起去，佇立在九霄空裏。這行者背上越重了。他一時怒發，抓過來，往那路旁石頭上唿喇的一摜，摜得像個肉餅一般。又將他四肢扯碎，丟在路旁。那物在空中看見，忍不住心頭火起道：「這猴和尚十分憊懶！若不趁此時拿了唐僧，越教他停留長智。」他就在半空裏弄一陣旋風，呼的一聲響亮，走石揚沙，颳得那三藏馬上難存，八戒、沙僧低頭掩面。大聖情知是怪物弄風，急縱步來趕時，那怪已將唐僧攝去了。

一時間，風聲頓息，日色光明。行者上前喊：「八戒！」那獃子爬起來道：「哥哥，好大風呵！」又問：「師父那裏去了？」八戒道：「風來得緊，我們都藏頭遮眼，各自躲風，師父也伏在馬上的。如今卻不見蹤影，難道是個燈草做的，一陣風捲去了不成？」行者道：「兄弟們，我等自此就該散了。」八戒道：「正是，趁早散了，各尋頭路，多少是好。」沙僧聞言，打了一個失驚道：「師兄，你都說的是那裏話。我等因為前生有罪，感蒙菩薩勸化，與我們受戒改名，皈依佛果，情願保護唐僧，上西方拜佛求經，將功折罪。今日到此，說出這等話來，可不違了菩薩的善果，壞了自己的德行，惹人恥笑，說我們有始無終也！」行者道：「兄弟，你也說得是，奈何師父不聽好言。方纔這陣風是那樹上吊的孩兒弄的，我認得他是個妖精，那師父苦苦認作是好人家兒女，是老孫殺了他。他就使個解屍之法，弄陣旋風，把師父攝去也。我因怪他每每不聽我說，故此意懶心灰，說散了罷。既然賢弟有此誠意，我們還去尋那妖怪，救師父去。」八戒也道：「正是，正是。」遂收拾了行李、馬匹，上山找尋。

三個人繞坡轉澗，行經有五七十里，卻也沒個音信。孫大聖著實心焦，將身一縱，跳上那險峻峰頭，喝一聲叫變，變作三頭六臂，將金箍棒幌一幌變作三根，劈哩撲辣的往東打一路，往西打了一路。打了一會，打出一夥窮神來，都披一片，掛一片，裩無襠，褲無口的，跪在山前，叫大聖：「山神、土地來見。」行者道：「怎麼就有許多山神、土地？」眾神叩頭道：「上告大聖，此山喚作六百里鑽頭號山。我等是十里一山神，十里一土地，共該三十名山神，三十名土地。昨日已此聞大聖來了，只是一時會不齊，故此接遲，萬望恕罪。」行者道：「我且問你，這山上有多少妖精？」眾神道：「爺爺呀，只有得一個妖精，把我們頭也摩光了，弄得少香沒紙，血食全無，還吃得有多少妖精哩！」行者道：「這妖精在那裏住？」眾神道：「這山中有一條枯松澗，澗邊有一座火雲洞。那妖住在洞裏。他神通廣大，常常把我們山神、土地拿去，燒火頂門，提鈴喝號。小妖兒又討甚麼常例錢，我等沒錢與他，只得捉幾個山獐、野鹿，打點相送。不然，就要毀廟宇，剝衣裳，攪得我等不得安生。萬望大聖剿除此怪，拯救山上生靈。」行者道：「他是那裏妖精，叫作甚麼名字？」眾神道：「說起他來，或者大聖也知道。他是牛魔王的兒子，羅剎女養的。他曾在火焰山修行了三百年，煉成三昧真火，牛魔王使他來鎮守號山。乳名叫作紅孩兒，號叫聖嬰大王。」

行者聞言，滿心歡喜，喝退了土地、山神，卻現了本相，跳下峰頭，對八戒、沙僧道：「兄弟們放心，師父決不傷生，妖精與老孫有親。原來他是牛魔王的兒子，羅剎女養的，名喚紅孩兒，想我老孫五百年前，曾與牛魔王結七弟兄。這妖精是他的兒子，若論起來，還該叫我老叔哩。他怎敢害我師父？我們趁早去來。」沙和尚笑道：「哥呀，常言道：『三年不上門，當親也不親』哩。你與他相別五六百年，又不曾往還酒杯，又沒有個節禮相送，他那裏與你認甚麼親耶！」行者道：「總然他不認親，好道也送還我師父。」於是三人仍找路前進。

又行了百十里遠近，忽見一派松林，中有一條曲澗，澗下碧澄澄活水飛流，那澗梢頭有一座石板橋，通著洞府。行者道：「兄弟，那壁廂想必是妖精住處了。」便教沙僧將馬匹、行李俱潛守樹林深處，行者與八戒各持兵器前來。正是：

未煉嬰兒邪火勝，心猿木母共扶持。

畢竟不知此去吉凶何如，且聽下回分解。

第四十一回　心猿遭火敗　木母被魔擒

善惡一時忘念，榮枯都不關心。晦明隱現任浮沈，隨分飢餐渴飲。
神靜湛然常寂，昏冥便有魔侵。五行顛倒到禪林，風動必然寒凜。

卻說那大聖、八戒跳過枯松澗，徑來到那怪石崖前。果見有一座洞府，洞門外有一座石碣，上鐫八個大字，乃是「號山枯松澗火雲洞」。那壁廂一群小妖，在那裏輪槍舞劍。大聖厲聲高叫道：「那小的們，趁早去報與洞主知道，教他送出我唐僧師父來，免你這一洞精靈的性命！」小妖聞言，急入通報。

卻說那怪自把三藏拿到洞中，選剝了衣服，捆在後院裏，著小妖打水刷洗，要上籠蒸吃哩！急聽得報道：「有個毛臉雷公嘴的和尚，帶一個長嘴大耳的和尚，在門前要甚麼唐僧師父哩！」魔王冷笑道：「這是孫行者與豬八戒，他卻也會尋哩！」教小的們推出車去。那幾個小妖推出五輛小車兒來，開了前門。八戒望見道：「哥哥，這妖精想是怕我們，推出車子，往那廂搬哩！」只見那小妖將車子按金、木、水、火、土安下，那魔王手執著一桿丈八長的火尖槍，也無甚麼盔甲，只是腰間束一條錦繡戰裙，赤著腳，走出門前。行者擡頭觀看，只見他：

面如傅粉，脣若塗朱。鬢挽青雲，眉分新月。

他向前高叫道：「是甚麼人，在我這裏吆喝？」行者笑道：「賢姪，是我。你今早把我師父攝將來，快些送出，不要白了面皮，失了親情。恐你令尊知道，不像模樣。」那怪聞言，咄的一聲喝道：「那潑猴頭，我與你有甚親情，那個是你賢姪？」行者道：「哥哥你是不知，我乃五百年前大鬧天宮的齊天大聖孫悟空。我當時專慕豪傑。你令尊叫牛魔王，稱為平天大聖，與我老孫結為七弟兄，做了大哥，老孫排行第七。我老弟兄們那時節耍子時，還不曾生你哩！」

那怪那裏肯信，舉起火尖槍就刺。行者輪起鐵棒罵道：「你這小畜生，不識高低，看棍！」他兩個各使神通，跳在雲端裏，戰經二十合不分勝敗。豬八戒在旁看得明白，妖精雖不敗陣，卻只是遮攔隔架，全無攻殺之能。他即抖擻精神，舉鈀望妖精就築。那怪見了心驚，急拖槍敗下陣來。行者、八戒趕到洞門前，只見妖精一隻手舉著火尖槍，站在那中間一輛小車兒上，一隻手捏著拳頭，往自家鼻子上便捶。八戒笑道：「這廝放賴不羞！你好道捶破鼻子，淌出血來，搽紅了臉，往那裏告我們去耶？」誰知他捶了兩拳，念個咒語，口裏噴出火來，鼻子裏濃煙迸出，閘閘眼火焰齊生，那五輛車子上火光湧出。連噴了幾口，只見那紅焰焰大火燒空，把一座火雲洞被那煙火迷漫，真個是熯天熾地。八戒慌了道：「哥哥不停當，這一鑽在火裏，莫想得活，把老豬弄作個燒熟的，加上香料，儘他受用哩。快走，快走！」說聲走，他也不顧行者，跑過澗去了。這行者捏著避火訣，撞入火中尋那怪。那怪見行者來，又吐上幾口，火比前更勝。這火：

非天火，非野火，乃是妖魔修煉成真三昧火。五輛車兒合五行，五行生化火煎成。肝木能生心火旺，心火致令脾土平。脾土生金金化水，水能生木徹通靈。生生化化皆因火，火遍長空萬物榮。妖邪久悟呼三昧，永鎮西方第一名。

行者被他煙火飛騰，看不見他洞門路徑，抽身跳出火中。那妖精看得明白，他見行者走了，卻纔收了火具，帥群妖轉進洞內，得勝歡樂不題。

卻說行者跳過枯松澗，只聽得八戒與沙僧講話。行者喝八戒道：「你這獃子，懼怕妖火，敗走逃生，就把老孫丢下。你可成得個人麼？」八戒笑道：「古人云：『識得時務者呼為俊傑。』那妖精不與你親，你強要認親。既與你賭鬥，放出那般無情的火來，又不走，還要與他戀戰哩！」行者道：「那怪的槍法比我何如？」八戒道：「不濟。老豬見他撐持不住，卻來助你一鈀，不期他不識耍，就敗下陣來，沒天理就放火了。」行者道：「正是你不該來。我再與他鬥幾合，取巧兒撈他一棒，卻不是好？」他兩個只管談論，沙和尚倚著松根冷笑。行者道：「兄弟，你笑怎麼？」沙僧道：「據你們說，那妖精手段不濟，只是多了些火勢，故不能取勝。若依小弟說，以相生相剋之理勝他，有甚難處？」行者聞言，呵呵笑道：「兄弟說得有理。若論相生相剋，須是以水剋火。你兩個且在此間，待老孫去東洋大海，問龍王借些水來，潑息妖火，捉這怪物。」

好大聖，縱雲離火洞，頃刻到東洋。徑到水晶宮裏，見了老龍王敖廣道：「有一事相煩。我師父路遇紅孩兒妖精拿去，老孫與他交戰，他卻放出火來，我們勝不得他。想著水能剋火，特求你與我下場大雨，潑滅了妖火，救唐僧一難。」那龍王道：「大聖若要求雨，我卻不敢擅用，須得玉帝旨來，會了雷公、電母、風伯、雲童，纔行得哩。」行者道：「我也不用著風雲雷電，只是要些雨水滅火。」龍王道：「既如此，待我邀舍弟們來，同助大聖一功罷！」那龍王即時邀齊了三海龍王，同領著龍兵，不多時，早到號山枯松澗上。行者道：「敖氏昆玉，汝等且停於空中，讓老孫與他賭鬥。若贏了他，不須列位捉拿。但是他放火時，可聽我呼喚，一齊噴雨。」龍王唯唯奉令。

行者卻入松林裏，見了八戒、沙僧，與他説知了，即跳過澗，到洞門首叫門。小妖進去通報。那紅孩急縱身，挺著長槍，教小的們推出火車子來。走出門對行者道：「你又來怎的？」行者道：「還我師父來。」那怪道：「你這猴頭，忒不通變。那唐僧與你做得師父，也與我做得按酒。你還思量要他哩，莫想，莫想。」行者掣棒劈頭就打，那妖精使長槍急架相迎。這一場戰經二十回合，那怪見不能取勝，虛幌一槍，急抽身，揑著拳頭，又將鼻子捶了兩下，卻就噴出火來。那車子上煙火迸起，口眼中赤焰飛騰。孫大聖回頭叫道：「龍王何在？」龍王兄弟帥眾水族，望妖精火光裏噴下雨來。那雨淙淙大小，莫能止息那妖精的火勢。原來龍王私雨，只好潑得凡火，妖精的三昧真火如何潑得？好一似火上澆油，越潑越灼。大聖捻著訣，鑽入火中，輪棒尋妖要打。那妖見他來到，將一口煙劈臉噴來。行者急回頭，熰得眼花雀亂，忍不住淚落如雨。原來這大聖不怕火，只怕煙。當年大鬧天宮時，被老君放在八卦爐中，他幸在那巽位安身，不曾燒壞，只是風攪得煙來，把他熰壞了，故至今只怕煙。那妖又噴一口，行者當不得，縱雲就走了。那妖王卻又收了火具，回歸洞府。

這大聖一身煙火，暴躁難禁，徑投於澗水內救火。怎知被冷水一逼，弄得火氣攻心，三魂出舍。可憐氣塞胸堂喉舌冷，魂飛魄散喪殘生。那四海龍王在半空裏收了雨澤，高叫：「天蓬元帥，捲簾將軍，且尋你師兄去來。」八戒、沙僧聽得呼他聖號，急忙解馬挑擔，奔出林來，也不顧泥濘，順澗邊找尋。只見那上溜頭翻波滾浪，急流中淌下一個人來。沙僧見了，跳下水中，抱上岸來，卻是大聖身軀。你看他踡跼四肢伸不得，渾身上下冷如冰。沙和尚滿眼垂淚道：「師兄，可惜了你，億萬年不老長生客，如今化作個中途短命人！」八戒笑道：「兄弟莫哭。你扯著腳，等我擺佈他。」真個那沙僧把他拽個直，推上腳來，盤膝坐定。八戒將兩手搓熱，仵住他的七竅，使一個按摩禪法。原來那行者被冷水逼了，氣阻丹田，不能出聲，卻幸得八戒按摸揉擦，須臾間氣透三關，轉明堂衝開孔竅，叫了一聲：「師父呵！」沙僧道：「哥啊，你生為師父，死也還在口裏。且甦醒，我們在這裏哩！」行者睜開眼道：「兄弟們在這裏，老孫吃了虧也！敖氏弟兄何在？」那龍王在半空中答應道：「小龍在此伺候。」行者道：「累你遠勞，不曾成功，且請回去，改日再謝。」龍王帥水族泱泱而回。

沙僧攙著行者，一同到松林下坐定。少時間，卻定神順氣，止不住淚滴腮邊，又叫聲：「師父苦呵！」沙僧道：「哥哥且休煩惱，我們早定計策，去那裏請兵助力，速救師父耶？」行者道：「那裏請救麼，想老孫大鬧天宮時，那些神兵都禁不得我。這妖精神通不小，須是比老孫手段大些的纔降得他，除非去請觀音菩薩纔好。奈我渾身酸痛，駕不起觔斗雲，如之奈何？」八戒道：「有甚吩咐，等我去請。」行者笑道：「也罷，好兄弟，你去去來。」八戒即便駕起雲霧，向南而去。

卻說那妖在洞裏歡喜道：「小的們，孫行者吃了虧去了。這一陣雖不得他死，好道也發個大昏。咦，只怕他又請救兵來也。」急叫小妖開了門，妖精跳在空裏觀看。只見八戒往南去了，妖精想著南邊再無他處，斷然是請觀音菩薩，急按下雲，叫：「小的們，把我那皮袋尋出來。等我去把八戒賺將回來，裝於袋內，蒸得稀爛，犒勞你們。」原來那妖精有一個如意的皮袋，眾小妖拿出來，安排伺候。那妖從近路上一駕雲頭，趕過了八戒。端坐在壁巖之上，變作一個假觀世音模樣等候著。

那獃子正縱雲行處，忽然望見菩薩，他那裏識得真假，這纔是見像作佛。他即停雲下拜道：「菩薩，弟子豬悟能叩頭。」妖精道：「你不保唐僧去取經，卻見我有何事幹？」八戒道：「弟子因與師父行至中途，遇著個紅孩兒妖精，把我師父攝了去。是弟子與師兄尋上門，與他交戰。他原來會放火，頭一陣不曾得贏，第二陣請龍王助雨，也不能滅火。師兄被他燒壞了，不能行動，著弟子來請菩薩。萬望垂慈，救我師父一難。」妖精道：「那火雲洞洞主，不是個傷生的，一定是你們衝撞了他也。」八戒道：「我不曾衝撞他，是師兄悟空衝撞他的。他變作一個小孩兒吊在樹上，師父教我解下來，著師兄馱他一程。是師兄摜了他一摜，他就弄風兒把師父攝去了。」妖精道：「你起來，跟我進那洞裏，見洞主說個人情，你陪一個禮，把你師父討出來罷。」

那獃子不知好歹，就跟著他徑回舊路。頃刻間到了門首，妖精道：「你休疑忌。他是我的故人，你跟我進來。」獃子只得舉步入門。眾妖一齊吶喊，將八戒捉倒，裝於袋內，束緊了口繩，高吊在樑上。妖精現了本相道：「豬八戒，你有甚麼手段，敢請菩薩降我？你大睜著兩個眼，還不認得我是聖嬰大王哩！如今拿你蒸熟了，賞小的們下酒。」八戒聽言，在袋裏罵道：「潑怪物！你百計千方，騙了我吃，管教你一個個遭腫頭天瘟。」

卻說大聖與沙僧正坐，只見一陣腥風，颳面而過，他就打了一個噴嚏道：「不好，不好！這陣風凶多吉少，想是八戒撞見妖精了。你坐在這裏看守，等我去打聽打聽。」沙僧道：「師兄腰疼，等小弟去罷！」行者道：「你不濟事，還讓我去。」好行者，咬著牙，忍著疼，捻棒走過澗，到洞前叫聲「妖怪」。那小妖又急入通報：「孫行者又在門首叫哩！」那妖王傳令叫拿，那夥小妖槍刀簇擁，齊聲吶喊開門，都道：

「拿住，拿住！」行者果然疲倦，不敢相迎，將身鑽在路旁，念個咒語，即變作一個銷金包袱。小妖取了進去，報道：「大王，孫行者怕了，聽見說一聲『拿』字，慌得把包袱丟下走了。」妖王笑道：「那包袱諒也無甚麼值錢之物件。」遂不以為事，丟在門內。

好行者，假中又假，虛裏還虛，即拔根毫毛，變作個包袱一樣，他的真身卻又變作一個蒼蠅兒，釘在門上。只聽得八戒在那裏哼哩，行者飛了去尋時，原來他吊在皮袋裏。行者釘在袋上，正欲設法解救八戒出來，只聽得妖王叫道：「六健將何在？」時有六個小妖，是他知己的精靈，封為六健將，叫作雲裏霧、霧裏雲、急如火、快如風、興烘掀、掀烘興。當時一齊上前跪下，妖王道：「你們認得老大王家麼？」六健將道：「認得。」妖王道：「你與我去請老大王來，說我這裏捉唐僧蒸與他吃，壽延千紀。」六怪領命去了。行者嚶的一聲，飛下袋來，跟定那六怪，躲離洞中。畢竟不知怎的請來，且聽下回分解。

第四十二回　大聖殷勤拜南海　觀音慈善縛紅孩

話說那六健將出門，徑往西南上走。行者想道：「他要請老大王吃我師父，老大王斷是牛魔王。我老孫當年與他情投意合，如今我歸正道，他還是邪魔。雖則久別，還記得他模樣，且等老孫變作牛魔王，哄他一哄，看是何如？」好行者，展開翅飛向前邊，離小妖有數里遠近，搖身一變變作個牛魔王，拔下幾根毫毛變作幾個小妖，在那山凹裏，駕鷹搭弩，充作打圍的樣子等候著。

那六健將正行時，忽然看見牛魔王坐在中間，慌得興烘掀、掀烘興撲的跪下道：「老大王爺爺在這裏也。」那雲裏霧、霧裏雲、急如火、快如風也就一同跪倒，磕頭道：「爺爺！小的們是聖嬰大王處差來的，請老大王爺爺去吃唐僧肉，壽延千紀哩。」行者道：「孩兒們起來，同我回家去，換了衣服來也。」小妖叩頭道：「望爺爺方便，不消回府，就此請行罷。」行者笑道：「好乖兒女。也罷，也罷，向前開路，我和你去來。」六怪抖擻精神，向前喝道，大聖隨後而來。

不多時早到了。快如風、急如火撞進洞裏，報大王：「老大王爺爺來了。」妖王歡喜道：「你們卻中用，這等來的快。」即叫各路頭目，擺隊伍，開旗鼓迎接。這行者昂昂烈烈，挺著胸脯，拽開大步，徑入門裏，坐在南面當中。那妖王朝上跪下道：「父王，孩兒拜見。」行者道：「孩兒免禮。」妖王四大拜拜畢，立於下手。行者道：

「我兒，請我來有何事？」妖王躬身道：「孩兒不才，昨日獲得個東土大唐和尚。他是個十世修行之人，有人吃他一塊肉，壽延千紀。愚男不敢自食，特請父王同享。」行者聞言，打了個失驚道：「我兒，是那個唐僧？」妖王道：「是往西天取經的唐僧。」行者道：「可是孫行者的師父麼？」妖王道：「正是。」行者擺手搖頭道：「莫惹他，莫惹他，那個孫行者，我賢郎你不曾會他？他神通廣大，變化多端。他曾大鬧天宮，玉皇差十萬天兵，也不曾捉得他，你怎麼敢吃他師父！快早送出去還他，不要惹那猴子。他若打聽得吃了他師父，他也不來和你打，他只把那金箍棒往山腰裏搠個窟窿，連山都搠了去。我兒，弄得你何處安身，教我倚靠何人養老？」

妖王道：「父王說那裏話，長他人志氣，滅自己威風。那孫行者曾與孩兒交戰兩番，也只如此，不見甚麼高作。頭一次是孩兒吐出三昧真火，把他燒敗了一陣。第二次他請龍王助雨，又不能滅得我真火，被我燒了一個小發昏。今早又來吆喝，我傳令教拿，他慌得把包袱都丟下走了。卻纔請父王來看看唐僧活像，好蒸與你吃。」行者笑道：「我賢郎呵，你只知有三昧火贏得他，不知他有七十二般變化哩！」妖王道：「憑他怎麼變化，我也認得，諒他決不敢進我門來。」行者道：「我兒，你雖然認得他，他卻不變大的，如狼犺大象，恐進不得你門，他若變作小的，如蒼蠅、蚊子、蜜蜂、蝴蝶等項，又會變我模樣，你卻那裏認得？」妖王道：「父王勿慮，他就是鐵膽銅心，料想不敢近我。」

行者道：「既如此說，賢郎甚有手段，敵得他過，方來請我吃唐僧的肉，奈何我今日還不吃哩。」妖王道：「如何不吃？」行者道：「我近來年老，你母親常勸我作些善事。我想無甚作善，且持些齋戒。」妖王道：「不知父王是長齋，是月齋？」行者道：「也不是長齋，也不是月齋，喚作雷齋，每月只該四日。」妖王問：「是那四日？」行者道：「三辛逢初六。今朝是辛酉日，一則當齋，二來酉不會客。且等明日，我去親自刷洗，蒸他同享罷。」那妖王聞言想道：「我父王平日吃人為生，今活彀有一千餘歲，怎麼又吃起齋來了？想當初作惡多端，這三四日齋戒，那裏就積得過來。此言可疑，可疑。」即抽身走出，叫六健將來問：「你們老大王是那裏請來的？」小妖道：「是路上請來的。」妖王道：「我說你們來的快，不曾到家麼？」小妖道：「是不曾到家。」妖王道：「不好了！著了假也，這不是老大王。」小妖一齊跪下道：「大王，自己父親也認不得？」妖王道：「觀其形容動靜都像，只是言語不像。只怕著了他假。你們都要準備器械，待我再去問他。假若言語不對，只聽我哏的一聲，就一齊下手。」眾妖各領命訖。

　　這妖王復轉身到裏面，對行者又拜。行者道：「孩兒，家無常禮，不須拜，但有話只管說來。」妖王伏於地下道：「愚男一則請來奉獻唐僧之肉，二來有句話兒上請。我前日逢著天師張道陵先生，他見孩兒生得五官周正，三停平等，他問我是幾年月日時出世，兒因年幼記得不真。先生子平精熟，要與我推看五星。今請父王，正欲問此，倘或下次相會，也好煩他推算。」行者聞言，暗笑道：「好妖怪呀！憑他問我甚麼家長禮短的話，我也好信口捏朧答他。他如今問我生年月日，我卻怎麼知道。」好猴王巍巍端坐中間，全無一些懼色，面上反喜盈盈的道：「賢郎請起。我因年老，有事不遂心懷，把你生時偶然忘了。且等明日回家，問你母親便知。」妖王道：「父王把我八個字時常不離口，說我有同天不老之壽，怎麼一旦忘了？豈有此理，必是假的。」哏的一聲，群妖槍刀簇擁，望行者沒頭沒臉的扎上來。這大聖使棒架住，現出本相，對妖精道：「賢郎，你卻沒理，那裏兒子好打爺的？」那妖王滿面羞慚。

行者化金光，走出他的洞門，掮著鐵棒，笑呵呵過澗而來。沙僧聽見，急出林迎著道：「哥啊，去了這半日，如何這等喜笑，想救出師父來也？」行者道：「雖不曾救得師父，老孫卻得個上風來了。」沙僧道：「甚麼上風？」行者將適纔之事說了一遍。沙僧道：「哥啊，你便得了個上風，恐師父性命難保。」行者道：「不須慮，等我去請菩薩來。」沙僧道：「你還腰疼哩！」行者道：「我不疼了。」即縱觔斗雲徑投南海，直至落伽崖上，見了菩薩，倒身下拜。菩薩道：「悟空，你來此何幹？」行者將紅孩兒之事說了一遍。菩薩道：「既是他三昧火神通廣大，怎麼不來請我？」行者道：「本欲來的，只是弟子被煙熏壞了，不能駕雲，卻教豬弟來請菩薩。」菩薩道：「悟能不曾來呀！」行者道：「正是。未曾得到寶山，被那妖精假變作菩薩模樣，把八戒又賺入洞中去了。」菩薩聽說，大怒道：「那潑妖敢變我的模樣！」將手中寶珠淨瓶往海心裏撲的一摜，唬得那行者毛骨竦然，即起身侍立下面道：「這菩薩火性不退，想是怪老孫說的話不好，就把淨瓶摜了。可惜，可惜，早知送了我老孫，卻不是件大人事？」

說不了，只見那海當中翻波跳浪，鑽出一個烏龜來。那龜馱著淨瓶，爬上崖來，對菩薩點頭二十四點，權為二十四拜。行者見了，暗笑道：「原來是管瓶的。想是不見瓶，就問他要。」菩薩道：「悟空，你說甚麼？」行者道：「沒說甚麼。」菩薩教拿上瓶來，這行者即去拿瓶。咦，莫想動得分毫？行者上前跪下道：「菩薩，弟子拿不動。」菩薩道：「你這猴頭，只會說嘴，瓶兒也拿不動？你不知常時是個空瓶，如今拋下海去，這一時間共收了一海水在裏面。你那裏有架海的力量，所以拿不動也。」

行者合掌道：「是弟子不知。」那菩薩走上前，將右手輕輕的提起淨瓶，托在左手掌上。只見那龜點點頭，鑽下水去了。行者道：「原來是個養家看瓶的夯貨。」

菩薩坐定道：「悟空，我這瓶中甘露水，比那龍王私雨不同，能滅那妖的三昧火。待要與你拿去，你卻拿不動，待要著善財龍女與你同去，你卻專會騙人，你見這龍女貌美，淨瓶又是個寶物，你假若騙了去，卻那裏來尋你？你須是留些甚麼東西作當。」行者道：「可憐，菩薩這等多心！我弟子身上，那有一件值錢的東西可以作當。只有頭上這個箍兒，是個金的，我情願將此為當，你念個《鬆箍兒咒》，將此除去罷。」菩薩道：「你好自在呵！我也不要你別的東西，只將你那腦後救命的毫毛，拔一根與我作當罷。」行者道：「這毫毛，也是你老人家與我的。但恐拔下一根，就拆破群了，將來何以救命？」菩薩罵道：「你這猴子，一毛也不拔，教我這善財也難捨。」行者笑道：「菩薩，你卻也多疑。正是不看僧面看佛面，千萬救我師父一難罷！」那菩薩纔欣然出了潮音仙洞，叫悟空先過海去。行者磕頭道：「弟子不敢在菩薩面前施展。若駕觔斗雲呵，掀身露體，恐得罪菩薩。」菩薩即著善財龍女去蓮花池裏，擘一瓣蓮花，放在水上，叫行者上去。行者道：「菩薩，這花瓣兒如何載得我起？」菩薩道：「你且上去看。」行者只得往上跳，果然先見輕小，到上面比海船還大三分。行者歡喜道：「菩薩，載得我了。」菩薩道：「既載得，如何不過去？」行者道：「又沒個篙、槳、篷、桅，怎生得過？」菩薩道：「不用。」只把他一口氣吹開，早過了南洋苦海，得登彼岸。行者卻腳躧實地，笑道：「這菩薩賣弄神通，把老孫這等呼來喝去，全不費力。」

那菩薩縱祥雲離了普陀巖，吩咐惠岸：「你上界去，見你父王，問他借那三十六把天罡刀來一用。」惠岸領命而去，須臾回轉，將刀捧與菩薩。菩薩接在手中抛將去，念個咒語，只見那刀化作一座千葉蓮臺。菩薩縱身上去，端坐在中間。卻纔都駕雲前進，白鸚哥展翅前飛，孫大聖與惠岸隨後。頃刻間，已到了號山。菩薩住下祥雲，念一聲「唵」字咒語，只見那本山土地眾神，都到菩薩寶蓮座下磕頭。菩薩道：「汝等俱莫驚張。我今來擒此魔王，要與我把這團圍打掃乾淨，三百里內不許一個生靈在地。」眾神遵依而去。須臾來回覆訖。菩薩遂把淨瓶扳倒，唿喇喇傾出水來，就如雷響一般。大聖見了，暗中讚歎不已。菩薩叫：「悟空，伸手過來。」行者即將左手伸出。菩薩拔楊柳枝，蘸甘露，把他手心裏寫一個「迷」字。教他揑著拳頭，快去與那妖精索戰，許敗不許勝，「引將來到我跟前，我自有法力收他。」

行者領命，徑來洞口叫門。小妖又進去通報。妖王道：「關了門，莫睬他！」行者叫道：「好兒子，把老子趕在門外，還不開門！」小妖又報道：「孫行者罵出那話兒來了！」妖王只教莫睬他。行者大怒，舉鐵棒將門打破。妖王見說，急縱身跳將出去，挺長槍對行者罵道：「這猴子老大不識起倒，你打破我大門，該個甚麼罪名？」行者道：「我兒，你趕老子出門，該個甚麼罪名？」那妖大怒，綽長槍劈胸便刺；這行者舉棒相還。鬥經四五個回合，行者拖著棒敗將下來。那妖立住道：「我要刷洗唐僧去哩。」行者道：「好兒子，天看著你哩，你來！」那妖聞言嗔怒，喝一聲趕到面前，挺槍又刺。這行者再戰幾合，一面走，一面放了拳頭。那妖王著了迷亂，只管追趕。

不一時，已望見菩薩了。行者道：「妖精，我怕你了。你如今趕至南海觀音菩薩處，還不回去？」那妖不信，只管趕來。行者將身一幌，藏在菩薩的神光影裏。這妖近前睜眼，對菩薩道：「你是孫行者請來的救兵麼？」菩薩不答應。妖王捻轉長槍，又喝問一聲，菩薩又不答應。妖精望菩薩劈心刺一槍來，菩薩化道金光，徑走上九霄空內。行者與木叉俱在空中，並肩同看。只見那妖呵呵冷笑道：「潑猴頭，錯認了我也！幾番家戰我不過，又去請個甚麼膿包菩薩來，卻被我一槍搠得無形無影，又把個寶蓮臺兒丟了，且等我上去坐坐。」好妖精，他也學菩薩，盤手盤腳的坐在當中。

菩薩將楊柳枝往下指定，叫一聲「退」，只見那蓮臺花彩俱無，祥光盡散，原來那妖坐在刀尖之上，即命木叉把刀柄兒打打去來。那木叉按下雲頭，將降魔杵築了有千百餘下。那妖精刀穿兩腿，流血成汪。你看他咬著牙，忍著痛，丟了長槍，用手將刀亂拔。菩薩又把楊柳枝垂下，念聲咒語，那刀都變作倒須鈎兒，狼牙一般，莫能褪得。那妖精卻纔慌了，扳著刀尖，痛聲苦告道：「菩薩，我弟子有眼無珠，不識你廣大法力。千乞垂慈，饒我性命，再不敢為惡，願入法門戒行也！」

菩薩聞言，卻與行者低下金光，到妖精面前，問道：「你可受吾戒行麼？」妖王點頭滴淚道：「若饒性命，願受戒行。」菩薩道：「既如此，我與你摩頂受戒。」袖中取出一把金剃頭刀兒，近前去把那怪分頂剃了，與他留下三個頂搭，挽起三個窩角揪兒。行者在旁笑道：「這妖精大晦氣，弄得不男不女，不知像個甚麼東西？」菩薩道：「你今既受我戒，我卻也不慢你，稱你做善財童子，如何？」那妖點頭受持，只望饒命。菩薩卻用手一指，叫聲「退」，只聽得噹的一聲，天罡刀都脫落塵埃，那童子身軀不損。菩薩叫惠岸即將刀送還天宮。

那童子野性未定，見那腿疼處不疼，臀破處不破，頭挽了三個揪兒，他道：「那裏有甚真法力降我，原來是個掩樣術法兒！」走去綽起長槍，望菩薩劈臉就刺。狠得個行者輪棒要打，菩薩只叫：「莫打，我自有懲治。」卻向袖中取出一個金箍兒來道：「這寶貝原是我佛如來賜我的金、緊、禁三個箍兒。緊箍兒先與你戴了，禁箍兒收了守山大神，這個金箍兒未曾捨得與人，今觀此怪無禮，與他罷。」即將箍兒迎風一幌，叫聲「變」，變作五個箍兒，望童子身上拋去，叫聲「著」，一個套在他頂上，四個套在他手腳上。菩薩捻著訣，默默的將咒語念了幾遍，那妖疼得搓耳揉腮，攢蹄打滾。正是：

凡言能攝恆沙界，廣大無邊法力深。

畢竟不知那童子怎的皈依，且聽下回分解。

卻說那菩薩念了幾遍咒纔住口，那妖就不疼了。又正性起身看處，頸項裏與手足上都是金箍，勒得疼痛，便就除那金箍兒時，莫想褪得動分毫，已此見肉生根，越抹越痛。行者笑道：「我那乖乖，菩薩恐你養不大，與你戴個頸圈鐲頭哩。」那童子聞言，又生煩惱，就綽起槍來望行者亂刺。行者急閃在菩薩後面，叫：「念咒，念咒。」那菩薩將楊柳枝兒蘸了一點甘露，灑將去，叫聲「合」，只見他丟了槍，一雙手合掌當胸，再也不能開放。至今留了一個觀音扭，即此意也。那童子開不得手，拿不得槍，方知是法力深微，沒奈何纔納頭下拜。菩薩念動真言，把淨瓶敧倒，將那一海水依然收去，更無半點存留。對行者道：「悟空，這妖已是降了，卻只是野心不定，等我教他一步一拜，只拜到落伽，方纔收法。你如今快去洞中，救你師父去。」行者歡喜叩別。那童子歸了正果，五十三參，參拜觀音不題。

卻說那沙和尚久坐林間，盼望行者不到，將行李捎在馬上，出松林向南觀看。只見行者欣喜而來，沙僧迎著問故，行者一一說了，沙僧十分歡喜。他兩個跳過澗去，打入洞裏，剿淨了群妖，解放了三藏、八戒。行者又將請菩薩、收童子之事，與師父備陳一遍。三藏即忙跪下，朝南禮拜。行者教沙僧將洞內寶物收了，安排齋飯吃飽。師徒們出洞來，上馬找路，篤志投西。

行了一個多月，忽聽得水聲振耳。三藏道：「徒弟呀，又是那裏水聲？」行者笑道：「師父你也忒多疑，我們一同四眾，偏你聽見甚麼水聲。你把那《多心經》又忘了也！」唐僧道：「《多心經》乃烏巢禪師口授，至今常念，你知我忘了那句兒？」行者道：「師父，你忘了一句『無眼耳鼻舌身意』。我等出家之人，眼不視色，耳不聽聲，鼻不嗅香，舌不嘗味，身不知寒暑，意不存妄想，如此謂之祛褪六賊。你如今為求經念念在意，怕妖魔不肯捨身，要齋吃動舌，喜香甜觸鼻；聞聲音驚耳；睹事物凝眸，招來這六賊紛紛，怎生得西天見佛？」三藏聞言，沈吟良久道：「徒弟呵，我

一自當年別聖君，奔波晝夜甚殷勤。何時滿足三三行，得取如來妙法文。」

行者大笑道：「師父，若要那三三行滿，有何難哉！常言道『功到自然時』哩。」八戒道：「哥啊，若照依這般魔障，就走上千年也未必成功。」沙僧道：「二哥，你和我一般愚鈍，且只捱肩磨擔，終須有日成功也。」

師徒們正話間，只見前面一道黑水滔天，馬不能進。唐僧道：「徒弟，這水怎麼如此渾黑？」八戒道：「是那家潑了靛缸了。」沙僧道：「不然，是誰家洗筆硯哩！」行者道：「你們休亂道，且設法保師父過去。」三藏道：「這河有多少寬麼？」八戒道：「約摸有十來里寬。」三藏道：「你三個計較，著那個馱我過去罷。」行者道：「八戒馱得。」八戒道：「不好馱。若是馱著騰雲，三尺也不能離地。常言道：『背凡人重若丘山。』若是馱著負水，轉連我墜下水去了。」

師徒們正在河邊商議，只見那上溜頭有一人棹下一隻小船兒來。唐僧喜道：「徒弟，有船來了，叫他渡我們過去。」沙僧高叫道：「棹船的，來渡人！渡我們過去，謝你。」那人聞言，卻把船兒棹近岸邊，道：「師父呵，我這船小，你們人多，怎能

全渡？」三藏近前看那船兒，原來是一段木頭刻的，中間一個倉口，只好坐兩個人。三藏道：「怎生是好？」沙僧道：「這般呵，兩遭兒渡罷。」八戒要同師父先過去，即扶著唐僧下船，那梢公撐開，舉棹沖流而去。方纔行到中間，只聽得一聲響喨，捲浪翻波，遮天迷目。那陣狂風十分利害，眼看著那唐僧、八戒連船兒淬在水裏，無影無形。這岸上沙僧與行者心慌，沙僧道：「莫是翻了船？」行者道：「不是翻船。若翻船，八戒會水，他必然保師父負水而出。我纔見那個棹船的有些不正氣，想必就是這廝弄風，把師父拖下水去了。」沙僧道：「哥哥何不早說！你看著馬與行李，等我下水找尋去來。」

好和尚，脫了褊衫，找抹了手腳，輪著寶杖，撲的一聲，分開水路進去。正走處，只聽得有人言語。沙僧閃在旁邊偷看，那壁廂有一座亭臺，臺門外有八個大字，乃是「衡陽峪黑水河神府」。又聽得那怪物坐在上面道：「一向辛苦，今日方能得手。這和尚乃十世修行的好人，但得吃他一塊肉，便做長生不老人。我也等彀多時了。」叫：「小的們，快把鐵籠擡出來，將這兩個蒸熟，請二舅爺來與他暖壽。」沙僧聞言，心頭火起，掣寶杖將門亂打道：「那潑物，快送我師父、師兄出來！」唬得那門內小妖，急去通報。

那怪聞言，急取披掛，結束整齊。手提一根竹節鋼鞭，走出門來，喝道：「是甚人在此打我門哩？」沙僧道：「潑怪，你怎麼弄玄虛將我師父攝來？快早送還，饒你性命！」那怪呵呵笑道：「這和尚不知死活！你師父是我拿了，如今要蒸熟了請人哩。你上來，等我拿你一發都蒸吃了，休想西天去也。」沙僧聞言大怒，輪寶杖，劈頭就打，那怪舉鋼鞭急架相還。兩個在水底下戰經三十回合，不見高低。沙僧暗想道：「這怪物是我的對手，枉自不能取勝，且引他出去，叫師兄打他。」即虛丟了個架子，拖著寶杖就走。那妖更不趕來，道：「你去罷，我不與你鬥了，我且具帖兒去請客哩！」

沙僧氣呼呼跳出水來，見了行者，將上項事說了一遍。行者道：「不知是個甚麼妖邪？」沙僧道：「那模樣像個大鱉，不然，便是個鼉龍也。」行者道：「不知那個是他舅爺？」說不了，只見那下灣裏走出一個老人，遠遠的跪下，叫：「大聖，黑水河河神叩頭。」行者道：「你莫是那棹船的妖邪，又來騙我麼？」那老人磕頭滴淚道：「大聖，我不是妖邪，我是這河內真神。那妖舊年五月間，從西洋海趁大潮來於此處，就與小神交鬥。奈我年邁身衰，敵他不過，把我的那衡陽峪黑水神府就佔奪去住了。我卻沒奈何，徑往海內告他。原來西海龍王是他母舅，不准我的狀子，叫我讓與他住。我欲啟奏上天，奈何神微職小。今聞大聖到此，特來參拜投生。萬望大聖與我出力報冤。」行者聞言道：「這等說，西海龍王都該有罪。河神，你且陪著沙僧在此看守，等我去海中，先把那海龍王捉來，叫他擒此怪物。」河神道：「深感大恩！」

行者即駕雲，徑至西洋大海。按觔斗，捻了避水訣，分開波浪。正走處撞見一個黑魚精，捧著一個請書匣兒，從下流頭似箭如梭，鑽將上來。被行者撲個滿懷，掣鐵棒分頂一下，就打得腦漿迸出，嗗都的一聲飄出水面。他卻揭開匣兒看處，裏邊有一張簡帖，上寫著：

愚甥鼉潔頓首百拜，啟上二舅爺敖老大人台下：向承佳惠，感感。今因獲得二物，乃東土僧人，實為世間之罕物，甥不敢自用。因念舅爺聖誕在邇，特設菲筵，預祝千壽。萬望車駕速臨是荷！

行者笑道：「這廝卻把供狀先遞與老孫也。」袖了帖子，往前正行。早有探海的夜叉望見，急入宮通報。那龍王敖順即出迎接，請進獻茶。行者道：「我還不曾吃你的茶，你到先吃了我的酒也！」龍王笑道：「大聖一向皈依佛門，不動葷酒，卻幾時請我吃酒來？」行者道：「你便不曾吃酒，只是惹下一個吃酒的罪名了。」袖中取出簡帖兒，遞與龍王。龍王見了，魂飛魄散，慌忙跪下道：「大聖恕罪！那廝是舍妹第九個兒子。因妹夫錯行了雨，被天曹著魏徵丞相斬了。遺下舍甥，我著他在黑水河養性修真。不期他作此惡孽，小龍即差人去擒他來也。」即喚太子摩昂：「快點五百壯兵，將小鼉捉來問罪。」

行者別了老龍，隨與摩昂領兵離海，早到黑水河邊。那摩昂太子著介士先報與妖怪，妖怪心疑道：「我差黑魚精投帖請二舅爺，這早晚不見回話，怎麼舅爺不來，卻是表兄來耶？」正說間，只見小妖又來報：「大王，河內有一枝兵，屯於水府之西。」妖怪道：「這表兄既是來赴宴，如何又領兵？但恐其間有故。」叫：「小的們，將我的披掛鋼鞭伺候。」眾妖領命。

這鼉龍出得門來，真個見一枝海兵紮營在右。鼉怪徑至那營門前，高叫：「大表兄，小弟在此拱候。」太子按一按金盔，束一束寶帶，手提一根三稜簡，拽步出營道：「你請舅爺做甚？」妖怪道：「小弟一向蒙恩賜居於此，未得孝順。昨日捉得一個東土僧人，他是十世修行的元體，人吃了他可以延壽，欲請舅爺看過，上鐵籠蒸熟，與舅爺暖壽哩。」太子喝道：「你這廝十分懵懂！你道僧人是誰？」妖怪道：「他是唐朝往西天取經的和尚。」太子道：「你只知他是唐僧，不知他手下徒弟利害哩！」妖怪道：「有一個豬八戒，我也把他捉住了，要與唐僧一同蒸吃。還有一個沙和尚，昨日在這門外討師父，被我一頓鋼鞭，戰得他敗陣逃生，也不見怎的利害。」

太子道：「原來你不知。他還有一個大徒弟，是五百年前大鬧天宮的齊天大聖，如今喚作孫悟空行者。你怎麼沒得做，撞這件禍來？他又在我海內遇著你的差人，奪了請帖，徑入水晶宮，拿捏我父子們，有結連妖邪、搶奪人口之罪。你快把唐僧、八戒送還他，憑著我與他陪禮，你還好得性命。若有半個『不』字，休想得全生居於此也！」那怪聞言，大怒道：「我與你嫡親的姑表，你倒反護他人。聽你所言，就教把唐僧送出，天地間那裏有這般容易事也。你便怕他，莫成我也怕他？他若有手段，敢來與我交戰三合，我纔還他師父。若敵不過我，連他拿來，一齊蒸熟，也不去請客，自家關了門吃他娘不是！」

太子罵道：「這潑邪果然無狀！且不要教孫大聖與你對敵，你敢與我相持麼？」那怪道：「要做好漢，怕甚麼相持？」呼喚一聲，眾小妖獻上披掛、鋼鞭。他兩個變了臉，各逞英雄，這一場比與沙僧爭鬥甚是不同。太子將三稜簡閃了個破綻，那妖精鑽將進來，被他使個解數，把妖精右臂只一簡，打一個蹡踵，跌倒在地。眾海兵一擁上前揪翻，將繩子背綁了雙手，將鐵索穿了琵琶骨，拿上岸來。押至行者面前，請大聖定奪。

行者見了道：「你這廝不遵旨令。你舅父原著你在此居住，教你養性存身。你怎麼強佔水神之宅，倚勢行兇，騙我師父、師弟？我待要打你一棒，奈何老孫這棒子甚重，略打打兒就了了性命。你將我師父安在何處哩？」那怪叩頭道：「小鼉不知大聖大名，騁強背理，被表兄拿住。今幸蒙大聖不殺之恩，感謝不盡。你師父還捆在水府，望大聖放了我，等我河中送他出來。」摩昂道：「大聖，這廝奸詐，若放了他，恐生惡念。」沙和尚道：「我認得他那裏，等我尋師父去。」

他同河神兩個跳入水中，徑至水府。門扇大開，更無一個小妖。直入裏面，見唐僧、八戒赤條條都捆在那裏。兩人即忙向前解了，背出水面。八戒見那妖鎖綁在側，急掣鈀上前就築，罵道：「潑邪畜！你如今不吃我了？」行者扯住道：「兄弟，且饒他死罪，看敖家賢父子之情。」摩昂進禮道：「大聖，小龍不敢久停。既然救得師父，我帶這廝去見家父。雖大聖饒了他死罪，家父決不饒他活罪。」行者道：「既如此，你領他去罷。拜上令尊，尚容面謝。」太子押著那妖，徑轉西洋大海。

那黑水河神謝了行者復得水府之恩。唐僧道：「如今如何渡河？」河神道：「老爺勿慮，且請上馬，小神開路，引老爺過河。」那師父騎了馬，只見河神作起阻水的法術，將上流擋住。須臾，下流撤乾，開出一條大路。師徒們行過西邊，登崖上路。畢竟不知向後如何，且聽下回分解。

第四十四回　法身元運逢車力　心正妖邪度脊關

話說三藏師徒過了黑水河，找大路一直西來，真個是迎風冒雪，戴月披星。行彀多時，又值早春天氣，一路上遊觀景色，緩馬而行。忽聽得一聲吆喝，好便似千萬人吶喊之聲，三藏害怕，急回頭道：「悟空，是那裏這等響振？」八戒道：「好一似地裂山崩。」沙僧道：「也就如雷聲霹靂。」三藏道：「還是人喊馬嘶。」行者笑道：「你們都猜不著，且待老孫看是何如。」

他即將身一縱，起在空中，睜眼觀看，遠見一座城池，又近覷，到也祥光隱隱，不見甚麼凶氣紛紛。行者暗自沈吟道：「好去處！如何有響聲振耳？」正看間，只見那城門外有一塊沙灘空地，攢簇了許多和尚。在那裏扯車兒哩。原來是一齊著力打號，齊喊「大力王菩薩」，所以驚動唐僧。

行者按下雲頭來看處，呀！那車子裝的都是磚瓦木植之類。灘頭上坡阪最高，又有一道夾脊小路，兩座大關，關下之路都是直立壁陡之崖，那車兒怎麼拽得上去？雖是天色和暖，那些人卻也衣衫藍縷。看此像十分窘迫，行者心疑道：「想是修蓋寺院。他這裏五穀豐登，尋不出雜工人來，所以這和尚親自努力。」正自猜疑未定，只見那城門裏搖搖擺擺，走出兩個少年道士來。那些和尚見道士來，一個個心驚膽戰，加倍著力，恨苦的拽那車子。行者就曉得了：「咦！想必這和尚們怕那道士。我曾聽得人言，西方路上，有個敬道滅僧之處，斷乎此間是也。等我下去問看。」

你道他來問誰，他去城腳下搖身一變，變作個遊方的雲水全真，手敲漁鼓，口唱道情，近城門迎著兩個道士，當面躬身道：「道長，貧道稽首。」那道士還禮道：「先生那裏來的？」行者道：「我弟子

雲遊於海角，浪蕩在天涯。今朝來此地，欲募善人家。

動問兩位道長，這城中那條街上好道？我貧道好去化些齋吃。」那道士笑道：「你這先生，怎說這等敗興的話？」行者道：「何為敗興？」道士道：「你要化些齋吃，卻不是敗興？你是遠方來的，不知我這城中之事。我這城中，且休說文武官員、富民長者，頭一等就是萬歲君王好道。」行者請問詳細。道士說：「此城名喚車遲國。寶殿上君王與我們有親。」

行者呵呵笑道：「想是道士做了皇帝？」他道：「不是。只因這二十年前，民遭亢旱，不論君臣黎庶，人人沐浴焚香，拜天求雨。正都在倒懸之處，忽然天降下三個仙長來，俯救生靈。」行者問道：「是那三個仙長？」道士說：「便是我家師父。大師號虎力大仙、二師鹿力大仙、三師羊力大仙。」行者問曰：「三位尊師，有多少法力？」道士云：「我那師父，呼風喚雨，只在翻掌之間；點石成金，卻如轉身之易。所以君臣相敬，與我們結為親也。」行者道：「這皇帝十分造化。老師父有這般手段，結了親，其實不虧他。噫，不知我貧道可有星星緣法，得見那老師父一面哩？」道士笑曰：「這有何難！我兩個是他靠胸貼肉的徒弟，若引進你，乃吹灰之力。」

行者深深的唱個喏道：「多承舉薦，就此進去罷。」道士說：「且少待片時，等我兩個把公事幹了去。」行者道：「出家人有甚公事？」道士用手指定那沙灘上僧人：

「他做的是我家生活，恐他躲懶，我們去點他一卯就來。」行者笑道：「道長差了。僧道之輩都是出家人，為何他替我們做活，伏我們點卯？」道士云：「你不知道。因當年求雨之時，僧人在一邊拜佛，道士在一邊告斗，都請朝廷的糧餉。誰知那和尚念空經，不濟事。後來我師一到，喚雨呼風，拔濟了萬民塗炭。卻纔惱了朝廷，說那和尚無用，拆了他山門，追了他度牒，御賜與我們家做活，就當小廝一般。我家裏燒火的也是他；掃地的也是他。因為後邊還有住房未完，著這和尚來拽磚瓦木植，起蓋房宇。只恐他貪閒躲懶，所以著我兩個去查點。」

行者聞言，扯住道士滴淚道：「我說我無緣，真個無緣，不得見老師父尊面。」道士云：「如何不得見面？」行者道：「我貧道在方上雲遊，一則是為性命，二則也為尋親。」道士問：「你有甚親？」行者道：「我有一個叔父，自幼出家，削髮為僧，這幾年不見回家。我念祖上一脈，特來順便尋訪。想必羈遲在此，不能脫身，未可知也。我怎的尋著他，纔可與你進城。」道士云：「這卻容易。我兩個且坐下，即煩你去沙灘上替我一查，只點頭目有五百名數目便罷。內中若有你令叔時，我們看道中情分，放他去了，卻與你進城好麼？」

行者頂謝不盡，別了道士，徑往沙灘之上，過了雙關，轉下夾脊。那和尚一齊跪下磕頭道：「爺爺，我等不曾躲懶，五百名半個不少，都在此扯車哩。」行者搖手道：「不要跪，休怕。我不是監工的，我是來尋親的。」眾僧們聽說，就把他圈子陣圍將上來，一個個出頭露面，咳嗽打響，巴不得要認出去，道：「不知那個是親哩？」行者認了一會，呵呵笑將起來。眾僧道：「老爺不認親，如何發笑？」行者道：「你們知我笑甚麼？笑你這些和尚，全不長俊。父母生下你來，皆因命犯華蓋，妨爺剋娘，纔把你捨了出家，你怎的不遵三寶佛法，不去看經禮懺，卻與道士傭工！」眾僧道：「老爺，你來羞我們哩！你老人家想是外邊來的，不知我這裏利害。」行者道：「有甚利害？」眾僧滴淚道：「我們這一國君王，偏心無道，只喜的是老爺等輩，惱的是我們佛子。」行者道：「為何來？」眾僧道：「只因呼風喚雨，三個仙長來此處，滅了我等，哄信君王，把我們寺拆了，度牒追了，賜與那仙長家使用，苦楚難當。但有個遊方道者至此，即請拜王領賞。若是和尚來，不分遠近，就拿與仙長家傭工。」行者道：「想必那道士還有甚麼巧法術誘了君王，若只是呼風喚雨，安能動得君心？」眾僧道：「他會燒丹煉汞，點石成金。如今興蓋三清觀宇，對天地晝夜看經，祈君王萬年不老，所以就把君心惑動了。」

行者道：「原來這般。你們都走了便罷。」眾僧道：「老爺，走不脫。那仙長奏准君王，把我們畫了影身圖，四下裏張掛。他這車遲國地界也寬，各府州縣鄉村店集之方，都有一張和尚圖。上面是御筆親題：若有官職的，拿得一個和尚，高昇三級；無官職的，拿得一個和尚，就賞白銀五十兩。所以走不脫。我們沒奈何，只得在此苦捱。」行者道：「既然如此，你們死了便罷。」眾僧道：「老爺，死的盡多了。我這本處和尚，與各處捉來的，共有二千餘眾。到此難熬苦楚，死了有六七百，自盡了有七八百，只有我這五百個不得死。」行者道：「怎麼不得死？」眾僧道：「懸樑繩斷，刀刎不疼，投河的飄起不沈，服毒的身安不損。」行者道：「你卻造化，天賜汝等長壽哩！」眾僧道：「老爺呀，你少了一個字兒，是『長受罪』哩！我等日食三餐，乃是糙米熬的稀粥，到晚就在沙灘上安身。纔合眼，就有神人擁護。」行者道：「是何神人？」眾僧道：「乃是六丁六甲、護教伽藍，但至夜就來保護。他在夢寐中勸解我們，教不要尋死，且苦捱著，等那東土大唐往西天取經的羅漢，他手下有個徒弟，乃齊天大聖，神通廣大，專秉忠良之心，與人間報不平之事。只等他來顯神通，滅了道士，還敬你們沙門禪教哩。」

行者聞言，心中暗笑道：「莫說老孫無手段，預先神聖早傳名。」他急抽身，別了眾僧，徑來城門口見了道士。那道士道：「先生，那一位是令親？」行者道：「五百個都與我有親。」兩個道士笑道：「你怎麼就有許多親？」行者道：「一百個是我左鄰，一百個是我右舍，一百個是我父黨，一百個是我母黨，一百個是我交契。你若肯把這五百人都放了，我便與你進去。不放，我不去了。」道士云：「你想有些風病，一時間就亂說了。那些和尚，乃國王御賜，若放一二名，還在師父處遞了病狀，然後補個死狀，纔了得哩，怎麼說都放了？此理不通，不通。」行者道：「不放麼？」道士說：「不放！」行者連問三聲，就怒將起來，把耳朵裏鐵棒取出，迎風幌了一幌，照道士頭上一刮，都已了賬。

那灘上僧人遠遠望見，丟了車兒，跑將上來道：「不好了，不好了，打殺皇親了！」行者道：「那個是皇親？」眾僧把他簸箕陣圍了，道：「他師父，上殿不參王，下殿不辭主，朝廷常稱作國師兄長先生。你怎麼到這裏闖禍，把他徒弟打死？那仙長只說是我們害了他性命，怎了，怎了？且與你進城去會了人命出來。」行者笑道：「列位休嚷。我不是雲水全真，我是大唐聖僧徒弟孫行者，特來救你們的。」眾僧道：「不是，不是，那老爺我們認得他。」行者道：「又不曾會他，如何認得？」眾僧道：「我們夢中嘗見一老者，自言太白金星，常對我等說那孫行者的模樣，莫教錯認了。」行者道：「他和你怎麼說來？」眾僧道：「他說那大聖：

磕額金睛幌亮，圓頭毛臉無腮。咨牙尖嘴性情乖，貌比雷公古怪。慣使金箍鐵棒，曾將天闕攻開。如今皈正保僧來，專救人間災害。」

行者聞言，又嗔又喜，忽失聲道：「列位誠然認得。我不是孫行者，我是孫行者的門人，來此學闖禍耍子的。那裏不是孫行者來了？」用手向東一指，哄得眾僧回頭，他卻現了本相。眾僧們見了，方纔一個個倒身下拜道：「爺爺！我等凡胎肉眼，不知是爺爺顯化。望爺爺與我們雪恨消災，早進城降邪歸正也。」行者道：「你們且跟我來。」眾僧緊隨左右。

那大聖徑至沙灘上，使個神通，將車兒拽過兩關，穿過夾脊，提起來，捽得粉碎，把那些磚瓦木植，盡抛下坡阪。喝教眾僧：「且散！莫在我手腳邊，等我明日見這國王，滅卻道士。」眾僧道：「爺爺，我等不敢遠走，但恐在官人拿住解來，反又取禍。」行者道：「既如此，我與你個護身法兒。」好大聖，把毫毛拔了一把，每一個和尚與他一截，都教他捻在無名指甲裏，捻著拳頭，只情走路。「若有人拿你，攢緊了拳頭，叫一聲『齊天大聖』，我就來護你。就是萬里之遙，可保全無事。」眾僧有膽大的，捻著拳頭，悄悄的叫聲「齊天大聖」，只見一個雷公站在面前，手執鐵棒，就是千軍萬馬，也不能近身。此時有百十眾齊叫，足有百十個大聖護持。眾僧叩頭道：「爺爺！果然靈顯。」行者又吩咐：「叫聲『寂』字，還你收了。」眾僧真個是叫聲「寂」，依然還是毫毛在那指甲縫裏。眾和尚卻纔歡喜逃生。行者道：「不可十分遠遁，聽我城中消息。但有招僧榜出，就進城還我毫毛也。」那些和尚東西四散不題。

卻說那唐僧等不得行者回話，教八戒引馬投西，遇著些僧人奔走。將近城邊，見行者還與十數個未散的和尚在那裏。三藏道：「悟空，你怎麼許久不回？」行者引了和尚，對唐僧施禮，將上項事說了一遍。三藏大驚道：「這般呵，我們怎了？」那和尚們道：「老爺放心。孫大聖爺爺神通廣大，定保老爺無虞。我等是這城裏敕建智淵寺內僧人。因這寺是先王太祖御造的，見有先王神像在內，未曾拆毀。我等請老爺趕早進城，到我荒山安下。待明日早朝，孫大聖必有處置。」行者道：「說得是。」

那長老卻纔下馬進城，不多時到山門前，只見那門上高懸著金字大匾，乃「敕建智淵寺」。眾僧推開門，穿過金剛殿，把正殿開了。唐僧把袈裟披起，拜畢金身方入。眾僧叫看家的老和尚出來，他一見行者就拜道：「爺爺，你來了？」行者道：「你認得我是那個？」那和尚道：「我認得你是齊天大聖孫爺爺，我們夜夜夢中見你。太白金星常常來託夢，說道，只等你來，我們纔得性命。今日果見尊顏，好了，好了。」行者笑道：「請起，請起。明日就有分曉。」眾僧安排齋飯，師徒們吃了。打掃方丈，安寢一宿。

二更時候，孫大聖心中有事，偏睡不著。忽聽得那裏吹打，悄悄的起來，穿了衣服，跳在空中觀看，只見正南上燈燭熒煌。低下雲頭仔細再看，原來是三清觀道士禳星。那殿門前掛一聯黃綾織錦的對句云：

雨順風調，願祝天尊無量法；河清海晏，祈求萬歲有餘年。

三個老道士披了法衣，兩邊有七八百個散眾，司鼓司鐘，侍香表白。行者想道：「我欲下去與他混一混。奈何孤掌難鳴。且回去照顧八戒、沙僧，一同來耍耍。」

按落祥雲，徑至方丈中，行者先叫悟淨。沙和尚醒來道：「哥哥，你還不曾睡哩？」行者道：「你且起來，我和你受用些來。」沙僧道：「半夜三更，有甚受用？」

行者道：「這城裏果有一座三清觀，觀裏道士們脩醮，殿上有許多供養，饅頭足有斗大，燒餅果有五六十斤一個，襯飯無數，果品新鮮。和你受用去來！」那八戒睡夢裏聽見說吃東西，就醒了，道：「哥哥，就不帶挈我些兒？」行者道：「兄弟，你不要大呼小叫，驚醒師父。都跟我來。」

他兩個套上衣服，悄悄出門，隨行者踏了雲頭，跳將起去。那獃子看見燈光，就要下手。行者扯住道：「且休忙。待他散了，方可下去。」隨即捻訣念咒，往巽地上吸一口氣吹去，便是一陣狂風，徑直捲進那三清殿上，把那些花瓶燭臺，四壁上懸掛的功德，一齊颳倒，燈火無光。眾道士心驚膽戰，虎力大仙道：「徒弟們且散。這陣神風所過，吹滅了燈燭香花，明早多念幾卷經文補數罷。」眾道士果各退回。

這行者卻引八戒、沙僧闖上三清殿。獃子拿過燒果來，張口就啃。行者道：「莫要小家子相，且敘禮坐下受用。」八戒道：「不羞，偷東西吃，還要敘禮！若是請將來，卻要如何？」行者道：「這上面坐的是甚麼菩薩？」八戒笑道：「三清也認不得？」行者道：「那三清？」八戒道：「元始天尊、靈寶道君和太上老君。」行者道：「都要變得這般模樣，纔吃得安穩哩！」那獃子聞得那香噴噴供養，要吃，爬上高臺，把老君一嘴拱下去道：「老官兒，你也坐得彀了，讓我老豬坐坐。」八戒變作太上老君，行者變作元始天尊，沙僧變作靈寶道君。把原像都推下去。行者道：「兄弟，這聖像推在地下，倘有道士來看見，卻不走漏消息？你把他藏過一邊來。」八戒道：「此處路生，卻往那裏藏他？」行者道：「我纔進門來時，那右手有一口大池，你把他送在那裏去罷。」這獃子果然跳下來，把三個聖像扛在肩膊上，到池邊盡抛在水裏。走回殿上，仍舊變作老君。三人坐下，盡情受用。行者只吃幾個果子，他兩個那一頓如風捲殘雲，吃得罄盡。

卻說那東廊下有一個小道士，纔睡下，忽然想起忘記了手鈴兒在殿上，忙到正殿中尋鈴。摸來摸去，鈴兒摸著了，正欲回頭，只聽得有呼吸之聲。道士害怕，急拽步往外走時，忽然踹著一個荔枝核子，撲的一跌，只聽得噹的一聲，把個鈴兒跌得粉碎。八戒忍不住呵呵大笑，把個小道士唬走了三魂七魄，一步一跌，撞到那方丈外，打著門叫：「師公，不好了！」三個道士即開門問：「有甚事？」他戰戰兢兢道：「弟子因去殿上尋手鈴，只聽得有人呵呵大笑，險些兒唬殺我也？」老道士聞言，即叫：「掌燈來！看是甚麼邪物？」一聲傳令，驚動那兩廊的道士，大大小小，都爬起來點燈著火，往正殿上觀看。不知端的何如，且聽下回分解。

卻說大聖左手把沙僧捻一把，右手把八戒捻一把，他二人卻就省悟，坐在高處，板著臉不言不語。憑那些道士點燈著火，前後照著，他三個就如泥塑金裝一般模樣。虎力大仙道：「沒有歹人，如何把供獻都吃了？」鹿力大仙道：「卻像人吃的，有皮的都剝了皮，有核的都吐出核，怎麼不見人形？」羊力大仙道：「師兄勿疑。想是我們虔心誦經，驚動天尊，必是三清爺爺聖駕降臨，受用了這些供養。趁今仙駕未返，我等可拜求些聖水金丹，進與朝廷，卻不是我們的功果也？」虎力大仙道：「說的是。」教徒弟們動樂誦經，一壁廂取法衣來，「等我步罡拜禱。」那些小道士俱遵命擺列。當的一聲磬響，齊念一卷《黃庭道德真經》。虎力大仙披了法衣，擎著玉簡，舞蹈揚塵，拜伏禱祝，求賜些金丹聖水，進獻朝廷。

八戒聞言，心中忐忑，默對行者道：「這是我們的不是。吃了東西，且不走路，直等這般禱祝，卻怎麼答應？」行者又捻一把，忽地開口，叫聲：「晚輩小仙，且休拜祝。我等自蟠桃會上來的，不曾帶得金丹聖水，待改日再來垂賜。」那些大小道士聽見說出話來，一個個抖衣而戰道：「爺爺，活天尊臨凡，是必莫放，好歹求個長生的法兒。」鹿力大仙上前，又拜云：「是必留些聖水，與弟子們延壽長生。」沙僧捻著行者，默默的道：「哥呀，要得緊，又來禱告了。」行者道：「與他些罷。」那道士吹打已畢，行者開言道：「那晚輩小仙，不須伏拜。我欲不留些聖水與你們，恐滅了苗裔。若要與你，又忒容易了。」眾道聞言，一齊俯伏叩頭道：「萬望天尊念弟子恭敬之意，千乞喜賜些須。我弟子廣宣道德，奏國王普敬玄門。」行者道：「既如此，取器皿來。」那道士一齊頓首謝恩。你看那三個大仙，或擡一口大缸，或端一個砂盆，或把花瓶摘了花移在中間。行者道：「你們都出去，掩上格子，不可泄了天機。」眾道如命，一齊跪伏丹墀之下。

那行者立將起來，掀著虎皮裙，撒了一花瓶臊溺。八戒歡喜道：「好呀，我正要幹這個事兒哩！」那獃子揭起衣服，忽喇喇就似呂梁洪倒下來，沙沙的溺了一砂盆。沙和尚卻也撒了半缸。依舊端坐在上道：「小仙領聖水。」那些道士，推開格子，磕頭謝恩，擡出缸去，將瓶盆總歸一處，教徒弟取鍾子來嘗。虎力舀出一鍾，呷下口去，只情抹脣努嘴。鹿力道：「師兄，好吃麼？」虎力道：「不甚好吃，有些酣醨之味。」羊力也呷了一口，道：「有些豬溺臊氣。」行者坐在上面，聽見說出這話來，已知是識破了，道：「我弄個手段，索性留個名罷。」大叫云：

道號，道號，你好胡思！那個三清，肯降凡基？吾將真姓，說與你知。大唐僧眾，奉旨來西。良宵無事，下降宮闈。吃了供養，閒坐嬉嬉。蒙你叩拜，何以答之？那裏是甚麼聖水，你們吃的都是一溺之尿！

那道士聞言，攔住門，一齊動叉鈀掃帚、瓦塊石頭，沒頭沒臉往裏面亂打。好行者，左手挾了沙僧，右手挾了八戒，闖出門，駕著祥光，徑轉智淵寺方丈。不敢驚動師父，又復睡下。

早是五鼓三點。那國王設朝，聚集兩班文武。此時三藏起來，叫：「徒弟，伏侍我倒換關文去來。」行者與沙僧、八戒跟隨師父，徑到五鳳樓前，對黃門官作禮，報了姓名，煩為轉奏。那國王聞奏道：「這和尚沒處尋死，卻來這裏尋死。那巡捕官員，怎麼不拿他解來？」旁邊閃過當駕的太師，啟奏道：「東土大唐，乃南贍部洲中華大國，到此有萬里之遙，望陛下且召來驗牒放行，庶不失善緣之意。」國王准奏，把唐僧等宣入。師徒們排列階前，捧關文遞與。

國王展開方看，又見黃門官來奏：「三位國師來也。」慌得國王收了關文，急下龍座，著近侍的設了繡墩，躬身迎接。三藏等回頭觀看，見那大仙，搖搖擺擺，後帶著一雙丫髻童兒，往裏直進，兩班官控背躬身，不敢仰視。他上了金鑾殿，對國王徑不行禮。那國王道：「國師，朕未曾奉請，今日如何肯降？」老道士云：「有一事奉告，故來也。那四個和尚是那裏來的？」國王道：「是東土大唐差去西天取經的，來此倒換關文。」那道士鼓掌大笑道：「我說他走了，原來還在這裏！」國王驚道：「國師有何話說？他纔來報了姓名，正欲拿送國師使用，怎奈當駕太師所奏有理，朕因看遠來之意，方纔召入驗牒，不期國師有此問。想是他冒犯尊顏，有得罪處也？」道士笑云：「陛下不知。他是昨日來的，在東門外打殺了我兩個徒弟，放了五百個囚僧，捽碎車輛。夜間闖進觀來，把三清聖像毀壞，偷吃了御賜供養。我等只道是天尊下降，求些聖水金丹進與陛下。不期他遺些小便，哄瞞我等。我等正欲下手擒拿，他卻走了。今日還在此間，正所謂冤家路兒窄也。」那國王聞言發怒，欲誅四眾。

孫大聖厲聲叫道：「陛下暫息雷霆之怒，容僧等啟奏。他說我昨日到城外打殺他兩個徒弟，是誰知證？我等且曲認了，著兩個和尚償命，還放兩個去取經。他又說我捽碎車輛，放了囚僧，此事亦無見證，料想不該死，再著一個和尚領罪罷了。他說我毀了三清，鬧了觀宇，我僧乃東土之人，乍來此處，街道尚且不識，如何就知他觀中之事？既遺下小便，就該當時捉住，卻這早晚坐名害人。天下假名託姓的無限，怎麼就說是我？望陛下回嗔詳察。」那國王本來易惑，被行者說了一遍，他就決斷不定。

正猶豫間，又見黃門官來奏：「陛下，門外有許多鄉老聽宣。」國王即命宣至殿前，有三四十名鄉老朝上磕頭道：「萬歲，今年一春無雨，但恐夏月乾荒，特來奏請那位國師爺爺，祈一場甘雨，普濟黎民。」國王說：「知道了。」即對三藏道：「唐朝僧眾，朕敬道滅僧為何？只為當年求雨，僧人更未嘗求得一點，幸天降國師，拯援塗炭。你今遠來，冒犯國師，本當即時問罪，姑且恕你，敢與我國師賭勝求雨麼？若祈得一場甘雨，朕即饒你罪名，倒換關文，放你西去。若無雨，就將汝等推赴法場，典刑示眾。」行者笑道：「小和尚也略曉得些兒求禱。」國王即命打掃壇場，一壁廂教擺駕，「寡人親上五鳳樓觀看。」當時多官擺駕，須臾上樓坐了。三藏隨著行者、沙僧、八戒，侍立樓下。那三道士陪國王坐在樓上。少時間，一員官飛馬來報：「壇場諸色皆備，請國師爺爺登壇。」

那虎力大仙，欠身拱手，辭了國王，徑下樓來。行者向前攔住道：「先生那裏去？」大仙道：「登壇祈雨。」行者道：「你也忒自重了，更不讓我遠鄉之僧。也罷，這正是強龍不壓地頭蛇。先生先去，必須對君前講開。」大仙道：「講甚麼？」行者道：「我與你都上壇祈雨，知雨是你的，是我的？不辨誰的功績。那時彼此混賴，不成勾當。須講開方好行事。」大仙道：「這一上壇，只看我的令牌為號：一聲令牌響，風來；二聲響，雲起；三聲，雷閃齊鳴；四聲，雨至；五聲，雲散雨收。」行者笑道：「妙啊！我僧是不曾見。請了，請了。」

大仙拽開步進前，三藏等隨後，徑到了壇門外。擡頭觀看，那裏有一座高臺，約有三丈多高，左右插著二十八宿旗號。頂上放一張桌子，桌上有香爐燭臺。爐邊靠著一個金牌，鐫的是雷神名號。底下有五口大缸，都注著滿缸清水，水上浮出楊柳枝，托著一面鐵牌，書的是雷霆都司的符字。左右有五個大樁，寫著五方蠻雷使者的名錄。每一樁邊，立兩個道士，各執鐵錘，伺候打樁。臺後面有許多道士，在那裏寫作文書。正中間設一架紙爐。又有幾個像生的人物，都是那執符使者，土地贊教之神。那大仙走進去，直上高臺立定。旁邊有個小道士，捧了幾張黃紙書就的符字，一口寶劍，遞與大仙。大仙執著寶劍，念動咒語，將一道符在燭上燒了。那底下兩三個道士，拿過一個執符的像生，一道文書，亦點火焚之。那上面乒的一聲令牌響，只見那半空裏，悠悠的風色飄來。八戒口裏作念道：「不好，不好，這道士果然有本事！令牌響了一下，果然就颳風。」行者道：「兄弟悄悄的，你們再莫與我說話，等我幹事去來。」

好大聖，拔下一根毫毛，就變作一個假行者，立在唐僧手下。他的真身，出了元神，趕到半空中高叫：「那司風的是那個？」慌得那風婆婆捻住布袋，巽二郎扎住口繩，上前施禮。行者道：「我保護唐朝聖僧西天取經，與那妖道賭勝祈雨，你怎麼不助老孫，反助那道士？我且饒你，把風收了。若有一些風兒，把那道士的鬍子吹得動，各打二十鐵棒！」風婆婆道：「不敢，不敢。」遂沒一些風氣。

那道士又執令牌，燒了符檄，撲的又打了一下，只見那空中雲霧遮滿。孫大聖又當頭叫道：「佈雲的是那個？」慌得那推雲童子、佈霧郎君當頭施禮。行者又將前事說了一遍。那雲童、霧子也收了雲霧，放出太陽星耀耀，一天萬里更無雲。

那道士焦躁，仗劍解散了頭髮，念咒燒符，再一令牌打將下去。只見那南天門裏，鄧天君領著雷公、電母到當空，迎著行者施禮。行者又將前項事說了一遍道：「你們怎麼來得志誠，是何法旨？」天君道：「那道士五雷法是個真的。他發了文書，驚動玉帝，我等奉旨前來，助雷電下雨。」行者道：「既如此，且都住了，同候老孫行事。」果然雷也不鳴，電也不灼。

那道士愈加著忙，又添香，燒符、念咒，打下令牌。半空中又有四海龍王，一齊擁至。行者當頭喝道：「敖廣，那裏去？」那敖廣等上前施禮。行者又將前項事說了一遍道：「向日有勞，未曾成功。今日之事，望為助力。」龍王道：「遵命！」行者又謝了敖順道：「前日虧令郎縛怪，救我師父。」龍王道：「那廝還鎖在海中，未敢擅便，正欲請大聖發落。」行者道：「憑你怎麼處治了罷，如今且助我一功。那道士四聲令牌已畢，卻輪到老孫上去幹事了。但我不會發符、燒檄，打甚令牌，你列位卻要助我。」

鄧天君道：「大聖吩咐，誰敢不從！但須得一個號令，方敢依令而行。不然，雷雨亂了，顯得大聖無款也。」行者道：「我將棍子為號罷！但看我這棍子往上一指，就要颳風。」那風婆婆、巽二郎沒口的答應道：「就放風。」「棍子第二指，就要佈雲。」那推雲童子、佈霧郎君道：「就佈雲，就佈雲。」「棍子第三指，就要雷電皆鳴。」那雷公、電母道：「奉承，奉承。」「棍子第四指，就要下雨。」那龍王道：「遵命，遵命。」「棍子第五指，就要大日天晴，卻莫違誤。」

吩咐已畢，遂按下雲頭，把毫毛收上身來，在旁高叫道：「先生請了。四聲令牌俱已響畢，更沒有風雲雷雨，該讓我了。」那道士無奈，只得下了臺，努著嘴，徑往樓上見駕。行者跟他去，只聽得那國王問道：「寡人這裏洗耳靜聽，你那裏四聲令響，不見風雨何也？」道士云：「今日龍神都不在家。」行者厲聲道：「陛下，龍神俱在家，只是這國師法術不靈，請他不來。等和尚請來你看。」國王道：「快去登壇，寡人還在此候雨。」

行者急抽身到壇所，扯著唐僧道：「師父請上臺。」唐僧道：「徒弟，我卻不會祈雨。」行者道：「你不會求雨，好的會念經。」那長老纔舉步登壇，到上面，端然坐下，定性歸神，默念那《蜜多心經》。正坐處，忽見一員官飛馬來問那和尚：「怎麼不打令牌，不燒符檄？」行者高聲答道：「不用，不用，我們是靜功祈禱。」那官便去回奏。行者聽得師父經文念盡，卻去耳朵內取出鐵棒，迎風幌了一幌，將棍望空一指，只聽得呼呼風響，滿城中揭瓦翻磚，揚砂走石，比尋常之風不同，正是那狂風大作。行者又把棒望空一指，只見昏霧朦朧，濃雲靉靆。行者又把棒一指，只聽得那沉雷閃電，乒乒乓乓，一似地裂山崩，唬得那滿城人户户焚香，家家化紙。行者高呼：「老鄧！替我仔細看那貪贓壞法之官，忤逆不孝之子，多打死幾個示眾！」那雷越發振響起來，行者卻又把棒望上一指，只見那大雨傾盆而下，自辰時下起，直下到午時前後。下得那車遲城裏裏外外，水漫了街衢。那國王傳旨道：「雨彀了，雨彀了！十分再多，又淹壞了禾苗，反為不美。」行者聞言，將金箍棒往上又一指。霎時間雷止風息，雲散雨收。國王滿心歡喜，文武盡皆稱讚道：「好和尚，就是我國師求雨雖靈，若要晴，細雨兒還下半日。怎麼這和尚要晴就晴，頃刻間杲杲日出，萬里無雲也？」

國王教回鑾，倒換關文，打發唐僧過去。正用御寶時，又被那三個道士上前阻住道：「陛下，這場雨全非和尚之功，還是我道門之力。」國王道：「你纔說龍王不在家，不曾有雨。他走上去，以靜功祈禱，就雨下來，怎麼又與他爭功？」虎力道：「我上壇發了文書，燒了符檄，那龍王誰敢不來？想是別方召請，風、雲、雷、雨五司俱不在。一聞我令，隨趕而來，適遇著我下他上，一時撞著這個機會，所以就雨。從根算來，還是我求的雨，怎麼算作他的功？」那國王被惑，聽了卻又猶豫未定。

行者近前奏道：「陛下，這些旁門法術，也不成個功果，算不得我的他的。如今四海龍王，見在空中，我僧未曾發放，他還不敢遽退。那國師若能叫得龍王現身，就算他的功勞。」國王大喜道：「寡人坐了二十三年龍位，更不曾看見活龍是怎麼模樣。你兩家各顯法力，但叫得來的就是有功，叫不出的有罪。」那道士云：「我輩不能，你是叫來。」大聖即仰面朝空，厲聲高叫：「敖廣何在？兄弟們都現原身來看！」那龍王聽喚，即忙現了本相，四條龍在半空中度霧穿雲，飛舞向金鑾殿前。那國王殿上焚香，眾公卿在階前禮拜。國王道：「有勞貴體降臨，請回，寡人改日醮謝。」行者道：「列位眾神各歸本位，改日奉謝。」那龍王徑自歸海，眾神各回天界。這正是：

廣大無邊真妙法，至真了性劈旁門。

畢竟不知怎麼除邪，且聽下回分解。

第四十六回　外道弄強欺正法　心猿顯聖滅諸邪

話說那國王見孫行者有呼龍使聖之法，即將關文用了寶印，便要遞與唐僧放行。那三個道士慌得拜倒在殿上啟奏，那國王即下龍位，御手忙攙道：「國師今日行此大禮，何也？」道士說：「陛下，我等至此，匡扶社稷，保國安民，苦歷二十年來，今日這和尚弄法力，敗了我們聲名。陛下以一場之雨，就恕殺人之罪，可不輕了我等也？望陛下且留住他的關文，讓我兄弟與他再賭一賭，看是何如？」那國王著實昏亂，真個收了關文，道：「國師，你怎麼與他賭？」虎力大仙道：「我與他賭坐禪。」國王道：「國師差矣，那和尚乃禪教出身，你怎與他賭此？」大仙道：「我這坐禪不同，有一異名，叫作雲梯顯聖。」國王道：「何為雲梯顯聖？」大仙云：「要一百張桌子，五十張作一禪臺，一張一張疊將起去，不許手扳而上，亦不許梯凳而登，各駕一朵雲頭，上臺坐下，約定幾個時辰不動。」

國王見有些難處，就問道：「那和尚，我國師要與你賭雲梯顯聖坐禪，那個會麼？」行者聞言，沈吟不答。八戒道：「哥哥，怎麼不言語？」行者道：「兄弟，實不瞞你說，若是踢天弄斗，攪海翻江，諸般巧事，我都幹得。但說坐禪，我就輸了，我那裏有這坐性？」三藏忽的開言道：「我會坐禪。」行者歡喜道：「卻好，卻好，可坐得多少時？」三藏道：「我幼年遇方上禪僧講道，那性命根本上定性存神，在死生關裏也坐二三個年頭。卻是不能上去。」行者道：「你上前答應，我送你上去。」那長老果然合掌當胸道：「貧僧會坐禪。」國王教傳旨立禪臺。不消半個時辰，就設起兩座臺，在金鑾殿左右。

那虎力大仙下殿，立於階心，將身一縱，踏一朵席雲，徑上西邊臺上坐下。行者拔一根毫毛，變作假像，陪著八戒、沙僧，立於下面。他卻作五色祥雲，把唐僧撮起空中，徑至東邊臺上坐下。他又斂祥光，變作一個焦蟟蟲，飛在八戒耳朵邊道：「兄弟，再莫與老孫替身説話。」獃子道：「理會得！」

卻説那鹿力大仙在繡墩上坐看多時，他兩個在高臺上不分勝負。這道士就助他師兄一功，將腦後短髮，拔了一根，捻作一團，彈將上去，徑至唐僧頭上，變作一個大臭蟲，咬住長老。那長老先前覺癢，以後覺疼。原來坐禪的不許動手，動手算輸。一時間疼痛難禁，他縮著頭，就著衣襟擦癢。八戒道：「不好了，師父羊兒風發了！」沙僧道：「不是，是頭風發了。」行者聽見道：「我師父乃志誠君子，他説會坐禪，斷然會坐。等我上去看看。」嚶的一聲，飛在唐僧頭上，只見有豆粒大一個臭蟲，慌忙用手捻下，替師父撓撓摸摸。那長老不疼不癢，端坐上面。行者想道：「和尚頭光，蝨子也安不得一個，如何有此臭蟲？想是那道士弄的玄虛。哈哈！枉自也不見輸贏，等老孫去弄他一弄。」這行者飛將上去，變作一條七寸長的蜈蚣，徑來道士鼻凹裏釘了一下。那道士坐不穩，一個觔斗翻將下去，幾乎喪了性命，幸虧人多救起。國王大驚，即著當駕太師領他往文華殿裏梳洗去了。行者仍駕祥雲，將師父馱下階前。

已是長老得勝，國王只教放行。鹿力大仙又奏道：「陛下，我師兄原有暗風疾，因到了高處，冒了天風，舊疾舉發，故令和尚得勝。且留下他，等我與他賭隔板猜枚。」國王道：「怎麼叫作隔板猜枚？」鹿力道：「貧道有隔板知物之法，看那和尚可能彀。他若猜得過我，讓他去。猜不著，憑陛下問擬罪名，雪我昆仲之恨。」

真個那國王十分昏亂，即傳旨，將一硃紅漆櫃，命內官擡到宮殿，教娘娘放上件寶貝。須臾擡出，放在白玉階前，教僧道兩家各賭法力，猜那櫃中是何寶貝。三藏道：「徒弟，櫃中之物，如何得知？」行者斂祥光，還變作蟭蟟蟲，釘在唐僧頭上道：「師父放心，等我去看來。」他輕輕飛到櫃腳之下，見有一條板縫兒，他鑽將進去。見一個紅漆盤，內放一套宮衣，乃是山河社稷襖，乾坤地理裙。用手拿起來，抖亂了，咬破舌尖，一口血噴將去，叫「變」，即變作一件破爛流丟一口鐘。臨行又撒上一泡臊溺，卻還從板縫裏鑽出來，飛在唐僧耳朵上道：「師父，你只猜是破爛流丟一口鐘。」三藏道：「他教猜寶貝哩，流丟是件甚寶貝？」行者道：「莫管他，只猜著便是。」

唐僧進前一步，正要猜，那鹿力道：「我先猜，那櫃裏是山河社稷襖，乾坤地理裙。」唐僧道：「不是，不是，是件破爛流丟一口鐘。」國王道：「這和尚無禮，敢笑我國中無寶，猜甚麼流丟一口鐘！」教拿下。唐僧合掌高呼：「陛下，且赦貧僧一時。待打開櫃看，端的是寶，貧僧領罪。如不是寶，卻不屈了貧僧也？」國王叫打開來看，果然是件破爛流丟一口鐘。國王大怒道：「是誰放上此物？」龍座後面閃上三宮皇后道：「我主，是梓童親手放的山河社稷襖，乾坤地理裙，卻不知怎麼變成此物。」國王道：「御妻請退，寡人知之。」教：「擡上櫃來，等朕親藏一寶貝，再試如何。」

那國王即轉後宮，把御花園裏一個大桃子摘下，放在櫃內，又擡下叫猜。行者又嚶的一聲飛去，還從板縫中鑽進。見是一個桃子，正合他意，即現了原身，坐在櫃裏，將桃子啃得乾乾淨淨。將核子安在裏面，仍變蟭蟟蟲飛出去，釘在唐僧耳上道：「師父，只猜是個桃核子。」

三藏正要開言，聽得那羊力道：「貧道先猜，是一顆仙桃。」三藏道：「不是桃，是個光桃核子。」那國王喝道：「是朕放的仙桃，如何是核？三國師猜著了。」三藏道：「陛下，打開來看就是。」當駕官又打開，捧出盤來，果然是一個核子，皮肉俱無。國王見了，心驚道：「國師，休與他賭鬥了，讓他去罷。寡人親手藏的仙桃，如今只是一核子，是甚人吃了？想是有鬼神暗助他也。」

正話間，只見那虎力大仙從文華殿梳洗了，走上殿道：「陛下，這和尚有搬運抵物之術，擡上櫃來，我破他術法，與他再猜。」國王道：「國師還要猜甚？」虎力道：「術法只抵得物件，卻抵不得人身。」將一個小道童藏在櫃裏，掩上櫃蓋，擡下去叫那和尚再猜。

行者嚶的又飛去，鑽入裏面，見是一個小童兒。他甚有見識，就搖身一變，變作老道士一般容貌，進櫃裏叫聲「徒弟」。童兒道：「師父，你從那裏來的？」行者道：「我使遁法來的。」童兒道：「你來有甚教誨？」行者道：「那和尚看見你進櫃來了，他若猜個道童，卻不又輸與他？特來和你計較，剃了頭，我們猜和尚罷。」童兒道：「但憑師父，只要我們贏他便了。」行者道：「說得是。」將金箍棒就變作一把剃刀，摟著那童兒，須臾剃下髮來，窩作一團，塞在那櫃腳閣落裏。收了刀兒，摸著他的光頭道：「我兒，頭便像個和尚，只是衣裳不趁。脫下來，我與你變一變。」那道童穿的一領蔥白色的鶴氅，被行者吹口仙氣，即變作一件土黃色的直裰兒，與他穿了。卻又拔下兩根毫毛，變作一個木魚兒，遞在他手裏道：「徒弟，須聽著。但叫道童，千萬莫出去。若叫和尚，你就與我頂開櫃蓋，敲著木魚，口裏念著『阿彌陀佛』鑽出來。切記著，我去也。」還變蟭蟟蟲鑽出去，飛在唐僧耳邊道：「師父，你只猜是個和尚」。

正說間，只見那虎力大仙道：「陛下，櫃裏是個道童。」只管叫，他那裏肯出來。三藏合掌道：「是個和尚。」八戒儘力高叫道：「櫃裏是個和尚！」那童兒忽的頂開櫃蓋，敲著木魚，念著佛鑽出來。喜得那兩班文武，齊聲喝采。唬得那三個道士，箝口無言。國王道：「這和尚足有鬼神輔佐。怎麼道士入櫃，就變作和尚？國師呵，讓他去罷！」

虎力大仙道：「陛下，左右是棋逢對手，將遇良材。貧道將幼時鍾南山學的武藝，索性與他賭一賭。」國王道：「有甚麼武藝？」虎力道：「弟兄三個都有些神通，會砍下頭來，又能安上；剖腹剜心，還再長完；滾油鍋裏，又能洗澡。」國王大驚道：「此三事都是尋死之路！」虎力道：「我等有此法力，纔敢出此朗言，斷要與他賭個纔休。」那國王叫道：「東土的和尚，我國師不肯放你，還要與你賭砍頭剖腹，下滾油鍋洗澡哩！」

行者正變作蟭蟟蟲，忽聽此言，即收了毫毛，現出本相，哈哈大笑道：「造化，造化，買賣上門了！」八戒道：「這三件都是喪命的事，怎麼說買賣上門？」行者道：「你還不知我的本事：

砍下頭來能說話，剜胸剖腹長無痕。油鍋洗澡更容易，只當溫湯滌垢塵。」

即挺然上前道：「陛下，小和尚會砍頭。」國王道：「你怎麼會砍頭？」行者道：「我當年曾學得一個砍頭法，不知好也不好，如今且試試新。」國王笑道：「那和尚年幼不知事。砍頭那裏好試新？」虎力道：「陛下，正要他如此，方纔出得我們之氣。」

那昏君即傳旨設殺場，叫和尚先去砍頭。行者欣然，拱手高呼道：「國師，恕大膽佔先了。」回頭往外就走，徑至殺場裏面，被劊子手撾住，捆作一團。只聽喊一聲「開刀」，颼的把個頭砍將下來，劊子手一腳踢了去，滾有三四十步遠近。行者腔子中更不出血，只聽得肚裏叫聲「頭來」。慌得鹿力念咒，叫土地神祇將人頭扯住。原來那些神因他有五雷法，也服他使喚，暗中真個把行者頭按住了。行者又叫道「頭來」，那頭一似生根，莫想得動。行者心焦，捻著拳，掙了一掙，將捆的繩子盡皆掙斷，喝聲「長」，颼的腔子內長出一個頭來。唬得那劊子手個個心驚，羽林軍人人膽戰。那監斬官急入朝奏道：「萬歲，那小和尚砍了頭，又長出一顆來了。」

說不了，行者走來，國王叫和尚：「赦你無罪去罷。」行者道：「關文雖領，必須國師也砍砍頭，試新去來。」虎力也只得去，被劊子手捆翻，幌一幌，把頭砍下，一腳也踢將去。他腔子裏不出血，也叫一聲「頭來」。行者即忙拔下一根毫毛，變作一隻黃犬，跑入場中，把那道士頭一口銜來，徑跑到御水河邊丟下。那道士連叫三聲，人頭不到，腔子中骨都都紅光迸出，須臾倒在塵埃。眾人觀看，乃是一隻無頭的黃毛虎。

那監斬官來奏，國王大驚失色。鹿力起身道：「我師兄已是命倒祿絕了，如何是隻黃虎！這都是那和尚使的掩樣法兒。我今定不饒他，定要與他賭那剖腹剜心！」國王聽說，方纔定性回神，又叫：「那和尚，二國師還要與你賭哩。」行者道：「小和尚久不吃煙火食，前日遇齋公家勸飯，多吃了幾個饃饃，這幾日腹中作痛。正欲借陛下之刀，剖開肚皮，拿出臟腑洗淨，方好上西天見佛。」國王聽說，叫拿他赴曹。行者道：「不用拿，待我自去。但一件，不許縛手，我好用手洗刷臟腑。」他即搖搖擺擺，徑至殺場，將身靠著大樁，解開衣帶，露出肚腹。那劊子手把他上下縛住，把一口牛耳短刀，幌一幌，著肚皮下一割，搠個窟窿。這行者雙手爬開肚腹，拿出腸臟來，一條條理𣫍多時，依然安在裏面，照舊盤曲，捻著肚皮，吹口仙氣叫「長」，依然長合。

國王大驚，將關文捧在手中道：「聖僧莫誤西行，與你關文去罷！」行者笑道：「關文小可，也請二國師剖剖剜剜何如？」國王對鹿力說：「這事不與我相干，是你要與他做對頭的。請去，請去。」鹿力道：「寬心，料我決不輸與他。」你看他也像孫大聖，搖搖擺擺，徑入殺場，被劊子手套上繩，將刀割開肚腹。他也拿出肝腸，用手理弄。行者即拔一根毫毛，變作一隻餓鷹，展開翅爪，颼的把他五臟心肝，盡情抓去，不知飛向何方受用。這道士弄得空腔破肚，少臟無腸。劊子手蹬倒大樁，拖屍來看，呀！原來是一隻白毛角鹿。

慌得那監斬官又來奏，國王害怕道：「怎麼是個角鹿？」那羊力大仙又奏道：「我師兄既死，如何得現獸形？這都是那和尚弄術法坐害我等。等我與師兄報仇者。」國王道：「你有甚麼法力贏他？」羊力道：「我與他賭下滾油鍋洗澡。」國王便叫取一口大鍋，滿貯香油，叫他兩個賭去。行者道：「多承下顧。小和尚一向不曾洗澡，這兩日皮膚燥癢，好歹盪盪去。」那當駕官安下油鍋，架起乾柴，燃著烈火，將油燒滾，叫和尚先下去。行者道：「不知文洗，武洗？」國王道：「文洗何如，武洗何如？」行者道：「文洗不脫衣服，似這般叉著手，下去打個滾就起來，不許污壞了衣服，若有一點油膩算輸。武洗要取一張衣架，一條手巾，脫了衣服，跳將下去，任意翻觔斗，豎蜻蜓，當耍子洗也。」國王對羊力說了，羊力道：「文洗恐他衣服是藥煉過的，隔油。武洗罷。」行者又上前道：「恕大膽，屢次佔先了。」你看他脫了布直裰，褪了虎皮裙，將身一縱，跳在鍋內，翻波鬥浪，就似負水一般頑耍。

八戒見了，咬著指頭，對沙僧道：「我們也錯看了這猴子了，怎知他有這般本事！」他兩個唧唧噥噥的誇獎，行者望見，心疑道：「那獃子笑我哩！正是巧者多勞拙者閒，老孫這般舞弄，他倒自在。等我且作成他捆一繩看。」正洗浴，打個氼子，淬在油鍋底上，變作個棗核釘兒，再也不起來了。那監斬官上前便奏：「萬歲，小和尚被滾油烹死了。」國王大喜，叫撈上骨骸來看。劊子手將一把鐵笊籬在油鍋裏撈，原來那笊籬眼稀，行者變得釘小，往往來來，從眼孔漏下去了，那裏撈得著。又奏道：「和尚身微骨嫩，俱煠化了。」

國王叫拿三個和尚下去。兩邊校尉見八戒面兇，先揪翻捆了。慌得三藏高叫：「陛下，赦貧僧一時。我那個徒弟，自從歸教，歷歷有功。今日衝撞國師，死在油鍋之內，我貧僧怎敢貪生？只望寬恩，賜我半盞涼漿水飯，容到油鍋前燒一陌紙，也表我師徒一念。那時再領罪也。」國王聞言道：「也是，那中華人多有義氣。」命取些漿飯、黃錢與他。唐僧叫沙和尚同去，行至階下，有幾個校尉把八戒揪著耳朵，拉在鍋邊。三藏對鍋祝曰：「徒弟孫悟空，

自從受戒拜禪林，護我西來恩愛深。指望同時成大道，何期今日早歸陰。
生前只為求經意，死後還存念佛心。萬里英魂須等候，幽冥做鬼上雷音。」

八戒聽見道：「師父，不是這般禱祝。等我來。」那獃子捆在地，氣呼呼的道：

闖禍的潑猴子，無知的弼馬溫！該死的潑猴子，油烹的弼馬溫！猴兒了帳，馬溫斷

根！行者在油鍋底上，聽得那獃子亂罵，忍不住現了本相，赤淋淋的站在油鍋底道：「饢糟的夯貨，你罵那個哩！」唐僧見了道：「徒弟，唬殺我也！」慌得那兩班文武上前奏道：「萬歲，那和尚不曾死，又在油鍋裏鑽出來了。」監斬官恐怕虛誑朝廷，又奏道：「死是死了，只是日期犯凶，小和尚來顯魂哩！」

行者聞言大怒，跳出鍋來，掣出棒，撾過監斬官，著頭一下，打作了肉團道：「我顯甚麼魂哩！」唬得眾官連忙解了八戒，跪地哀告恕罪。國王走下龍座，行者上殿扯住道：「陛下不要走，且教你三國師也下下油鍋去。」那國王戰戰兢兢道：「三國師，你救朕之命，便下鍋去，莫教和尚打我。」羊力下殿，照依行者脫了衣服，跳下油鍋，也那般支吾洗浴。

行者近油鍋邊，伸手探了一探，那滾油都冰冷，心中想道：「我曉得了，這不知是那個龍王在此護持他哩！」急縱身跳在空中，念聲「唵」字咒語，把那北海龍王喚來：「我把你這個泥鰍，你怎麼助道士，冷龍護住鍋底，教他顯聖贏我？」唬得那龍王喏喏連聲道：「敖順不敢相助。大聖不知，這個孽畜，苦修行了一場，脫得本殼，卻只是五雷法真，其餘都踹了旁門，難歸仙道。那兩個是在小茅山學來的大開剝。這一個也是他自己煉的冷龍，怎瞞得大聖！小龍如今就收了他冷龍，管教他骨碎皮焦，顯甚麼手段。」行者道：「趁早收了。」那龍王化一陣狂風，到油鍋邊將冷龍捉下海去。

行者立在殿前，見那道士在滾油鍋裏打掙，爬不出來，滑了一跌，霎時間骨脫皮焦肉爛。監斬官又奏道：「萬歲，三國師煠化了也。」那國王滿眼垂淚，手撲御案，放聲大哭道：

人身難得果然難，不遇真傳莫煉丹。空有驅神咒水術，卻無延壽保生丸。
這正是：
點金煉汞成何濟，喚雨呼風總是空。
畢竟不知師徒們怎的維持，且聽下回分解。

第四十七回　聖僧夜阻通天水　金木垂慈救小童

卻說那國王倚著龍牀，淚如泉湧。行者上前高呼道：「你怎麼這等昏亂！見放著那道士的屍骸，一個是虎，一個是鹿，那羊力是一個羚羊。不信時，撈上骨頭來看。他本是成精的山獸，到此害你。因見你氣數還旺，不敢下手。若是氣數衰敗，他就害了你性命，把你江山一股兒盡屬他了。幸我等早除妖邪，救了你命，你還哭甚？急打發關文，送我西去。」國王聞此，方纔省悟。那文武多官俱奏道：「死者果然是黃虎、白鹿，油鍋裏果是羊骨。聖僧之言，不可不聽。」國王道：「既是這等，感謝聖僧。今日天晚，教太師且請聖僧至智淵寺。明日安排筵宴酬謝。」次日五更時候，國王設朝，聚集多官，傳旨快出招僧榜文，四門各路張掛。一壁廂大排筵宴，擺駕出朝至智淵寺，請三藏等赴宴。

卻說那脫命的和尚聞有招僧榜，個個欣然，都入城來尋孫大聖，交納毫毛謝恩。這長老散了宴，那國王換了關文，同兩班文武，送出朝門。只見那些和尚跪拜道旁，口稱：「齊天大聖爺爺！我等是沙灘上脫命僧人。聞知爺爺掃除妖孽，救拔我等，又蒙我王出榜招僧，特來交納毫毛，叩謝天恩。」行者笑道：「汝等來了幾何？」僧人道：「五百名，半個不少。」行者將身一抖，收了毫毛。對君臣們說道：「這些和尚，實是老孫放了。車輛是老孫運轉雙門，穿夾脊捽碎了。那兩個妖道，也是老孫打死了。今日滅了妖邪，方知是禪門有道。向後來再不可偏心亂做，望你把三道歸一，也敬僧，也敬道，也養育人才，保你江山永固。」國王感謝不盡，遂送唐僧出城去訖。

這一去，曉行夜住，不覺的春盡夏殘，又是秋光天氣。一日，天色已晚，唐僧勒馬道：「徒弟，今宵何處安身？」行者道：「趁月光再走一程，到有人家之所再住。」師徒們往前又行，不多時，只聽得滔滔浪響。八戒道：「罷了，來到盡頭路了！」沙僧道：「是一股水擋住也。」唐僧道：「不知有多少寬闊。」行者道：「等我看看。」他即跳在空中，定睛觀看，落下來道：「師父，寬哩，寬哩！老孫火眼金睛，白日裏常看千里吉凶，是夜裏也還看三五百里。如今通看不見邊岸，怎定得寬闊之數？」三藏大驚，道：「徒弟呵，似這等怎了？」沙僧道：「師父，你看那水邊立的，可不是個人麼？」行者兩三步跑到面前看處，呀，不是人，是一面石碑，碑上有三個篆文大字，乃「通天河」，下邊兩行有十個小字，乃「徑過八百里，亘古少人行」。行者叫師父來看，三藏滴淚心焦。

八戒道：「師父，你且聽，是那裏鼓鈸聲音，想是做齋的人家？我們且去趕些齋吃，問個渡口尋船，明日過去罷。」三藏馬上聽得，果然有鼓鈸之聲。大家即望響處而來，沒高沒低，漫過沙灘，望見一簇人家住處，約摸有四五百家。三藏下馬，只見那路頭上有一家兒，門外豎一首幢幡，內裏有燈燭熒煌，香煙馥郁。那長老抖抖褊衫，拖著錫杖，徑來到人家門外。聊站片時，只見裏面走出一個老者，項掛數珠，口念阿彌陀佛，徑自來關門。慌得這長老合掌高叫：「老施主，貧僧問訊了。」那老者還禮道：「你這和尚來遲了。」三藏道：「怎麼說？」老者道：「來遲無物了。早來呵，我舍下齋僧，儘飽吃飯，熟米三升，白布一段，銅錢十文。你怎麼這時纔來？」三藏躬身道：「老施主，貧僧不是趕齋的。我是東土大唐欽差往西天取經者，今到貴處天晚，聽得府上鼓鈸之聲，特來告借一宿，天明就行也。」那老者搖手道：「和尚，出家人休打誑語。東土大唐，到我這裏，有五萬四千里路。你這等單身，如何來得？」三藏道：「老施主見得最是。但我還有三個小徒，保護貧僧，方得到此。」老者道：「既有徒弟，何不同來？」教：「請，請，我舍下有處安歇。」三藏回頭，叫聲：「徒弟，這裏來。」

那三個人聽得師父招呼，牽著馬，挑著擔，不問好歹，闖將進去。那老者看見，唬得跌倒在地，口裏只説是：「妖怪來了，妖怪來了。」三藏攙起道：「施主莫怕，不是妖怪，是我徒弟。」老者戰兢兢道：「這般好俊師父，怎麼尋這樣醜徒弟！」三藏道：「雖然相貌不中，卻倒會降龍伏虎，捉怪擒妖。」老者似信不信的，扶著唐僧慢走。那廳中原有幾眾和尚念經，看見他三個進來，人人悚懼，磕頭撞腦，通跑淨了。廳堂上燈火全無，三人還嘻嘻哈哈的笑。唐僧罵道：「汝等這般撒潑，走進門不知高低，唬倒了老施主，驚散了念經僧，把人家好事都攪壞了，卻不是墮罪與我？」説得他們不敢回言。那老者方信是他徒弟，急回頭作禮道：「老爺，沒大事，沒大事，纔然關了燈，散了花，佛事將收也。」即叫掌燈來，家裏幾個僮僕即點火把燈籠，一擁而至。忽擡頭見八戒、沙僧，慌得抽身往裏，嚷道：「妖怪來了！」行者點上燈燭，扯過一張交椅，請唐僧坐在上面，他兄弟們坐在兩旁，那老者坐在前面。正敘坐間，只聽得裏面又走出一個老者，拄著拐杖道：「是甚麼邪妖，黑夜裏來我善門之家？」前面坐的老者急起身道：「哥哥，不是邪魔，乃東土大唐取經的羅漢。徒弟們相貌雖兇，果然是相惡人善。」那老者方放下拄杖，與他四位行禮。禮畢，也坐了。

那僮僕們看見老者與和尚一問一答的講話，方纔不怕，卻便獻茶擺齋。齋罷，三藏躬身謝了，纔問：「老施主高姓？」老者道：「姓陳。」三藏合掌道：「這是我貧僧華宗了，貧僧俗家也姓陳。請問適纔做的甚麼齋事？」老者道：「是一場預修亡齋。」八戒笑道：「從來只有個預修寄庫齋、預修填還齋，那裏有個預修亡齋？」那二位欠身道：「你等取經，怎麼不走正路，卻蹡到我這裏來？」行者道：「走的是正路，只見一股水擋住，不能得渡，因聞鼓鈸之聲，特來造府借宿。」老者道：「你們到水邊，可曾見些甚麼？」行者道：「止見一面石碑，再無別物。」老者道：「再往上崖走走，離那碑只有里許，有一座靈感大王廟，你不曾見？」行者道：「未見。請公公說說，何為靈感？」那兩個老者一齊垂淚道：「老父呵，那大王：

感應一方興廟宇，威靈千里祐黎民。年年莊上施甘雨，歲歲村中落慶雲。」

行者道：「施甘雨，落慶雲，也是好事，你那傷情煩惱何也？」那老者蹬腳捶胸，哏了一聲道：「老爺啊，

雖則恩多還有怨，總然慈惠卻傷人。只因好吃童男女，不是昭彰正直神。」

行者道：「要吃童男女麼？」老者道：「正是。」行者道：「想必輪到你家了？」老者道：「今年正到舍下。我們這裏，屬車遲國元會縣所管，喚作陳家莊。這大聖一年一次祭賽，要一個童男，一個童女，豬羊牲醴供獻他。他一頓吃了，保我們風調雨順。若不祭賽，就來降禍生災。」行者道：「你府上幾位令郎？」二老捶胸道：「可憐，可憐，說甚麼令郎。我老拙叫作陳澄，這個是我舍弟名喚陳清。我今年六十三歲，他今年五十八歲，兒女上都艱難。我止生得一女，今年纔交八歲，名喚一秤金。舍弟有個兒子，今年七歲了，名喚陳關保。我兄弟二人，年歲百二，止得這兩個人種。不期輪

次到我家祭賽，不敢不獻。為此父子之情，難割難捨，先與孩兒做個超生道場。故曰預修亡齋者此也。」

三藏聞言，止不住淚下道：「這正是古人云：『黃梅不落青梅落，老天偏害沒兒人。』」行者笑道：「等我再問他。老公公，你府上有多大家當？」二老道：「頗有些兒，水田、旱田有一二百頃，草場有八九十處。舍下也有吃不著的陳糧，穿不了的衣服。家財產業，也儘得數。」行者道：「你這等家業，也虧你省將起來的。」老者道：「怎見我省？」行者道：「既有這家私，怎麼捨得親生兒女祭賽？拚了五十兩銀子，可買一個童男，一百兩銀子，可買一個童女，連絞纏不過二百兩之數，可就留下自己兒女後代，卻不是好？」二老滴淚道：「老爺，你不知道，那大王甚是靈感，常來我們人家行走。」行者道：「他來行走，你們看見他是甚麼模樣？」二老道：「不見其形，只聞得一陣香風，就知是大王來了，即忙焚香下拜。他把我們這人家，匙大碗小之事都知道，老幼生時年月都記得。只要親生兒女，他方受用。不要說二三百兩，就是幾千萬兩，也沒處買這般一模一樣同年同月的兒女。」

行者道：「原來這等，也罷，也罷。你且抱你令郎出來我看看。」那陳清急入裏面，將關保兒抱出廳上。小孩兒那知死活，籠著兩袖果子，跳跳舞舞的，吃著耍子。行者見了，默默念咒，搖身一變，變作那關保兒一般模樣，兩個孩兒攙著手在燈前跳舞。唬得那老者慌忙跪下道：「老爺，不當人子。纔然說話，怎麼就變作我兒一般模樣，卻折了我們年壽。請現本相。」行者把臉抹了一把，現了本相。那老者跪在面前道：「老爺原來有這樣本事。」行者笑道：「可像你兒子麼？」老者道：「像，像，像，果然一般無二。」行者道：「似這等可祭賽得過麼？」老者道：「忒好，忒好，祭得過了。」行者道：「我今替這個孩兒性命，去祭那大王，留下你家香煙後代何如？」那陳清跪地磕頭道：「老爺果若慈悲替得，我送白銀一千兩，與唐老爺做盤纏往西天去。」行者道：「就不謝謝老孫？」老者道：「你已替祭，沒了你也。」行者道：「怎的得沒了？」老者道：「那大王吃了。」行者道：「他敢吃我？」老者道：「不吃你，好道嫌腥。」行者笑道：「任從天命，吃了我是我的命短，不吃是我的造化。我與你祭賽去。」那陳清只管磕頭相謝，又允送銀五百兩。惟陳澄也不磕頭，也不說謝，只是倚著那屏門痛哭。行者上前扯住道：「大老，你想是捨不得你女兒麼？」陳澄纔跪下道：「是捨不得。蒙老爺盛情，救了我姪子也彀了。但老拙無兒，止此一女，就是我死之後，他也哭得痛切，怎麼捨得！」行者道：「你快去蒸上五斗米的飯，整治些好素菜，與我那長嘴師父吃，教他變作你的女兒。我兄弟同去祭賽，索性行個陰騭，救你兩個男女性命如何？」那八戒聽得，大驚道：「哥哥，你要弄精神，不管我死活，就要攀扯我。」行者道：「賢弟，常言道：『雞兒不吃無功之食。』你我進門，感承盛齋，怎麼就不與人家救些患難？」八戒道：「哥啊，變化的事情，我卻不會哩！」行者道：「你也有三十六般變化，怎麼不會？」三藏呼悟能：「你師兄說得最是。常言救人一命勝造七級浮屠。一則感謝厚情，二來當積陰德。你兄弟可去去來。」八戒道：「我只會變山變樹，變石頭、賴象、水牛。變大肚漢還可，若變小女兒有幾分難哩。」行者道：「大老，抱出你令嬡來看看。」陳澄急入裏邊，抱一秤金女兒到了廳上。一家子，不拘老幼內外，都出來磕頭禮拜，只請救孩兒性命。那女兒渾身上穿得花花綠綠的，也拿著果子吃哩。行者道：「八戒，這就是女孩兒，你快變得像他，我們祭賽去。」八戒道：「似這般小巧俊秀，怎變？」行者叫：「快些，莫討打！」八戒慌了，念動咒語，把頭搖了幾搖，叫「變」，真個也就像女孩兒面目，只是胖大狼犺不像。行者笑道：「再變變。」八戒道：「憑你打罷，變不過來奈何？」行者道：「莫成是丫頭的頭，和尚的身子，弄得不男不女，卻怎生是好？你可佈起罡來。」他就吹他一口仙氣，果然即時把身子變過，與那女兒一般。便教二位老者：「請你寶眷帶令郎令嬡進去，可將好果子與他吃，不可教他哭叫，恐大王一時知覺，走了風訊。等我兩人耍子去也！」

那內眷即同兒女進去。大聖卻問：「怎麼供獻？還是捆了去，是綁了去？蒸熟了去，是剁碎了去？」八戒道：「哥哥，莫要弄我，我沒這個本事。」老者道：「不敢，不敢，只是用兩個紅漆丹盤，請二位坐在盤內，放在桌上，把你們擡上廟去。」行者道：「好，好，好，拿盤子出來我們試試。」那老者即取出兩個丹盤，行者與八戒坐上，四個後生擡起兩張桌子，往天井裏走走兒，又擡回在堂上。行者笑道：「八戒，像這般擡著走走，我們也是上臺盤的和尚了。」八戒道：「若是擡去擡來，兩頭擡到天明，我也不怕。只是擡到廟裏，就要吃哩，這個卻不是耍子！」行者道：「你只看著我。估著吃我時，你就走了罷。」八戒道：「如先吃童男便好，如先吃童女卻如何？」老者道：「常年祭賽時，我這裏有膽大的鑽在廟後，或在供桌底下，看見他先吃童男，後吃童女。」八戒道：「造化，造化！」兄弟正然談論，只聽得外面鑼鼓喧天，燈火照耀，眾人打開前門，叫擡出童男童女來。這老者哭哭啼啼，那四個後生將他二人擡將出去。端的不知性命如何，且聽下回分解。

第四十八回　魔弄寒風飄大雪　僧思拜佛履層冰

話說陳家莊眾信人等，將豬羊牲醴與行者、八戒，喧喧嚷嚷，直擡至靈感廟裏，將童男、童女設在上首。行者回頭，看那供桌上香花蠟燭，正面一個金字牌位，上寫「靈感大王之神」。眾信擺列停當，一齊叩頭道：「大王爺爺，今年今月今日今時，陳家莊祭主陳澄等，謹遵年例，供獻童男一名陳關保，童女一名一秤金，豬羊牲醴，如數奉上大王享用。保祐風調雨順，五穀豐登。」祝罷，燒了紙馬，各回本宅。

那八戒見人散了，對行者道：「我們家去罷！」行者道：「你家在那裏？」八戒道：「往老陳家睡覺去。」行者道：「獃子又亂談了。既允了他，須與他了這願心纔是。」八戒道：「你倒不是獃子，反説我是獃子。只哄他耍耍便了，怎麼就與他當真。」行者道：「為人為徹。一定等那大王來吃了，纔是個全始全終。不然，又教他降災貽害，反為不美。」

正説間，只聽得呼呼風響。八戒道：「不好了，風響是那話兒來了！」行者只叫：「莫言語，等我答應。」頃刻間，廟門外來了一個妖邪，攔住廟門問道：「今年祭祀的是那家？」行者笑吟吟的答道：「承下問，莊頭是陳澄、陳清家。」那怪聞答，心中疑似道：「這童男膽大，言談伶俐。常年來供養的，問一聲不言語，再問聲唬了魂，用手去捉，已是死人。怎麼今日這童男善能應對？」怪物不敢來拿，又問童男女叫甚名字。行者笑道：「童男陳關保，童女一秤金。」怪物道：「這祭賽乃常年舊規，如今供獻，我當吃你。」行者道：「不敢抗拒，請自在受用。」怪物聽說，又不敢動手，攔住門喝道：「你莫頂嘴，我常年先吃童男，今年倒要先吃童女。」八戒慌了道：「大王還照舊罷，不要吃壞例子。」

那怪不容分說，放開手就捉八戒。獃子撲的跳下來，現了本相，掣釘鈀劈手一築。那怪物縮了手，往前就走，只聽得當的一聲響，八戒道：「築破甲了！」行者也現本相看處，原來是冰盤大小兩個魚鱗。喝聲「趕上」，二人跳到空中。那怪物不曾帶得兵器，空手在雲端裏問道：「你是那方和尚，到此欺人。」行者道：「這潑怪原來不知。我等乃東土大唐聖僧，奉欽差西天取經之徒弟。昨因夜寓陳家，聞有邪魔，假號靈感，年年要童男女祭賽，是我等慈悲，拯救生靈，捉你這潑物。趁早實實供來，你在這裏稱了幾年大王，吃了多少男女？一個個算還我，饒你死罪。」那怪聞言就走，被八戒又一釘鈀，未曾打著。他化一陣狂風，鑽入通天河內。

行者道：「不消趕他了。這怪想是河中之物，且待明日設法拿他。送我師父過河。」八戒依言，徑回廟裏，把那豬羊祭禮，連桌面一齊搬到陳家。此時三藏、沙僧共陳家兄弟，正在廳中候信，忽見他二人將豬羊等物都丟在天井裏。三藏便問祭賽之事何如，行者將那怪物之事說了一遍。二老十分歡喜，即命安排牀鋪，請他師徒就寢不題。

卻說那怪得命，回歸水內，坐在宮中，默默無言，水中大小眷族問道：「大王每年享祭，回來歡喜，怎麼今年煩惱？」那怪道：「常年享畢，還帶些餘物與汝等受用，今日連我也不曾吃得。造化低，撞著一個對頭，幾乎傷了性命。」眾水族問是那個。那怪道：「是一個東土大唐聖僧的徒弟，往西天拜佛求經者，假變男女，坐在廟裏。我被他現出本相，險些兒傷了性命。一向聞得人講唐三藏乃十世修行好人，但得吃他一塊肉延壽長生，不期他手下有這般徒弟。我被他壞了名聲，破了香火，有心要捉唐僧，只怕不得能彀。」

那水族中閃上一個斑衣鱖婆，對怪物道：「大王，要捉唐僧，有何難處？但不知捉住他可肯賞我？」那怪道：「你若有謀，合同捉了唐僧，與你拜為兄妹，共席享之。」鱖婆拜謝了道：「久知大王有呼風喚雨之神通，攪海翻江之勢力，不知可會降雪？」那怪道：「會降。」又道：「可會結冰？」那怪道：「更會。」鱖婆鼓掌笑道：「如此極易，極易！」那怪道：「你且講來我聽。」鱖婆道：「今夜有三更天氣，大王趁早作法，起一陣寒風，下一陣大雪，把此河盡皆冰結。著我等善變化者，變作幾個人形，在於路口，背包持傘，擔擔推車，不住的在冰上行走。那唐僧取經之心甚急，看見如此人行，斷然踏冰而渡。大王穩坐河心，待他腳蹤響處，迸裂寒冰，連他那徒弟們一齊墜落水中，一鼓可得也！」那怪聞言，滿心歡喜道：「甚妙，甚妙！」即出水府，踏長空興風作雪，凝凍成冰不題。

卻說三藏師徒歇在陳家，將近天曉，衾寒枕冷。八戒叫道：「師兄，冷呵！」行者道：「你這獃子，忒不長俊，出家人寒暑不侵，怎麼怕冷？」三藏道：「徒弟，果然冷。」師徒們都睡不得，爬起來，穿衣開門看處，呀！外面白茫茫的，原來下雪哩！行者道：「怪道你們害冷哩，卻是這般大雪。」那場雪紛紛灑灑，果如剪玉飛綿。師徒們歎玩多時，只見陳家老者，著僮僕掃開路，送出熱湯洗面。又送滾茶、乳餅，又擡出炭火，師徒們圍爐敘坐。長老問道：「老施主，貴處時令，不知可分春夏秋冬？」

陳老笑道：「此間雖是僻地，但只風俗人物，與上國不同，至於諸凡一切，都是同天共日，豈有不分四時之理？」三藏道：「既分四時，怎麼如今就有這般大雪，這般寒冷？」陳老道：「此時雖是七月，昨日已交白露，就是八月節了。我這裏常年八月間就有霜雪。」三藏道：「甚比我東土不同。我那裏交冬節方有之。」

正話間，只見僮僕來請吃粥。粥罷，雪比早間又大，須臾，平地有二尺來深。三藏心焦垂淚。陳老道：「老爺放心。我舍下頗有幾石糧食，供養得老爺們半生。」三藏道：「老施主不知貧僧之苦。我當年蒙聖恩親送出關，問道幾時可回？貧僧不知有山川之險，順口回奏只消三年，可取經回國。今已七八個年頭，還未見佛面，恐違了欽限，所以焦慮。今日有緣，得寓潭府，昨夜愚徒們略施小技報答，實指望求一船隻渡河。不期天降大雪，道路迷漫，不知幾時纔得功成回故土也。」陳老道：「老爺放心，多的日子過了，那裏在這幾日。且待天晴，老拙傾家費產，必處置送老爺過河。」只見一僮又請進早齋。不多時，午齋相繼而進。三藏見品物豐盛，再四不安。陳老又打掃花園，請去雪洞裏閒要散悶，安排素酒蕩寒。不覺天色將晚，仍請到廳上晚齋。只聽得街上行人都說：「好冷天呵，把通天河凍住了！」三藏聞言道：「悟空，凍住河，怎生是好？」陳老道：「乍寒乍冷，想是近河邊淺水處凍結。」那行人道：「把八百里都凍的似鏡面一般，路口上有人走哩！」三藏聽說有人走，就要去看。陳老道：「老爺莫忙，今日晚了，明日去看。」晚齋畢，依然安歇。

及次日天曉，三藏起來，遂教悟淨鞴馬，趁冰過河。陳老又道：「莫忙，待幾日雪融冰解，老拙這裏辦船相送。」沙僧道：「就行也不是話，耳聞不如眼見。我鞴了馬，且請師父親去看看。」陳老道：「言之有理。」叫小的們鞴六匹馬來，一行人徑往河邊來看，真個那路口上有人行走。三藏問道：「施主，那些人上冰往那裏去？」陳老道：「河那邊乃西梁女國。這起人都是做買賣的。我這邊百錢之物，到那邊可值萬錢；那邊百錢之物，到這邊亦可值萬錢。本輕利重，所以人不顧生死而去。常年家有五七人一船，或十數人一船，飄洋而過。見如今河道凍住，故捨命而步行也。」三藏道：「世間事惟名利最重。似他為利的，捨死忘生。我弟子奉旨盡忠，也只是為名，與他能差幾何？」叫悟空：「快回施主家，收拾行囊、馬匹，趁層冰早奔西方去也。」行者笑吟吟答應。沙僧道：「師父呵，常言道：『千日吃了千升米。』今託賴陳府上，且再住幾日，待天晴化凍，辦船而過。忙中恐有錯也。」三藏道：「悟淨，怎麼這等愚見！若是正二月，一日暖似一日，可以待得凍解。此時乃八月，一日冷似一日，如何可便望凍解，卻不又誤了半載行程？」八戒跳下馬來道：「你們且休閒講，等老豬舉釘鈀試試看，假若築破，就是冰薄，且不可行。若築不動，便是冰厚，如何不行？」三藏道：「說得有理。」那獃子撩衣拽步，走上河邊，雙手舉鈀，儘力一築，只聽撲的一聲，築了九個白跡，手也振得生疼。獃子笑道：「去得，去得，連底都錮住了。」

三藏十分歡喜，與眾同回陳家，只叫收拾走路。那兩個老者苦留不住，只得安排些乾糧相送。一家子磕頭禮拜，又捧出一盤子散碎金銀相謝。三藏搖頭，只是不受。二老再三央求，行者用指尖兒捻了一小塊。遂此相向而別，徑至河邊冰上，那馬蹄滑了一滑，險些兒跌下馬來。沙僧道：「師父，難行！」八戒道：「且住！問陳老官討個稻草來，包著馬蹄，方纔不滑，免教跌下師父來也。」陳老在岸上聽言，急命人家中取一束稻草。卻請唐僧上岸下馬，八戒將草包裹馬足，然後踏冰而行。別陳老離河邊行有三四里遠近，八戒把九環錫杖遞與唐僧道：「師父，你可橫此在馬上。」行者道：「為何？」八戒道：「你不曉得。凡是冰凍之上，必有冷眼，倘或蹦著冷眼，脫將下去，若沒橫擔之物，骨都的落水，就如一個大鍋蓋蓋住，如何鑽得上來！須是如此架住方可。」行者暗笑道：「這獃子倒是個積年走冰的。」果然都依了他。長老橫擔著錫杖，行者橫擔著鐵棒，沙僧橫擔著降妖寶杖，八戒肩挑著行李，腰橫著釘鈀，師徒們放心前進。這一日行到天晚，吃了些乾糧，卻又不敢久停，對著星月光華，照的冰凍上亮灼灼，白茫茫，只情奔走。果然是馬不停蹄，走了一夜。天明吃些乾糧，望西又進。

正行時，只聽得冰底下撲喇喇一聲響，險些滉倒了白馬。原來那妖在水下等候多時，只聽得馬啼響處，他在底下弄個神通，滑喇的迸開冰凍。慌得孫大聖跳上空中，早把白馬落於水內，三人盡皆脫下。那妖將三藏捉住，徑回水府，厲聲高叫道：「鱖妹何在？」鱖婆道：「大王！不敢！不敢。」妖邪道：「賢妹，一言既出，駟馬難追。原說捉了唐僧與你拜為兄妹，今日果成妙計。叫小的們擡過案桌，磨快刀來，把這和尚剜心剝皮，與賢妹共食之，延壽長生也。」鱖婆道：「大王，且休吃他，恐他徒弟們尋來吵鬧。且寧耐兩日，讓那廝不來尋，然後從容自在享用，卻不好也？」那怪依言，把唐僧藏在宮後，使一個六尺長的石匣，蓋在中間不題。

卻說八戒、沙僧，在水裏撈著行囊，放在白馬身上，湧浪翻波，負水而出。只見行者在半空中問道：「師父何在？」八戒道：「師父姓陳，名到底了。如今沒處找尋，且上岸再作區處。」須臾回轉東崖，一同到那陳家莊上。早有人報與二老兄弟，即忙接出門外，見三人衣裳還濕，道：「老爺們，我等那般苦留，卻不肯住，只要這樣方休。怎麼不見三藏老爺？」八戒道：「不叫作三藏了，改名叫作陳到底也。」二老垂淚道：「可憐，可憐！我說等雪融備船相送，堅執不從，致令喪了性命。」行者道：「老兒，莫替古人耽憂。我師父管他不死，決然是那靈感大王弄法算計去了。你且放心，與我們漿漿衣服，曬曬關文，取草料餵著白馬。等我弟兄尋著那廝，救出師父，索性剪草除根，替你一莊人除了後患，永永得安生也。」陳老聞言，滿心歡喜，即命安排齋供。三人飽餐一頓，各整兵器，徑赴水邊尋師擒怪。畢竟不知怎麼救得唐僧，且聽下回分解。

卻說大聖與八戒、沙僧來至通天河邊，道：「兄弟，你兩個議定，那一個先下水。」八戒道：「哥呵，我兩個手段不見怎的，還得你先下水。」行者道：「不瞞賢弟說，若是山裏妖精，全不用你們費力。水中之事，我不甚在行。我久知你們慣水之人，所以要你們下去。」沙僧道：「哥呵，小弟雖是去得，但不知水底如何？我等大家都去，哥哥變作甚麼模樣，或是我馱著你，尋著妖怪的巢穴，你先去打聽打聽師父消息，再作區處何如？」行者道：「賢弟說得有理。你們那個馱我？」八戒想到：「這猴子不知捉弄了我多少，今番等老豬也捉弄他捉弄！」即笑嘻嘻的叫道：「哥哥，我馱你。」行者就知有意，卻便將計就計，教八戒馱著，沙僧剖開水路，弟兄們同入水底。

行有百十里遠近，那獃子要捉弄行者，行者隨即拔下一根毫毛，變作假身伏在八戒背上，真身變作一個豬蝨子，緊緊的貼在他耳朵裏。八戒正行，忽然打個蹝踵，故意把行者往前一攢，撲的跌了一跤。原來那個假身本是毫毛變的，卻就飄起去無影無形。沙僧道：「二哥，你怎麼不好生走路，把大哥不知跌在那裏去了！」八戒道：「那猴子不禁跌，一跌就跌化了。兄弟，莫管他，我和你且尋師父去。」沙僧道：「不好，還得他來，他比我們乖巧。若無他來，我不與你去。」行者在八戒耳朵裏忍不住高叫道：「悟淨！老孫在這裏也。」沙僧聽得道：「罷了，這獃子是死了，你怎麼就敢捉弄他！如今弄得聞聲不見面，卻怎是好？」八戒慌得跪在泥裏磕頭道：「哥哥，是我不是了。待救了師父，上岸陪禮。你在那裏做聲？請現原身出來，我馱著你，再不敢衝撞你了。」行者道：「是你還馱著我哩。我不弄你，快走，快走。」那獃子絮絮叨叨，只管念誦著陪禮，爬起來與沙僧又進。又行有百十里遠近，忽擡頭望見一座樓臺，上有「水黿之第」四個大字。沙僧道：「這壁廂是妖精住處，我兩個該上門索戰。」行者道：「悟淨，那門裏外可有水麼？」沙僧道：「無水。」行者道：「既無水，你隱藏在左右，待老孫去打聽打聽。」好大聖，爬離了八戒耳朵裏，卻又搖身一變，變作個長腳蝦婆，兩三跳跳到門裏。睜眼看時，只見那怪坐在上面，眾水族擺列兩邊，有個斑衣鱖婆坐於側手，都商議要吃唐僧。行者留心，兩邊尋找不見，忽看見一個大肚蝦婆走將來，徑往西廊下立定。行者跳到面前，稱呼道：「姆姆，大王與眾商議要吃唐僧，唐僧卻在那裏？」鰕婆道：「唐僧，大王拿在宮後石匣中間，只等明日，他徒弟們不來吵鬧，就享用也。」

行者聞言，演了一會，徑直尋到宮後。看果有一個石匣，卻像人家的豬槽，又似一口石棺材。只聽得三藏在裏面嚶嚶的哭哩。行者側耳再聽，那師父恨了一聲道：

自恨江流命有愆，生時多少水災纏。出娘胎腹淘波浪，拜佛西天墮渺淵。
前遇黑河身有難，今逢冰解命歸泉。不知弟子能來否，可得真經返故園？

行者忍不住叫道：「師父莫恨水災。《經》云：『土乃五行之母，水乃五行之源。無土不生，無水不長。』老孫來了！」三藏聞得道：「徒弟呵，救我耶！」行者道：「你且放心，等我們擒住妖精，管教你脱難。」急回頭跳將出去，到門外現了原身，叫八戒、沙僧道：「正是此怪騙了師父，師父被怪物蓋在石匣之下。你兩個快早鬥戰，讓老孫先出水面。你若擒得他就擒。擒不得，做個佯輸，引他出水，等我打他。」這行者捻著避水訣鑽出河中，停立岸邊等候。

那八戒闖至門前，厲聲高叫：「潑怪物，送我師父出來！」門裏小妖急入通報，妖邪道：「這定是那潑和尚來了。」教快取披掛兵器。妖邪結束了，手執一根九瓣赤銅鎚，開門出來，對八戒道：「你是那裏和尚，為甚到此喧嚷？」八戒喝道：「你這打不死的潑物！你前夜與我頂嘴，今日如何推不知來問我？我本是東土大唐聖僧之徒弟，往西天拜佛求經者。你弄虛頭，假作甚麼靈感大王，專在陳家莊吃童男童女。我本是陳清家一秤金，你不認得我麼？」那妖道：「你這和尚，甚沒道理。你變作一秤金，該一個冒名頂替之罪。我倒不曾吃你，反被你傷了我手背。你怎麼又尋上我的門來？」八戒道：「你既讓我，卻怎麼又下雪凍冰，害我師父？快早送我師父出來，萬事皆休。牙迸半個『不』字，教你死在眼前！」那妖聞言，冷笑道：「這和尚胡誇大口。果是我下雪凍河，攝你師父。你今上門取討，我且與你交戰三合。三合敵得我過，還你師父。敵不過，連你一發拿來吃了。」

八戒道：「乖兒子，正是這等説。仔細看鈀！」即舉鈀劈頭就築，那妖使銅鎚相交。沙僧見了，亦掣寶杖上前夾攻。三個人在水底下這一場好殺：

銅鎚寶杖與釘鈀，悟能悟淨戰妖邪。有分有緣成大道，相生相剋秉恆沙。土剋水，水乾見底；水生木，木旺開花。禪法參修歸一體，還丹炮煉伏三家。土是母，發金芽，金生神水產嬰娃；水為本，潤木華，木有輝煌烈火霞。攢簇五行皆別異，故然變臉各爭差。

他三個戰經兩個時辰，不分勝敗。八戒料不得贏他，對沙僧丟個眼色，二人詐敗佯輸，各拖兵器，回頭就走。那怪趕出水面。大聖在東岸上眼不轉睛，只看著河邊水勢。忽然見波浪翻騰，喊聲號吼，八戒、沙僧都跳上岸道：「來了，來了！」那妖隨後趕到。纔出頭，被行者喝道：「看棍！」那妖閃身躲過，使銅錘急架相迎。搭上手未經三合，那妖遮架不住，打個花，又淬於水裏，遂此風平浪息。行者回轉高崖道：「兄弟們，辛苦呵！」沙僧道：「哥呵，這妖精在岸上覺得不濟，在水底也儘利害哩！我與二哥左右齊攻，只戰得個兩平，卻怎麼處置，救師父也？」行者道：「不必遲疑，恐被他傷了師父。你兩個還去索戰，引他出來，待我打他。」他兩個如言而去。

卻說那妖敗陣回歸，眾妖接到宮中，鱖婆上前問道：「大王趕那兩個和尚到那方來？」妖邪道：「那和尚原來還有一個幫手。他兩個跳上岸去，那幫手輪一條鐵棒，也不知有多少斤重，我的銅錘莫想架得他住。戰未三合，我卻敗回來也。」鱖婆道：「大王，可記得那幫手是甚相貌？」妖邪道：「是一個毛臉雷公嘴、火眼金睛和尚。」鱖婆聞說，打了一個寒噤道：「大王呵！虧了你識俊，逃了性命。若再三合，決然不得全生。那和尚我認得他。我當年在東洋海內，曾聞得老龍王說他的名譽，乃是五百年前大鬧天宮、混元一氣上方太乙金仙齊天大聖。如今歸依佛教，保唐僧往西天，改名孫悟空行者。他的神通廣大，變化多端。大王，你怎麼惹他！今後再莫與他戰了。」

說不了，只見小妖來報：「那兩個和尚又來門外索戰哩！」妖精道：「賢妹所見甚長。」傳令教小的們把門關緊了。正是「任君門外叫，只是不開門」。那小妖一齊都搬石頭、泥塊，把門塞住。八戒與沙僧連叫不出，獃子使釘鈀築破門扇看時，裏面卻都是泥土石塊，高疊千層。沙僧道：「二哥，這怪物懼怕之甚，閉門不出。我和你且上去，再與大哥計較去來。」八戒依言，徑轉東岸，告訴行者一遍。行者道：「似這般卻也無法可治。你兩個只在河岸上巡視著，不可放他走了，待我上普陀巖拜問菩薩去來。」

你看他急縱祥光，徑赴南海。那消半個時辰，早已望見落伽山。低下雲頭，徑至普陀崖上。只見那眾神迎著道：「菩薩今早出洞，不許人隨，自入竹林裏觀玩。知大聖今日必來，吩咐我等在此候接。請在翠巖前聊坐片時，待菩薩出來，自有道理。」行者依言，還未坐下，又見那善財童子上前施禮道：「孫大聖，前蒙盛意，幸菩薩不棄收留，早晚不離左右，專侍蓮臺之下，甚得善慈。」行者見是紅孩兒，笑道：「你那時節魔業迷心，今朝得成正果，纔知老孫是好人也。」

行者久等不見，心焦道：「列位與我傳報一聲，若遲了恐傷吾師之命。」諸天道：「不敢報，菩薩吩咐只等他自出來哩！」行者性急，那裏等得，拽步往裏便走。只見那菩薩：

獨坐紫竹林，席地襯殘箬。散挽一窩絲，未曾戴纓絡。
不掛素藍袍，貼身小襖縛。漫腰束錦裙，赤了一雙腳。
披肩繡帶無，精光兩臂膊。玉手執鋼刀，正把竹皮削。

行者忍不住高叫道：「菩薩，弟子孫悟空志心朝禮。我師父有難，特來拜問通天河妖怪根源。」菩薩道：「你且在外面，待我出來。」行者只得走出竹林，對眾諸天道：「菩薩今日又重置家事哩！怎麼不坐蓮臺，也不粧飾，在林裏削篾做甚？」諸天道：「我等不知。今早出洞，未曾粧束，就入林中去了。又教我等在此接候大聖，必然為大聖有事。」行者等不多時，只見菩薩手提一個紫竹籃兒，出林道：「悟空，我與你救唐僧去來。」行者慌忙跪下道：「弟子不敢催促，且請菩薩著衣登座。」菩薩道：「不消著衣，就此去也。」那菩薩撇下諸天，縱祥雲騰空而去。大聖只得相隨。

頃刻間，到了通天河界。八戒、沙僧看見道：「師兄性急，不知在南海怎麼亂嚷亂叫，把一個未梳粧的菩薩逼將來也。」說不了，到於河岸。二人拜罷，菩薩即解下一根束襖的絲縧，將籃兒拴定。提著絲縧，半踏雲彩，拋在河中，往上溜頭扯著，口念頌子道：「死的去，活的住！死的去，活的住！」念了七遍，提起籃兒，但見那籃裏亮灼灼一尾金魚，還斬眼動鱗。菩薩叫：「悟空，快下水救你師父。」行者道：「未曾拿住妖邪，如何救得師父？」菩薩道：「這籃兒裏不是？」八戒、沙僧拜問道：「這魚兒怎生有那等手段？」菩薩道：「他本是我蓮花池裏養大的金魚。每日浮頭聽經，修成手段。那一柄九瓣銅錘，乃是一根未開的菡萏，被他運煉成兵。不知是那一日海潮泛漲，走到此間。我今早扶欄看花，卻不見這廝出拜。掐指巡紋，算著他在此成精，害你師父。故此未及梳粧，運神功織個竹籃兒擒他。」

行者道：「菩薩，既然如此，且待片時。我等叫陳家莊眾信人等，看看菩薩的金面。一則留恩，二來說此收怪之事，好教凡人信心供養。」菩薩道：「也罷，你快去叫來。」那八戒、沙僧飛跑至莊前，高叫道：「都來看活觀音菩薩，都來看活觀音菩薩！」一莊老幼男女，都向河邊，也不顧泥水，都跪在裏面，磕頭禮拜。內中有善圖畫者，傳下影神，這纔是魚籃觀音現身。當時菩薩自歸南海。

八戒、沙僧分開水道，徑往水黿之第，找尋師父。原來那裏邊水怪魚精，盡皆死爛。卻入後宮，揭開石匣，馱著唐僧，出離波津，與眾相見。那陳清兄弟叩頭稱謝道：「老爺不依小人勸留，致令如此受苦。」行者道：「不消説了。你們這裏人家，下年再不用祭賽，那大王已此除根，永無傷害。陳老兒，如今纔好累你，快尋一隻船兒，送我們過河去也。」那陳清道：「有，有，有！」就教解板打船。眾莊客聞得此言，無不喜捨。那個道，我買桅篷；這個道，我辦篙槳；有的説，我出繩索；有的説，我僱水手。

正都在河邊上吵鬧，忽聽得河中間高叫：「孫大聖，不要打船，花費人家財物，我送你師徒們過去。」眾人聽説，個個心驚。須臾，那水裏鑽出一個怪物來，原來是個多年粉蓋賴頭黿。行者輪鐵棒道：「我把你這個孽畜，若到跟前，一棒就打死你！」老黿道：「我感大聖之恩，情願送你師徒，你怎麼反要打我？」行者道：「與你有甚恩惠？」老黿道：「大聖，你不知這底下水黿之第，乃是我的住宅。歷代祖上傳留到我，我因省悟本根，養成靈氣，將祖居翻蓋了一遍，立做一個水黿之第。那妖邪乃九年前海嘯波翻，他趕潮頭來於此處，仗逞兇頑，與我爭鬥，被他傷了我許多兒女眷族。我鬥他不過，將巢穴白白的被他佔了。今蒙大聖至此，請了菩薩，掃淨妖氛，將第宅還歸於我。我如今團圞老小，得居舊宅，此恩重若丘山。且不但我等蒙惠，只這一莊上人，免得年年祭賽，全了多少人家兒女，此誠一舉而兩得也。敢不報答？」

行者聞言暗喜，收了鐵棒道：「你端的是真情麼？」那老黿張著紅口，朝天發誓道：「我若不送唐僧過此通天河，將身化為血水。」行者笑道：「你上來，上來。」老黿卻纔負近岸邊，將身一縱，爬上河崖。眾人近前觀看，有四丈圍圓的一個大白蓋。行者道：「師父，我們上他身渡過去也。」三藏道：「徒弟呀，那層冰厚凍，尚且邅迍；況此黿背，恐不穩便。」老黿道：「師父放心。我比那層冰厚凍，穩得緊哩！但歪一歪不成功果。」行者道：「師父呵，凡諸眾生，會説人話，決不打誑語。」教兄弟們快牽馬來，到了河邊。陳家莊老幼男女一齊來拜送。行者教把馬牽在白黿蓋上，請唐僧站在馬的頸項左邊，沙僧站在右邊，八戒站在馬後，行者站在馬前。又恐那黿無禮，解下虎觔縧子，穿在他鼻子內，扯起來像一條韁繩。卻使一腳踏在蓋上，一腳登在頭上，一手執著鐵棒，一手扯著韁繩，叫道：「老黿，慢慢走呵，歪一歪兒就照頭一下！」老黿道：「不敢，不敢。」他卻登開四足，踏水面如行平地。眾人都在岸上，焚香叩頭，都念「南無阿彌陀佛」，直拜的望不見形影方回。

那師父駕著白黿，那消一日，行過了八百里通天河界，乾手乾腳的登岸。三藏上崖，合手稱謝道：「老黿累你，無物可贈，待我取經回謝你罷！」老黿道：「不勞師父賜謝。我聞得西天佛祖無滅無生，能知過去未來之事。我在此間，整修行了一千三百餘年；雖然延壽身輕，會説人話，只難脱本殼。萬望老師父到西天與我問佛祖一聲，看我幾時得脱本殼，可得一個人身。」三藏響允道：「我問，我問。」那老黿纔淬下水中去了。行者伏侍唐僧上馬，師徒們找大路一直奔西。畢竟不知此後還有甚麼凶吉，且聽下回分解。

第五十回　情亂性從因愛欲　神昏心動遇魔頭

心地頻頻掃，塵情細細除。莫教坑塹陷毗盧。本體常清淨，方可論元初。　性燭須挑剔，曹溪任吸呼。勿令猿馬氣聲粗。晝夜綿綿息，方顯是功夫。

這一首詞，名《南柯子》，單道那三藏脫卻通天河寒冰之災，踏白黿負登彼岸。師徒四眾，順大路望西而進。正遇嚴冬之景，但見那林光漠漠煙中淡，山骨棱棱水外清。師徒們正行處，忽然又遇一座大山，路窄崖高，石多嶺峻，人馬難行。三藏兜住韁繩，叫徒弟道：「你看前面山高，恐有虎狼妖獸，是必仔細。」行者道：「師父放心莫慮。我等兄弟三人，心和意合，歸正求真，怕甚麼虎狼妖獸！」

三藏聞言，只得放懷前進，冒雪衝寒，戰澌澌行過那巔峰峻嶺，遠望見山凹中有樓臺高聳，房舍清幽。唐僧欣然道：「徒弟呵，這一日又飢又寒，幸得那山凹裏有樓臺房舍，斷乎是人家寺院。且去化些齋飯，吃了再走。」行者聞言，急睜睛看，只見那壁廂凶雲隱隱，惡氣紛紛，回首對唐僧道：「師父，那廂不是好處！」三藏道：「見有樓臺亭宇，如何不好？」行者笑道：「師父呵，你那裏知道。西方路上多有妖怪邪魔，善能點化莊宅。那壁廂氣色凶惡，斷不可入。」

三藏道：「既不可入，我卻著實飢了。」行者道：「師父果飢，且請下馬坐下，待我別處化些齋來你吃。」三藏依言下馬。沙僧解開包裹，取出缽盂，遞與行者。行者接了，吩咐沙僧道：「賢弟，卻不可前進，好生保護師父穩坐於此。待我回來，再往西去。」沙僧領諾。行者又向三藏道：「師父，這去處少吉多凶，切莫要動身別往。我知你沒甚坐性，與你個安身法兒。」即取金箍棒，將那平地下周圍畫了一道圈子，請唐僧坐在中間，著八戒、沙僧侍立左右，把馬與行李都放在近身。對唐僧道：「老孫畫的這圈，強似那銅牆鐵壁。憑他甚麼虎狼魔鬼，俱莫敢近。但只不可走出圈外，只在中間穩坐，保你無虞。千萬，千萬！」三藏依言，師徒俱端然坐下。

行者縱起雲頭，一直南行，忽見那古樹參天，乃一村莊舍，按下雲頭，觀看莊景。只聽得呀的一聲，柴扉響處，走出一個老者，手拖藜杖，仰身朝天道：「西北風起，明日晴了。」說不了，後邊跑出一個哈巴狗兒來，望著行者汪汪的亂吠。老者卻纔轉過頭來，看見行者捧著缽盂打個問訊道：「老施主，我和尚是東土大唐欽差上西天拜佛求經者。適路過寶方，我師父腹中飢餒，特造尊府，募化一齋。」老者聞言道：「長老，你且休化齋，你走錯路了。往西天大路，在那直北下。此間到那裏有千里之遙，還不去找大路而行！」行者笑道：「正是直北下。我師父現在大路上端坐，等我化齋哩！」那老者道：「這和尚亂說了。你師父在大路上等你化齋，似這千里之遙，就會走路，也須得六七日，走回去又要六七日，卻不餓壞他也？」行者笑道：「不瞞老施主說，我纔離了師父，還不上一盞熱茶之時，卻就走到此處。如今化了齋，還要趕去作午齋哩！」老者見說，心中害怕道：「這和尚是鬼，是鬼。」抽身往裏就走。行者一把扯住道：「施主那裏去？有齋快化些兒。」老者道：「不方便，不方便。我家老小六七口，纔淘了三升米下鍋，還未曾煮熟。你且到別處轉轉再來。」行者道：「古人云：『走三家不如坐一家。』我貧僧在此等一等罷！」那老者見纏得緊，惱了，舉藜杖就打。行者公然不懼，被他照光頭上打了七八下。行者笑道：「老官兒，憑你怎麼打，只要記得杖數明白，一杖一升米，慢慢量來。」那老者聞言，急丟了藜杖，跑進去把門關了，只嚷：「有鬼，有鬼！」慌得那一家兒戰戰兢兢，把前後門俱關上。行者心中暗想：「這老賊纔說淘米下鍋，不知是虛是實。常言道：『道化賢良釋化愚。』且等老孫進去看看。」他即使個隱身法，徑走入廚中看處，果然那鍋裏氣騰騰的，煮了半鍋乾飯。他就把缽盂往裏一揌，滿滿的揌了一缽盂，即駕雲回轉不題。

卻說唐僧坐在圈子裏，等待多時，不見行者回來。欠身望道：「這猴子往那裏化齋去了？」八戒在旁笑道：「知他往那裏耍子去了！卻教我們在此坐牢。」三藏道：「怎麼謂之坐牢？」八戒道：「師父，你原來不知。古人劃地為牢，他將棍子劃個圈兒，說強似鐵壁銅牆，假如有虎狼來時，如何擋得他住？只好白白的送他吃罷了。」三藏道：「悟能，憑你怎麼處置？」八戒道：「此間又不藏風，又不避冷。若依老豬，只該順著路，往西且行。師兄化了齋，必然駕雲趕來。如今坐了這一會，老大腳冷！」

三藏聞此言，就是晦氣星進了。遂依獃子，一齊出了圈外，順路步行前進，不一時到了樓閣之所。卻原來是坐北向南之家，門外八字粉牆，有一座倒垂蓮升斗門樓，都是五色粧的，那門兒半開半掩。八戒就把馬拴在門枕石鼓上，沙僧歇了擔子。三藏坐於門檻之上。八戒道：「師父，這所在想是公侯之宅。門外無人，想都在裏面烘火。你們坐著，讓我進去看看。」那獃子把釘鈀撒在腰裏，整一整青錦直裰，斯斯文文，走入門裏。只見是三間大廳，簾櫳高控，靜悄悄全無人跡，也無桌椅傢伙。轉屏門往裏又走，乃是一座穿堂。堂後有一座大樓，樓上窗格半開，隱隱見一頂黃綾帳幔。獃子道：「想是有人怕冷，還睡哩！」他也不分內外，拽步走上樓來。用手掀開看時，把獃子唬了一個蹣踵。原來那帳裏象牙牀上，白媸媸的一堆骸骨，骷髏有巴斗大，腿挺骨有四五尺長。獃子定了性，止不住腮邊淚落，對骷髏點頭歎云：「你不知是：

那代那朝元帥體，何邦何國大將軍。英雄豪傑今安在，可惜興王定霸人。」

八戒正纔感歎，只見那帳幔後有火光一幌。獃子道：「想是有侍奉香火之人在後面哩！」急轉步過帳觀看，卻是穿樓的窗扇透光。那壁廂有一張彩漆的桌子，桌子上亂搭著幾件錦繡綿衣。獃子提起來看時，卻是三件納錦背心兒。

他也不管好歹，拿下樓來，出廳房徑到門外道：「師父，這裏全沒人煙，是一所亡靈之宅。老豬走進裏面，直至高樓之上，黃綾帳內，有一堆骸骨。串樓旁有三件納錦的背心，被我拿來了，也是我們的造化。此時天氣寒冷，師父且脫了褊衫，把他穿在底下受用受用，免得吃冷。」三藏道：「不可，不可。律云：『公取竊取皆為盜。』倘或有人知覺，斷然是一個竊盜之罪。還不送進去與他搭在原處！我們在此略坐一坐，等悟空來時走路。」八戒道：「四顧無人，誰人知道，那裏論甚麼公取竊取也！」三藏道：「你亂做呵！豈不聞暗室虧心，神目如電。趁早送去還他，莫愛非禮之物。」

那獃子莫想肯聽，對唐僧道：「師父，你不穿，且等老豬穿一穿，護護背脊。等師兄來了，還他走路。」沙僧道：「既如此說，我也穿一件兒。」兩個齊脫了上蓋直裰，將背心套上。纔繫帶子，不知怎麼立站不穩，撲的一跌。原來這背心兒賽過綁縛手，霎時間把他兩個背剪手貼心捆了。慌得個三藏跌足報怨，急忙來解，那裏解得開？三個人在那裏吆喝不絕，卻早驚動了魔頭。

原來那座樓房，果是妖精點化的，終日在此拿人。他在洞裏正坐，忽聞得怨恨之聲，急出門來看，果見捆住兩個人了。即喚小妖，同到那廂，收了樓臺房屋之形，把唐僧攙住，取了白馬、行李，將八戒、沙僧一齊捉到洞裏。老妖登臺高坐，眾妖把唐僧推伏於地。妖魔問道：「你是那方和尚，怎麼這般膽大，白日裏偷盜我的衣服？」三藏滴淚告道：「貧僧是東土大唐欽差往西天取經的。因腹中飢餒，著大徒弟去化齋未回，不曾依得他的言語，誤撞仙庭避風。不期我這兩個徒弟愛小，拿出這衣服，要穿穿暫護脊背。不料中了大王機關，把貧僧拿來。萬望慈憫，放我求取真經，永註大王恩德，回東土千古傳揚也！」那妖笑道：「我這裏常聽得人言，有人吃了唐僧一塊肉，髮白還黑，齒落更生。幸今日不請自來，還指望饒你哩！你那大徒弟叫作甚麼名字，往何方化齋？」八戒聞言，即開口稱揚道：「我師兄乃五百年前大鬧天宮齊天大聖孫悟空也。」那妖聽說，老大有些悚懼，暗想道：「久聞那廝神通廣大，如今不期而會。」教小的們：「把唐僧捆了，將那兩個解下寶貝也捆了，且擡在後邊，待我拿住他大徒弟，一發刷洗湊吃。」眾妖答應一聲，把三人捆了，擡在後邊不題。

卻說行者自南莊人家攝了一缽盂齋飯，駕雲回返舊路，徑至山坡平處，按下雲頭，早已不見唐僧。棍畫的圈子還在，只是人馬都不見了。回看那樓臺俱無，惟見山根怪石。行者道：「不消說了，他們定是遭那毒手也！」急依路看著馬蹄，向西而趕。行有五六里，正在悽愴之際，只聞得北坡外有人言語。看時乃一個老翁，氈衣暖帽，手持一根龍頭拐棒，後邊跟一個僮僕，自坡前念歌而走。行者放下缽盂，覿面道個問訊。那老翁回禮道：「長老那裏來的？」行者道：「我們東土來的，一行師徒四眾。我因去化齋，教他三眾坐在那山坡平處相候。及回來不見，不知往那條路上去了。動問公公，可曾看見？」老者聞言，呵呵冷笑道：「我纔從此過時，看見他們錯走了路，闖入妖魔口裏去了。」行者道：「煩公公指教，是個甚麼妖魔，居於何方，我好上門取索去也。」老翁道：「這座山叫作金兜山，山前有個金兜洞，洞中有一個獨角兕大王。那大王神通廣大，威武高強，那三眾斷沒命了。你若去尋，只怕連你也難保。」行者道：「多蒙指教，我豈有不尋之理！」把這齋飯倒與他，將空缽盂自家收拾。那老翁接了缽盂，遞與僮僕，現出本相，雙雙跪下叩頭，叫：「大聖，小神不敢隱瞞。我等就是此山山神、土地，在此候接大聖。這齋飯連缽盂小神收下，待救唐僧出難，將此齋還奉唐僧，方顯得大聖至恭至孝。」行者喝道：「你這毛鬼討打！既知我到，何不早迎？卻又這般藏頭露尾。」土地道：「大聖性急，小神恐犯威顏，故此隱像告知。」行者道：「你且記打！待我拿那妖精去來！」土地、山神遵令。

這大聖拽起虎皮裙，執著金箍棒，徑奔山前，找尋妖洞。轉過山崖，只見那亂石磷磷，翠崖邊有兩扇石門，門外有許多小妖，在那裏輪槍舞劍。大聖拽開步徑至門前，高叫道：「那小妖，快進去與你那洞主說，我是唐僧徒弟齊天大聖孫悟空。教他快送我師父出來，免教你等喪命。」

小妖急入通報，那魔王聞言，歡喜道：「正要他來哩！我自離了本宮，下降塵世，更不曾試試武藝。今日他來，必是個對手。」即命小妖取過一根丈二長的點鋼槍，綽在手中，傳令教小的們各要整齊向前。眾妖得令隨著。老妖走出門來叫道：「那個是孫悟空？」大聖上前道：「你孫外公在這裏。快早還我師父，兩無毀傷。若道半個『不』字，教你死無葬身之地！」那魔喝道：「你這個大膽潑猴精，有些甚麼手段，敢出這般大言！你師父偷盜我的衣服，實是我拿住了，如今待要蒸吃。你今果有手段，與我比勢，假若三合敵得我，饒了你師之命。如敵不過我，教你一路歸陰。」

行者笑道：「潑物，不須講口，走上來吃吾一棒！」那怪挺鋼槍劈面相迎。兩個戰經三十合，不分勝負。那魔見行者棒法齊整，全無破綻，不覺喝采道：「好猴兒，真個是那鬧天宮的手段！」即把槍尖點地，喝令小妖齊來。那些小妖一個個拿刀弄杖，執劍輪槍，把大聖圍在中間。行者公然不懼，使一條棒，前迎後架，東擋西除。那群妖莫想肯退。行者焦躁，把金箍棒丢將起去，喝聲「變」，即變作千百條鐵棒，好便似飛蛇走蟒，滿空裏亂落下來。那群妖見了，一個個魄散魂飛，盡往洞中逃命。老魔嘻嘻冷笑道：「那猴不要無禮，看手段！」即向袖中取出一個亮灼灼白森森的圈子來，望空拋起，叫聲：「著！」唿喇一下，把金箍棒收作一條，套將去了。弄得孫大聖赤手空拳，翻觔斗逃了性命。那妖魔得勝回山洞，行者朦朧失主張。這正是：

道高一尺魔高丈，性亂情昏錯認家。可恨法身無坐位，當時行動念頭差。

畢竟不知怎麼結果，且聽下回分解。

第五十一回　心猿空用千般計　水火無功難煉魔

話說大聖空著手敗了陣，坐於金峴山後，撲梭梭兩眼滴淚，叫道：「師父呵，指望和你：

同住同修同解脫，同緣同相顯神通。豈料如今無主杖，空拳赤手怎施功！」

大聖淒慘多時，暗想道：「那妖精認得我，他在陣上誇獎道真個是鬧天宮之類，想來定是天上凶星，思凡下界。我且去上界查勘查勘。」

急翻身，縱起祥雲，徑入南天門裏，直至靈霄殿外。只見張道陵、葛仙翁、許旌陽、丘弘濟四天師都在殿前，迎著行者起手道：「大聖何事到此？」行者道：「有一事要見玉帝，煩為傳報。」當時四天師傳奏靈霄，引見玉陛。行者朝上唱個大喏道：「啟上天尊，我老孫保護唐僧往西天取經，一路上凶多吉少，也不消說。如今遇一凶怪，把唐僧拿在洞裏，我尋上他門，與他交戰。那怪神通廣大，把我金箍棒搶去，因此難服妖魔。那怪說有些認得老孫，我疑是天上凶星下界。為此特來啟奏，伏乞天尊垂慈，降旨查勘凶星，發兵收剿妖魔。老孫不勝戰慄屏營之至！」卻又打個深躬道：「以聞。」旁有葛仙翁道：「猴子是何前倨後恭？」行者道：「不是前倨後恭，老孫於今是沒棒弄了。」

彼時玉皇天尊聞奏，即降旨可韓司知道，可速查諸天星宿神王有無思凡下界，隨即覆奏施行。可韓丈人真君領旨，當時即同大聖去查。細查了滿天星斗，並無思凡下界者，可韓真君繳旨回奏訖。玉帝道：「既如此，著孫悟空挑選幾員天將，下界擒魔去罷！」四大天師奉旨，即出殿對行者說了。行者想道：「天上將不如老孫者多，勝似老孫者少。想我鬧天宮時，不曾有一個對手。如今那怪物手段又強似老孫，卻怎能彀取勝？」許旌陽道：「此一時，彼一時，大不同也。常言道，『一物降一物』哩！你好違了旨意？但憑高見，選用天將，勿得遲疑。」行者道：「既然如此，煩旌陽轉奏玉帝，只托塔天王與哪吒太子去罷。他還有幾件降妖兵器，且下去與那怪見一仗，看是何如？」

天師啟奏玉帝，玉帝即令李天王父子，率領眾部天兵，與行者助力。那天王即奉旨來會行者。行者又對天師道：「還有一事，再煩轉達，但得兩個雷公使用。等天王戰鬥之時，教雷公在雲端裏下個雷，照頂門上釘死那妖魔，更為妙計。」天師又奏玉帝，傳旨教九天府下點鄧化、張蕃二雷公，與天王合力降妖。大家遂同下南天門，頃刻便到金皘山上。

行者道：「列位商議，那個先去索戰？」天王道：「我小兒哪吒曾降九十六洞妖魔，隨身有降妖兵器，須叫他先去出陣。」行者道：「既如此，等老孫引太子去來。」那太子抖擻雄威，與大聖徑至洞口，但見洞門緊閉。行者上前高叫：「潑魔，快開門，還我師父來也！」小妖看見，急報道：「大王，孫行者領著一個小童男，在門前叫戰哩！」那魔王綽槍在手，走到門外觀看，那小童男生得相貌清奇，魔王笑道：「你是李天王的孩兒哪吒太子，卻如何到我門前呼喝？」太子道：「因你這潑魔作亂，困害東土唐僧，奉旨特來拿你！」魔王大怒道：「你想是孫悟空請來的。我就是那聖僧的魔頭哩！量你這小兒曹有何武藝，敢出大言。」挺起手中槍便刺，這太子使斬妖劍劈手相迎。

他兩個搭上手，卻纔賭鬥。那大聖急轉山坡，叫雷公快下雷。鄧、張二公即踏雲光，正欲下手。只見那太子使出法來，將身一變，變作三頭六臂，手持六般兵器，望妖魔砍來。那魔王也變作三頭六臂，三柄長槍抵住。這太子又弄出降魔法力，將那砍妖劍、斬妖刀、縛妖索、降魔杵、繡球、火輪兒，大叫一聲「變」，變作千千萬萬，如驟雨冰雹，紛紛密密，望妖魔打將去。那魔王公然不懼，一隻手取出那白森森的圈子來，望空拋起，叫聲「著」，唿喇的一下，把六般兵器套將下來。慌得那哪吒太子赤手逃生，魔王得勝而回。

鄧、張二雷公在空中道：「早是我不曾放雷。假若被他套去，卻怎麼回見天尊？」二公按落雲頭，與太子來山坡下，對天王道：「妖魔果神通廣大。」行者道：「那廝神通也只如此。爭奈那個圈子利害，不知是甚麼寶貝，丟起來善套諸物。」天王道：「似此怎生結果？」行者道：「憑你等計較。只是圈子套不去的，就可拿住他了。」天王道：「套不去者，除非是水火。常言道：『水火無情。』」行者聞言道：「說得有理。你等且在此，可待老孫再上天走走。也不消啟奏玉帝，只請熒惑火德星君來此，放火燒那怪物一場，或者連那圈子燒作灰燼，捉住妖魔。一則取兵器還汝等歸天，二則可解脫吾師之難。」太子聞言甚喜，道：「大聖可早去早來。」

行者縱起祥光，又到南天門裏，徑至彤華宮。那南方三炁火德星君整衣出迎道：「昨日可韓司查點小宮，更無一人思凡。」行者道：「已知。但李天王與太子敗陣，失了兵器，特來請你救援。因那怪物有一個圈子，善能套人物件，不知是甚麼寶貝。大家計議，惟有水火套不去。特請星君到下方縱火燒那妖魔，救我師父。」火德星君聞言，即點本部神兵，同行者到金峴山，與天王、雷公等相見了。天王道：「孫大聖，你還去叫那廝出來，等我與他交戰，教火德帥眾燒他。」

行者即到洞口叫門。那魔帥眾出洞道：「你這潑猴，又請了甚麼兵來耶？」這壁廂轉上托塔天王，喝道：「潑魔頭，認得我麼？」魔王笑道：「李天王，想是要與令郎報仇，欲討兵器麼？」天王道：「一則報仇要兵器，二來拿你救唐僧。不要走，吃我一刀！」那怪物挺長槍隨手相迎。他兩個在洞前交戰，行者即轉身跳上高峰，對火德星君道：「三炁用心者！」那魔與天王正鬥到好處，卻又取出圈子來。天王看見，即撥祥光，回頭便走。這高峰上火德星君忙傳號令，教眾部火神一齊放火，真個利害。那妖見火來，全無恐懼，將圈子望空拋起，唿喇一聲，把這火龍、火馬、火鴉、火鼠、槍、刀、弓、箭，一圈子又套將去，轉回本洞，得勝收兵。

這火德星君，手執著一杆空旗，招回眾將，會合天王等坐於山南坡下，對行者道：「大聖呵，這個兇魔，真是罕見！我今折了火器，怎生是好？」行者笑道：「不消報怨。那怪物既不怕火，斷然怕水。等老孫再去請水德星君施放水勢，往他洞裏一灌，把魔王淹死，取物件還你們。」

說罷，即駕觔斗雲，徑到北天門裏，直至烏浩宮。那水德星君迎進宮內道：「昨日可韓司查勘小宮，恐有本部之神思凡作怪，正在此點查江海河瀆之神，尚未完也。」行者道：「那魔王不是江河之神。昨老孫請火德星君放火燒他，又將火器一圈子套去。我想此物若不怕火，必然怕水，特來告請星君，施放水勢，與我捉那妖精，救吾師之難也。」水德聞言，即令黃河水伯神王隨大聖去助功。行者問水伯道：「你將何物盛水？」水伯向袖中取出一個白玉盂兒道：「我有此物盛水。」行者道：「這盂兒能盛幾何？」水伯道：「大聖不知，我這盂兒能盛盡黃河之水，半盂就是半河，一盂就是一河。」行者喜道：「只消半盂足矣！」遂辭別水德，與水伯急離天闕。

那水伯將盂兒望黃河舀了半盂，跟行者至金嶢山，見了天王眾神，具言前事。行者道：「不必細講，且煩水伯跟我去。待我叫開他門，不要等他出來，就將水往門裏一倒，那怪物一窩子可都淹死，我卻再救師父不遲。」水伯依命，緊隨行者至洞口，叫聲「妖怪開門」。那魔聞報，帶了寶貝，綽槍就走，響一聲開了石門。這水伯將玉盂向裏一傾。那妖見是水來，即忙取出圈子，撐住二門。只見那股水骨都都的往外泛將出來，慌得大聖急縱觔斗，與水伯跳在高峰。那天王同眾都駕雲在半空觀看。那水波濤泛漲，著實洶湧。行者見了心慌道：「不好啊，水漫四野，淹了民田，未曾灌在他的洞裏，怎奈之何？」喚水伯急忙收水。水伯道：「小神只會放水，卻不會收水。常言道：『潑水難收。』」咦！那座山卻也高峻，這場水只奔低流，須臾間四散而歸澗壑。

又只見那洞外跳出幾個小妖，在外邊弄棒拈槍，依舊喜喜歡歡耍子。天王道：「這水原來不曾灌入洞內，枉費一場之功也！」行者忍不住心中怒發，雙手輪拳，闖至妖魔門首，喝道：「那裏走，看打！」那幾個小妖丟了槍棒，跑入洞裏報道：「大王，打將來了！」魔王挺槍出門道：「這潑猴，你幾番家敵不過我，怎麼又踵將來送命？」行者道：「我兒子反說了！走過來，吃老外公一拳。」那妖笑道：「這猴兒勉強纏帳！我倒使槍，他卻使拳，那般個拳頭只好有個核桃兒大小，怎麼稱得個錘子起？也罷，也罷，我且把槍放下，與你走一路拳看。」

那妖撩衣進步，丟了個架手，舉起兩個拳來，真似鐵錘模樣。這大聖展足那身，擺開解數，與那魔王遞走拳勢。這高峰頭天王、哪吒帥眾神跳到跟前，都要來相助。這壁廂群妖搖旗擂鼓，舞劍輪刀，一齊上前。大聖見事不諧，將毫毛拔下一把叫「變」，即變作三五十個小猴，一擁上前，把那妖纏住，扯腰抱腿，抓眼撏毛。那怪慌了，急把圈子拿將出來。大聖與天王等見他弄出圈套，撥轉雲頭，走上高峰逃陣。那妖把圈子拋起，唿喇的一聲，把那毫毛變的小猴收為本相，套入洞中，又得勝閉門而去。

行者與眾神計議道：「魔王好治，只是圈子難降。奈何？」火德與水伯道：「若要取勝，除非得了他那寶貝，然後可擒妖邪。」行者道：「他那寶貝如何可得，只除是偷去來。」鄧、張二公笑道：「若要行偷禮，除大聖再無能者。想當年大鬧天宮時是何等手段，今日正該在此處用也。」行者道：「好說，好說，既如此，且等老孫打聽去。」

好大聖，跳下峰頭，私至洞口，搖身一變，變作個麻蒼蠅兒，輕輕的到門縫邊鑽進去。只見那群妖排列兩旁，老魔王高坐臺上，面前擺著些蛇肉、鹿脯、熊掌、駝峰，寬懷暢飲。行者落於小妖叢裏，又變作一個獾頭精，慢慢的挨近臺邊，看彀多時，全不見寶貝放在何方。急抽身轉至臺後，又見那後廳上高吊著火龍吟嘯，火馬號嘶。忽擡頭，見他的金箍棒靠在東壁，喜得他心癢難撾，忘記了更容變像，走上前拿了鐵棒，現原身丟開解數，一路棒打將出去。慌得那群妖膽戰心驚，老魔措手不及，卻被他打開一條血路，徑出洞門。這纔是：

魔頭驕傲無防備，主杖還歸與本人。

畢竟不知凶吉如何，且聽下回分解。

第五十二回　悟空大鬧金峴洞　如來暗示主人公

話說大聖得了金箍棒，打出門前，跳上高峰，對眾神滿心歡喜。天王道：「你這場如何？」行者正講完洞中之話，只聽得那山坡下鑼鼓齊鳴，喊聲振地，原來是兕大王帥眾妖來趕行者。行者見了，舉鐵棒劈面喝道：「潑魔那裏去！」那怪罵道：「賊猴頭，著實無禮，你怎麼白晝劫我物件？」行者道：「死業畜，你倒弄圈套搶奪我物，那件兒是你的？不要走，吃老爺一棍！」那怪物輪槍隔架。戰經三個時辰，不分勝敗。早又見天色將晚，那怪物喝一聲，虛幌一槍，帥群妖收兵入洞，將門緊緊閉了。

這大聖拽棍方回，與眾神道：「那妖被老孫打了這一場，必然疲倦。你們都放懷坐坐，等我再進洞去，打聽他的圈子，務要偷了他的，捉住那妖，尋取兵器，奉還汝等歸天。」太子道：「今已天晚，不若明早去罷。」行者笑道：「這小郎不知世事，那見做賊的好白日裏下手？似這等掏摸的，必須夜去夜來，纔是買賣哩！」

你看他笑嘻嘻將鐵棒藏了，跳下高峰，又至洞口，搖身一變，變作一個促織兒，自門縫裏鑽將進去，蹲在那壁根下，迎著裏面燈光，仔細觀看。只見那大小群妖，一個個狼餐虎嚥，正都吃東西哩。少時間收了傢伙，又都去安排窩鋪睡覺。約摸有一更時分，行者纔到他後邊房裏。只聽那老魔傳令，教各門上小的醒睡，恐孫悟空又變甚麼私入偷盜。又有些該班坐夜的梆鈴齊響。這大聖鑽入房門，見有一架石牀，左右列幾個抹粉搽胭的山精樹鬼，展鋪蓋伏侍老魔。只見那魔寬去衣服，左肐膊上白森森的套著那個圈子，像一個連珠鐲頭模樣。你看他更不取下，轉往上抹了兩抹，緊緊的勒在肐膊上方纔睡下。行者見了，將身一變，變作一個黃皮虼蚤，跳上石牀，鑽入被裏，爬在那怪的肐膊上著實一口。釘得那怪翻身罵道：「這些少打的奴才！被也不抖，牀也不拂，不知甚麼東西咬了我這一下。」他卻把圈子又捋上兩捋，依然睡下。行者爬上那圈子，又咬一口。那怪也只不理。

行者料道偷他的不得，跳下牀來，還變作促織兒，出了房門，徑至後面，又聽得龍吟馬嘶。原來那層門緊鎖，火龍、火馬都吊在裏面。行者現了原身，走近門邊，使個解鎖法，推開門闖將進去，原來那裏面被火器照得明幌幌的如白日一般。只見東西兩邊斜靠著幾件兵器，都是太子的刀、劍，並那火德的弓、箭等物。行者周圍看了一遍，又見一張石桌子上有一個盤兒，放著一把毫毛。大聖滿心歡喜，將毫毛拿起來，呵了兩口熱氣，叫聲「變」，即變作三五十個小猴。教他都拿了刀、劍、弓、箭等件一應套去之物，跨了火龍，縱起火勢，從裏邊往外燒來。只聽得烘烘烈烈，撲撲乒乒，好便似咋雷連炮之聲。慌得那些群妖夢中驚醒，喊的喊，哭的哭，一個個走頭無路，被這火燒死大半。行者得勝回來，只好有三更時候。

那高峰上天王眾位，忽見火光幌亮，一擁前來。見行者騎著龍，呼呼喝喝，徑上峰頭高叫道：「來收兵器，來收兵器！」行者將身一抖，那把毫毛復上身來。哪吒太子收了他六件兵器，火德星君著眾火部收了火龍等物，都笑吟吟讚賀行者不題。

卻說那金𡸁洞裏火焰紛紛，唬得個兕大王魂不附體，急開了房門，雙手拿著圈子，東推東火滅，西推西火消，滿洞中冒煙突火，執著寶貝跑了一遍，四下裏煙火俱息。急忙收救群妖，已是燒殺大半。又查看藏兵之內，各件皆無。又去後面看處，見八戒、沙僧與長老還捆住未解，白馬、行李亦在屋裏。妖魔想起恨道：「這火沒有別人，斷乎是孫悟空那賊。怪道我臨睡時不安穩，想是那賊猴變化進來，要偷我的寶貝。見我抹勒得緊，不能下手，故作此狠毒之事，意欲燒殺我也。賊猴呵，你枉使機關，不知我的本事。我但帶了這件寶貝，就是入大海而不能溺，赴火池而不能焚哩！這番若拿住那賊，只把他剮了點垛，方趁我心。」懊惱多時，不覺的雞鳴天曉。

那高峰上太子得了兵器，對行者道：「大聖，天色已明。我們趁那妖挫了銳氣，與火部等扶助你再去力戰，庶幾這次可擒拿也。」行者笑道：「說得有理。」一個個抖擻威風，徑至洞口。行者叫道：「潑魔出來，與老孫打呀！」原來那裏兩扇石門被火燒成灰燼，門裏有幾個小妖正然掃地撮灰。忽見眾聖齊來，慌得丟了掃帚，跑入裏面通報。那怪聞報大驚，挺著長槍，帶了寶貝，走出門來罵道：「你這個偷營放火的賊猴，你有多大手段，就敢這等無狀？不要走，吃吾一槍！」這大聖使棒來迎。兩個正自相持，這壁廂哪吒太子生嗔，火德星君發狠，即將那神兵、火部等物，望妖魔身上拋來。一邊又雷公使搙，天王舉刀，不分上下，一擁齊來。那魔頭巍巍冷笑，袖子中暗暗將寶貝取出，撒手拋起空中，叫聲「著」，唿喇的一下，把神兵、火部等物、雷公搙、天王刀、行者棒，盡情又都撈去。眾神靈依然赤手，孫大聖仍是空拳。妖魔得勝回身，叫小的們搬石砌門，動土修造，從新整理房廊。待齊備了，殺唐僧三眾來謝土，大家散福受用。眾妖領命不題。

卻說那眾神回上高峰，火德怨哪吒性急，雷公怪天王心焦，惟水伯在旁無語。行者笑道：「列位不須煩惱。待老孫再去查查他的腳色來也。」太子道：「你前啟奏玉帝，滿天都查過了，如今卻又何處去查？」行者道：「我想起來，佛法無邊，如今且去問我佛如來，教他著慧眼觀看大地四部洲，看這怪是那方妖邪，圈子是件甚麼寶貝。不管怎的，一定要拿他與列位出氣，還汝等歡喜歸天。」眾神道：「甚好，甚好！快去，快去！」

好行者，說聲去，就縱觔斗雲，早至靈山，落下祥光，四方觀看。忽聽得有人叫道：「孫悟空，從那裏來？」急回頭看，原來是比丘尼尊者。大聖作禮道：「正有一事，欲見如來。」比丘尼道：「你既然要見如來，怎麼不登寶剎，倒在這裏看山？」行者道：「初來貴地，故此大膽。」比丘尼道：「你快跟我來。」這行者緊隨至雷音寺。山門下又見那八大金剛，雄糾糾的兩邊擋住。比丘尼至佛座前奏過如來，如來傳旨令入。

行者禮拜畢，如來問道：「悟空，前聞得觀音尊者解脫汝身，皈依釋教，保唐僧來此求經。你怎麼獨自到此，有何事故？」行者叩首道：「上告我佛，弟子自秉迦持，與唐朝師父西來。行至金峴山，遇著一個惡魔頭，名喚兕大王，神通廣大，把師父與師弟等攝入洞中。弟子和他苦戰數次，又蒙玉帝遣天神相助，被他將一個圈子，把我等兵器一概套去，無法收降。因此特告我佛：望垂慈擒魔救師，好虔誠拜求正果。」如來聽說，將慧眼遙觀，早已知識。對行者道：「那怪物我雖知之，但且不可說破，我這裏著法力助你擒他去罷！」行者拜謝道：「如來助我甚麼法力？」如來即令十八尊羅漢開寶庫取十八粒金丹砂與悟空助力。行者道：「金丹砂卻如何？」如來道：「你去叫那妖魔比試，演他出來，卻教羅漢放砂陷住他，使他動不得身，拔不得腳，憑你揪打便了。」行者笑道：「妙，妙，妙，趁早去來！」那羅漢即取金丹砂出門。行者路上查看，止有十六尊羅漢。行者嚷道：「這是那個去處，卻賣放人！」眾羅漢道：「那個賣放？」行者道：「原差十八尊，今怎麼只得十六尊？」說不了，裏邊走出降龍、伏虎二尊，上前道：「悟空，怎麼就這等放刁？我兩個在後聽如來吩咐話的。」行者纔與眾羅漢笑呵呵駕起祥雲。

不多時到了金峨山，天王帥眾相迎，備言前事。羅漢道：「不必遲疑，快去叫他出來。」這大聖捻著拳頭，到洞口罵道：「潑怪物，快出來與你孫外公見個上下。」那小妖又飛跑去報。魔王道：「那根棒子已被我收來，怎麼卻又到此，敢是又要走拳？」隨帶了寶貝，綽槍在手，叫小妖搬開石塊，跳出門來罵道：「賊猴，你幾番家不得便宜，就該迴避，如何又來吆喝？」行者道：「這潑魔不識好歹，若要你外公不來，除非你服降陪禮，送出我師父、師弟，我就饒你！」那怪道：「你那三個和尚已被我洗淨了，不久便要宰殺，你還不識起倒，去了罷！」

行者聽說，按不住心頭火發，丟開架子，輪著拳，望妖魔使個掛面。那怪纏長槍劈手相迎。行者左跳右跳，哄那妖魔。妖魔不知是計，趕離洞口南來。行者即招呼羅漢，把金丹砂望妖魔一齊抛下。那妖見飛砂迷目，把頭低了一低，足下就有三尺餘深，慌得他將身一縱，跳上一層，未曾立得穩，須臾又有二尺餘深。那怪急了，拔出腳來，即忙取圈子往上一撇，叫聲「著」，唿喇的一下，把十八粒金丹砂又盡套去，拽步徑歸本洞。

那羅漢一個個空手停雲。行者近前問道：「眾羅漢，怎麼不下砂了？」羅漢道：「適纔響了一聲，金丹砂就不見了。」行者笑道：「又是那話兒套將去了。」天王等眾道：「這般難伏呵，卻怎麼捉得他？」旁有降龍、伏虎二羅漢對行者道：「悟空，你曉得我兩個出門遲滯何也？」行者道：「老孫不知。」羅漢道：「如來吩咐我兩個說：『那妖魔神通廣大，如失了金丹砂，就教孫悟空上離恨天太上老君處尋他的蹤跡，庶幾可一鼓而擒也。』」行者聞言道：「可恨，可恨！如來當時就該對我說了，卻又教汝等空走。如今我去也。」

說聲去，就縱一道觔斗雲直入南天門裏，徑至三十三天之外離恨天兜率宮前。見兩仙童侍立，他也不通姓名，往裏徑走。忽見老君自內而出，撞個滿懷。行者躬身唱個喏道：「老官，一向少看。」老君笑道：「這猴兒不去取經，卻來我處何幹？」行者道：「取經取經，晝夜無停。有些阻礙，到此行行。」老君道：「西天路阻，與我何干？」行者道：「西天西天，你且休言。尋著蹤跡，與你纏纏。」老君道：「我這裏乃是無上仙宮，有甚蹤跡可尋？」行者入裏，眼不轉睛，東張西看，走過幾層廊宇，忽見那牛欄邊一個童兒盹睡，青牛不在欄中。行者道：「老官，走了牛也，走了牛也！」老君大驚道：「這業畜幾時走了？」正嚷間，那童兒方醒，跪於當面道：「爺爺，弟子睡著，不知是幾時走的。」老君罵道：「你這廝如何盹睡？」童兒叩頭道：「弟子在丹房中拾得一粒丹吃了，就在此睡著。」老君道：「想是前日煉的七返火丹，吊了一粒，被這廝拾吃了。那丹吃一粒，該睡七日哩！那業畜因你睡著，遂乘機走下界去，今亦是七日矣！」

即查可曾偷甚寶貝。行者道：「無甚寶貝，只見他有一個圈子，甚是利害。」老君急查看道：「這業畜偷了我金剛琢去了！」行者道：「原來是這件寶貝，當時打著老孫的就是他。如今在下界猖狂，不知套了我等多少物件！」老君道：「這業畜在甚地方？」行者道：「現在金峴山金峴洞。他捉了我唐僧，搶了我等兵器。似你這老官，縱放怪物，搶奪傷人，該得何罪？」老君道：「我那金剛琢乃是我過函谷關化魔之器，自幼煉成之寶。憑你甚麼兵器、水火，俱莫能近他。若偷去我的芭蕉扇兒，連我也不能奈他何矣！」

大聖纔歡歡喜喜隨著，老君執了芭蕉扇，駕著祥雲同行。出了南天門，徑至金㟧山，見了羅漢眾神，備言前事。老君道：「孫悟空還去誘他出來，我好收他。」這行者跳下峰頭，又高聲罵道：「潑業畜，趁早來受死！」那魔道：「這賊猴又不知請誰來也？」急綽槍帶寶，迎出門來。行者罵道：「你這潑魔，今番坐定是死了！」急縱身跳起，劈臉打了一個耳瓜子，回頭就跑。那魔輪槍趕來。只聽得高峰上叫道：「那牛兒還不歸家，更待何日？」那魔擡頭，看見是太上老君，就唬得心驚膽戰道：「這賊猴真是個地裏鬼，卻怎麼就訪得我的主人公來也？」老君念個咒語，將扇子搧了一下。那怪將圈子丟來，被老君一把接住。又一扇，那怪物力軟筋麻，現了本相，原來是一隻青牛。老君將金鋼琢吹口仙氣，穿了那怪的鼻子，解下勒袍帶，繫於琢上，牽在手中。至今留下個拴牛鼻的拘兒，就是此故。老君辭眾神，跨上青牛背，駕彩雲徑歸離恨天。

孫大聖纔同天王等眾打入洞裏，把小妖盡皆打死。各取兵器，謝了眾神回去。然後纔解放唐僧、八戒、沙僧，拿了鐵棒，收拾馬匹行裝，師徒們離洞，找大路方走。正走間，只聽得路旁叫：「唐聖僧，吃了齋飯去。」那長老心驚。不知是甚人叫喚，且聽下回分解。

第五十三回　禪主吞餐懷鬼孕　黃婆運水解邪胎

話說那大路旁叫喚者誰？乃金峴山山神、土地，捧著紫金缽盂，叫道：「聖僧呵，這缽盂飯是孫大聖向好處化來的。因你等不聽良言，誤入妖魔之手，致令大聖勞苦萬端，今日方救得出。且來吃了飯，再去走路，莫辜負孫大聖一片恭孝之心也。」三藏道：「徒弟，萬分虧你，言謝不盡！早知不出圈子，那有此殺身之害。」行者道：「都因你不信我的圈子，卻教我受別人的圈子。多少苦惱，可歎，可歎！」罵八戒：「都是你這夯貨，弄師父遭此大難。著老孫翻天覆地，請天兵水火與佛祖丹砂，都不能降。後來虧如來暗示根原，纔請老君來收伏，原來是個青牛作怪。」三藏聞言，感激不盡道：「賢徒，今番經此，下次定然聽你吩咐。」遂此四人分吃那飯。那飯熱氣騰騰的，行者道：「這飯多日了，卻怎麼還熱？」土地跪下道：「是小神知大聖功完，纔自熱來俟候。」須臾飯畢，收拾了缽盂，辭了土地、山神。

那師父纔扳鞍上馬，過了高山。正是滌慮洗心皈正覺，餐風宿水向西行。行彀多時，又值早春天氣。正行處，忽遇一道小河，澄澄清水，湛湛寒波。長老勒馬觀看，遠見河那邊有柳陰垂碧，微露著茅屋幾椽。行者遙指道：「那裏人家，一定是擺渡的。」八戒放下行李，高叫道：「擺渡的，撐船過來！」連叫幾遍，只見那柳陰裏面，咿咿啞啞的撐出一隻船兒，不多時已頂東岸。那梢子叫道：「過河的，這裏來！」

刻間過了河。

三藏縱馬近前看處，那梢子原來是個老婦人。行者道：「梢公如何不在，卻著梢婆撐船？」婦人微笑不答。三藏師徒和行李、白馬都上了船。那婦人撐開船，搖動槳，頃刻間過了河。

身登西岸，長老教沙僧解開包，取幾文錢鈔與他。婦人更不爭多寡，將纜拴在樹上，笑嘻嘻徑入莊屋裏去了。三藏見那水清，一時口渴，便著八戒：「取缽盂舀些水來我吃。」那獃子道：「我也正要些吃哩！」即舀了一缽，遞與師父。師父吃了有一少半，還剩了多半，獃子接來，一氣飲乾，卻扶侍三藏上馬西行。不上半個時辰，那長老在馬上呻吟道「腹痛」，八戒隨後也道「腹痛」。沙僧道：「想是吃冷水了？」說未畢，師父聲喚道「疼得緊」，八戒也道「疼得緊」。他兩個疼痛難禁，漸漸肚子大了，用手摸時，似有血團肉塊，不住的骨冗骨冗亂動。三藏正不穩便，忽然見那路旁有一村舍，樹梢頭挑著兩個草把。行者道：「師父好了，那廂是個賣酒的人家，我們且去化他些熱湯與你吃，就問可有賣藥的，討貼藥與你治治腹痛。」

三藏聞言甚喜。不一時，到了村舍門口下馬。只見那門外有一個老婆婆，端坐在草墩上績麻。行者上前問訊道：「婆婆，貧僧是東土大唐來的。我師父乃唐朝御弟，因為過河吃了河水，覺肚腹疼痛。」那婆婆哈哈的笑道：「你們在那邊河裏吃水來？」行者道：「是。」那婆婆道：「好耍子，好耍子，你都進來，我與你說。」行者即攙唐僧，沙僧即扶八戒，兩人聲聲喚喚，腆著肚子，一個個只疼得面黃眉皺，入草舍坐下。行者叫婆婆：「是必燒些熱湯與我師父，我們謝你。」那婆婆且不燒湯，笑嘻嘻跑進後邊，叫出兩三個半老不老的婦人，都來望著唐僧嬉笑。行者大怒，把牙一蹉，唬得那一家子跌跌蹡蹡，往後就走。行者上前，扯住那老婆子道：「快早燒湯，我饒了你。」那婆子戰兢兢的道：「爺爺，我燒湯也治不得他兩個肚疼。你放了我，等我說。」行者放了他，他說：「我這裏乃是西梁女國，我們這一國盡是女人，更無男子，故此見了你們歡喜。你師父吃的那水不好，那條河喚作子母河。我那國王城外還有一座迎陽館驛，驛門外有一個照胎泉。我這裏人但年登二十歲以上，方敢去吃那河水，吃水之後便覺腹痛有胎。至三日之後，到那迎陽館照胎泉邊照去，若照得有了雙影，便就降生孩兒。你師父吃了子母河水，已此成了胎氣，不日也要生孩子，熱湯怎麼治得？」

三藏聞言，大驚道：「徒弟呵，似此怎了？」八戒扭腰撒胯的哼道：「爺爺呀，要生孩子，我們卻是男身，那裏開得產門，如何脫得出來？」行者笑道：「古人云：『瓜熟自落。』若到那個時節，一定從脅下裂個窟窿鑽出來也。」八戒見說，戰兢兢道：「罷了，罷了！死了，死了！」沙僧笑道：「二哥，莫扭，莫扭，只怕錯了養兒腸，弄作個胎前病。」那獃子越發慌了，眼中含淚，扯著行者道：「哥哥，你問這婆婆，看那裏有手輕的穩婆，預先尋下幾個，這半會一陣陣的動盪得緊，想是摧陣疼，快了，快了。」沙僧又笑道：「二哥，既知摧陣疼，不要扭動，只恐擠破漿泡耳。」

三藏哼著道：「婆婆，你這裏可有醫家麼？教我徒弟去買一貼墮胎藥吃了，打下胎來罷！」那婆子道：「就有藥也不濟事。只是我們這正南上有一座解陽山破兒洞，洞裏有一眼落胎泉。須得那井裏水吃一口，方纔解下胎氣。卻如今取不得水了，向年來了一個道人，稱名如意真仙，把那破兒洞改作聚仙菴，護住落胎泉水，不肯輕賜與人。但欲求水者，須要花紅表禮，羊酒果盤，志誠奉獻，只拜求他一碗兒。你們這行腳僧，怎麼得許多錢財買辦？但只可捱命，待時而生產罷了。」行者聞言，滿心歡喜道：「婆婆，你這裏到那解陽山，有幾多路程？」婆婆道：「有三千里。」行者道：「好了，好了！師父放心，待老孫取些水來你吃。」即問那婆子取了一個瓦鉢，出草舍縱雲而去。那婆子纔望空禮拜道：「爺爺呀，這和尚會駕雲。」纔叫出那幾個婦人來，對唐僧磕頭禮拜，都稱為羅漢菩薩。一壁廂燒湯辦飯，供奉唐僧不題。

卻說那大聖觔斗雲起，少頃間便見一座山頭，即按雲光，睜睛觀看，又只見背陰處有一所莊院。大聖下山，徑至莊門，見一個老道人盤坐在綠茵之上。大聖放下瓦鉢，近前道問訊。那道人欠身還禮道：「那方來者，至小菴有何勾當？」行者道：「貧僧乃東土大唐欽差西天取經者。因我師父誤飲了子母河之水，如今腹疼難禁，問及土人，說是結成胎氣，無方可治。訪得寶山有落胎泉可以消得胎氣，故此特來拜見如意真仙，求些泉水，救我師父，煩老道指引指引。」那道人笑道：「此間原是破兒洞，今改為聚仙菴了，我即是如意真仙老爺的徒弟。你叫作甚麼名字？我好與你通報。」行者道：「我是唐三藏法師的大徒弟，賤名孫悟空。」道人問曰：「你的花紅、酒禮都在那裏？」行者道：「我是個過路的掛搭僧，不曾辦得來。」道人笑道：「你好癡呀！我老師父護住山泉，並不曾白送與人。你回去辦將禮來，我好通報。不然請回，莫想，莫想。」行者道：「人情大似聖旨。你去說我老孫的名字，他必然做個人情，或者連井都送我也。」

道人聞言，只得進去通報。那真仙不聽說便罷；一聽得說個悟空名字，卻就怒從心上起，惡向膽邊生。急起身脫了素服，換上道衣，取一把如意鈎子，跳出菴門叫道：「孫悟空何在？」行者見了，合掌作禮道：「貧僧便是孫悟空。」那先生笑道：「你真個是孫悟空，你可認得我麼？」行者道：「我因歸正釋門，這一向登山涉水，把那幼時的朋友也都疏失，未及拜訪。適間問子母河西鄉人家，言及先生乃如意真仙，故此知之。」先生道：「你走你的路，我修我的真，你來尋我怎的？」行者道：「因我師父誤飲了子母河水，腹疼成胎，特來仙府求一碗落胎泉水，救解師難也。」

先生怒目道：「你師父可是唐三藏麼？」行者道：「正是。」先生咬牙恨道：「你們可曾會著一個聖嬰大王麼？」行者道：「他是火雲洞紅孩兒妖怪的綽號，真仙問他怎的？」先生道：「那是我的舍姪，我乃牛魔王的兄弟。前者家兄處有信來報我，說唐三藏的大徒弟孫悟空憊懶，將他害了。我這裏正沒處尋你報仇，你倒來尋我，還要甚麼水哩！」行者陪笑道：「先生差了！你令兄也曾與我結拜弟兄，但只是不知先生尊府，有失拜望。如今令姪得了好處，現隨著觀音菩薩做了善財童子，我等尚且不如，怎麼反怪我也？」

先生喝道：「這潑猴猻還弄巧舌！我舍姪還是自在為王好，還是與人為奴好？不得無禮，吃我這一鈎。」大聖使鐵棒架住道：「先生莫說打的話，且與些泉水去也。」那先生罵道：「潑猴猻不知死活，如若三合敵得我，與你水去。敵不過，只把你殺了，與我姪子報仇。」大聖罵道：「你這不識起倒的業障，既要打，走上來看棍！」那先生如意鈎劈手相迎。戰經十數合，這大聖一條棒似滾滾流星，著頭亂打。先生敗了筋力，倒拖著如意鈎往山上走了。

大聖不去趕他，卻來菴內尋水。那個道人早把菴門關了，大聖拿著瓦缽，趕至門前，一腳踢破菴門，闖將進去。見那道人伏在井欄上，大聖舉棒要打，那道人往後跑了。卻纔尋出吊桶來，正要打水，又被那先生趕到前邊，使如意鈎子把大聖鈎著腳一跌，跌了個嘴碪地。大聖爬起來，使棒就打，他卻閃在旁邊執著鈎子道：「看你可取得我的水去。」大聖罵道：「你上來，你上來，我直打殺你便罷。」那先生也不上前，只是禁住了不許大聖打水。大聖卻使左手輪棒，右手使吊桶，將索子纔放下，又被他一鈎鈎著腳，扯了個蹡踵，連索子都跌下井去了。大聖道：「這廝卻是無禮！」爬起來，雙手輪棒，沒頭沒臉的打將去。那先生依然走了，不敢迎敵。大聖要去取水，奈何沒有吊桶，又恐怕來鈎腳，心中暗想道：「且去叫個幫手來。」

即撥轉雲頭，徑返村舍，叫一聲：「沙和尚！」那裏邊三藏忍痛呻吟，豬八戒哼聲不絕，聽得叫喚，沙僧連忙出門接著。大聖對唐僧備言前事，三藏滴淚道：「徒弟呵，似此怎了？」大聖道：「我來叫沙兄弟與我同去。到那邊等老孫和那廝敵鬥，教沙僧乘便取水來。」三藏道：「你兩個都去了，丟下我兩個有病的，教誰伏侍？」那老婆婆道：「老羅漢只管放心，我家自然看顧伏侍你。你們早間到時，我等實有愛憐之意。卻纔見這位菩薩雲來霧去，方知你是羅漢菩薩，我家決不敢害你。」行者咄的一聲道：「汝等女流之輩，敢傷那個？」老婆子笑道：「爺爺，還是你們有造化來，到我家。若到第二家，你們也不得囫圇了！」八戒哼哼的道：「不得囫圇，是怎麼的？」婆婆道：「我一家兒四五口，都是有幾歲年紀的，那風月事盡皆休了，故此不肯傷你。若還到第二家，那年小之人，那個肯放過你，就要與你交合。假如不從，就要害你性命，把你們身上肉都割了去做香袋兒哩！」八戒道：「若這等，我決無傷。他們都是香噴噴的，好做香袋。我是個臊豬，就割了肉去，也是臊的，故此無傷。」

行者即問婆子取了吊桶繩索，同沙僧駕雲而去。那消半個時辰，早到解陽山，按下雲頭，徑至菴外。大聖吩咐沙僧且在一邊躲著，「等老孫與他交戰之時，你乘機取水就走。」沙僧依命。大聖掣了鐵棒，高叫「開門」。那道人急入裏通報，那先生心中大怒，即挺如意鈎子，出門喝道：「潑猢猻，你又來做甚？」大聖道：「我來只是取水。」真仙道：「泉水乃吾家之井，憑他帝王宰相，也須表禮羊酒來求。況你又是仇人，擅敢白手來取？」大聖道：「真個不與？」真仙道：「不與，不與！」大聖輪起棒著頭便打，那真仙使鈎子急架相還。這一場在菴門交手，直鬥到山坡之下，兩人恨苦相持。

那沙和尚提著吊桶，闖進門去。只見那道人井邊擋住道：「你是甚人，敢來取水！」沙僧放下吊桶，取出寶杖，一下把道人左臂打折，道人叫天叫地的爬到後面去了。沙僧卻將吊桶向井滿滿的打了一桶水，走出菴門，駕起雲霧，望著行者喊道：「大哥，我已取了水去也，饒他罷！」大聖聽得，方纔使鐵棒支住鈎子道：「你聽老孫說，我本要打殺你，爭奈你不曾犯法；二來看你令兄牛魔王的情上。我師弟已是取水去了，以後有取水者再不許勒措他。」那妖仙不識好歹，演一演就來鈎腳，被大聖閃過，趕上前推了一交，奪過如意鈎來折為兩段，總拿著又抉為四段，擲之於地道：「潑業畜，再敢無禮麼？」那妖仙戰兢兢忍辱無言，這大聖笑呵呵駕雲而起。詩曰：

真鉛若煉須真水，真水調和真汞乾。真汞真鉛無母氣，靈砂靈藥是仙丹。
嬰兒枉結成胎像，土母施功不等閒。推倒旁門宗正教，心君得意笑容還。

大聖縱著祥光，趕上沙僧，喜喜歡歡，徑降村舍。只見八戒腆著肚子，倚在門枋上哼哩。行者上前道：「獃子，幾時占房的？」獃子道：「哥哥莫取笑，可曾有水來麼？」沙僧隨後就到道：「水來了，水來了！」三藏忍痛欠身道：「徒弟呀，累了你也！」那婆婆卻也歡喜，幾口兒都出禮拜道：「菩薩呀，卻是難得，難得。」即忙取個花磁盞子，舀了半盞兒遞與三藏道：「老師父，細細的吃，只消一口就解了胎氣。」

八戒道：「我不用盞子，連吊桶把我喝了罷。」那婆子道：「老爺爺，唬殺人罷了！若吃了這桶水，好道連腸子肚子都化盡了。」唬得獃子不敢亂為，也只吃了半盞。

那裏有頓飯之時，他兩個腹中絞痛，只聽轂轆轂轆三五陣腸鳴。腸鳴之後，那獃子忍不住，大小便齊流。唐僧也要往靜處解手。行者道：「師父呵，切莫出風地裏去，怕人子，一時冒了風，弄作個產後之疾。」那婆婆即取兩個淨桶來，叫他兩個方便。須臾間各行了幾遍，纔覺住了疼痛，漸漸的銷了腫脹，化了那血團肉塊。那婆婆家又煎些白米粥與他補虛。八戒道：「婆婆，我不用補虛。且燒些湯水與我洗個澡，卻好吃粥。」沙僧道：「哥哥，洗不得澡。坐月子的人弄了水漿致病。」八戒道：「我又不曾大生，左右只是個小產，怕他怎的？」真個那婆子燒湯，與他兩個淨了手腳。唐僧纔吃了兩盞粥湯，八戒吃了十數碗，還只要添。行者笑道：「夯貨，少吃些，莫弄個沙包肚，不像模樣。」那家子又去收拾煮飯。老婆婆對唐僧道：「老師父，把這水賜了我罷。」行者即教他拿去。那婆婆謝了行者，將水盛於瓦罐之中，埋在後邊地下，對眾老小道：「這罐水彀我的棺材本也！」即整頓齋飯，唐僧們吃了，將息一宿。次日天明，師徒們謝了婆婆，出離村舍，找路西行。這纔是：

洗淨口業身乾淨，銷化凡胎體自然。

畢竟不知前去到何地方，且聽下回分解。

第五十四回　法性西來逢女國　心猿定計脫煙花

話說三藏師徒別了村舍人家，依路西進，不上三四十里便是那西梁國界。唐僧在馬上指道：「悟空，前面城池相近，想是西梁女國。汝等須要謹慎，切休放蕩情懷。」三人謹遵師命。言未了，已至東關廂街口。那裏人都是長裙短襖，粉面油頭，不分老少，盡是婦女，正在街上做買做賣。忽見他四眾來時，一齊都鼓掌呵呵，整容歡笑道：「人種來了，人種來了！」須臾間就塞滿街道，惟聞笑語。三藏馬不能行。八戒口裏亂嚷道：「我是個銷豬，我是個銷豬。」行者道：「獃子莫亂談。拿出舊嘴臉來便是。」八戒真個把頭搖上兩搖，豎起一雙蒲扇耳，扭動蓮蓬吊搭脣，發一聲喊，把那些婦女們唬得跌跌爬爬，兩邊亂躲。詩曰：

聖僧拜佛到西梁，國內純陰獨少陽。農士工商皆女輩，漁樵耕牧盡紅粧。
嬌娥滿路呼人種，幼婦盈街看粉郎。試問星槎今古客，幾人曾到此殊方。

唐僧一行前進，又見那市井上房屋齊整，鋪面軒昂，一般有米行、鹽店、酒肆、茶坊。師徒們轉彎抹角，忽見有一女官侍立街旁，高聲叫道：「遠來的使客，不可擅入城門。請投館驛註名上簿，待下官執名奏駕，驗引放行。」三藏聞言下馬，觀看那衙門上有一匾，上書「迎陽驛」三字。長老道：「悟空，那村舍人家傳言是實，果有迎陽之驛。」沙僧笑道：「二哥，你去照胎泉邊照照，看可有雙影。」八戒道：「莫亂說！我已是打下胎來了，還照他怎的？」三藏只叫謹言，遂上前與那女官作禮。

女官請他們進驛內正廳坐下，即喚看茶。又見那手下人盡是三綹梳頭、兩截穿衣之類。你看那拿茶的也笑。茶罷，女官欠身問曰：「使客何來？」行者道：「我等乃東土大唐王駕下欽差上西天拜佛求經者。我師父便是唐王御弟，號曰三藏。我等三人是他徒弟，一行連馬五口。隨身有通關文牒，乞為照驗放行。」那女官執筆寫罷，下來叩頭道：「老爺恕罪。下官乃迎陽驛驛丞，不知上邦老爺，未曾遠接。」拜畢起身，即令管事的安排飲饌供奉，「待下官進城啟奏我王，倒換關文，打領給送老爺們西進。」三藏忻然而坐不題。

且說那驛丞整了衣冠，徑入城中五鳳樓前，對黃門官道：「迎陽館驛丞有事見駕。」黃門即時啟奏。女王降旨傳宣至殿，問驛丞有何事來奏。驛丞道：「微臣在驛，接得東土大唐王御弟唐三藏，有三個徒弟，連馬五口，欲上西天拜佛取經。特來啟奏主公，可許他倒換關文放行？」女王聞奏，滿心歡喜，對眾文武道：「寡人夜來夢見金屏生彩豔，玉鏡展光明，乃是今日之喜兆也。」眾女官擁拜丹墀道：「主公，怎見得是喜兆？」女王道：「東土男人，乃唐朝御弟。我國中自混沌開闢之時，累代帝王，更不曾見個男人至此。幸今唐王御弟下降，想是天賜來的。寡人以一國之富，願招御弟為王，我願為后，與他陰陽配合，生子生孫，永傳帝業，卻不是喜兆也？」眾女官拜舞稱揚，無不歡悦。

驛丞又奏道：「主公之論，乃萬代傳家之計。但只是御弟三徒兇惡，不成相貌。」女王道：「你見他們怎生模樣？」驛丞道：「御弟相貌堂堂，丰姿英俊，誠是天朝上國之男兒，南贍中華之人物。那三徒卻是形容獰惡，狀若妖魔。」女王道：「既如此，把他徒弟與他領給，倒換關文，打發他往西天，只留下御弟，有何不可？」眾官拜奏道：「主公之言極當，臣等欽此欽遵。但只是匹配之事，無媒不可。自古道：『姻緣配合憑紅葉，月老夫妻繫赤繩。』」女王道：「依卿所奏，就著當駕太師做媒，迎陽驛丞主婚，先去驛中與御弟求親。待他許可，寡人卻擺駕出城相迎接。」那太師、驛丞領旨出朝。

卻說三藏師徒們在驛廳上正享齋飯，只見外面人報：「當駕太師與我們本官來了。」三藏道：「太師來是為何意？」八戒道：「怕是女王請我們也。」行者道：「不是相請，定是說親。」三藏道：「悟空，假如強逼成親，卻怎麼是好？」行者道：「師父只管允他，老孫自有處治。」

言未了，二女官早到，對長老下拜。長老一一還禮道：「貧僧出家人，有何德能，敢勞大人下拜？」那太師見長老相貌軒昂，心中暗喜道：「我國中實有造化，這個男子，卻也做得我王之夫。」二官拜畢起來，侍立左右道：「御弟爺爺，萬千之喜了！」三藏道：「我出家人，喜從何來？」太師躬身道：「敝處乃西梁女國，國中自來沒個男子。今幸御弟爺爺降臨，臣奉我王旨意，特來求親。」三藏道：「善哉，善哉！我貧僧來到貴地，止有頑徒三個，不知大人求的是那個親事？」驛丞道：「下官纔進朝啟奏，我王十分歡喜，道夜來得一吉夢，夢見金屏生彩豔，玉鏡展光明。知御弟乃中華上國男兒，我王願以一國之富，招贅御弟爺爺為夫，南面稱孤，我王願為帝后。傳旨著太師做媒，下官主婚，故此特來求這親事也。」三藏聞言，低頭不語。太師道：「大丈夫遇時不可錯過。似此招贅之事，天下雖有；託國之富，世上實稀。請御弟速允，庶好回奏。」長老越加癡瘂。

八戒在旁掬著碓挺嘴，叫道：「太師，你去上覆國王，我師父乃久修得道的羅漢，不愛你託國之富，也不愛你傾國之容。快些兒倒換關文，打發他往西去，留我在此招贅如何？」太師聞說，膽戰心驚，不敢回話。驛丞道：「你雖是個男身，但只形容醜陋，不中我王之意。」八戒笑道：「你甚不通變。常言道：『粗簸箕細柳斗，世上誰見男兒醜？』」行者道：「獃子，勿得亂談，任師父尊意，可行則行，可止則止，莫要耽閣工夫。」

三藏道：「悟空，憑你怎麼說？」行者道：「依老孫說，你在這裏也好。自古道『千里姻緣似綫牽』，那裏再有這般相應處。」三藏道：「徒弟，我們在這裏貪圖富貴，誰去西天取經？卻不望壞了我大唐之帝主也。」太師道：「御弟在上，我王旨意，原只教求御弟為親，教你三位徒弟赴了會親筵宴，關付領給，倒換關文，往西天取經去哩！」行者道：「太師說得有理，我等不必作難，情願留下師父，與你主為夫。快換關文，打發我們西去。待取經回來，好到此拜爺娘，討盤纏回大唐也。」那太師與驛丞對行者作禮道：「多謝老師玉成之恩。」八戒道：「太師，切莫要口裏擺菜碟兒。既然我們許諾，且教你主先安排一席，與我們吃杯旨酒如何？」太師道：「有，有，有，就教擺設筵宴來也。」那驛丞與太師歡天喜地，回奏女主不題。

卻說長老一把扯住行者，罵道：「你這猴頭，弄殺我也！怎麼教我在此招婚，你們西天拜佛？我就死也不敢如此。」行者道：「師父放心。老孫豈不知你性情，但只是到此地，遇此人，不得不將計就計。」三藏道：「怎麼將計就計？」行者道：「你若執法兒不允他，他便不肯倒換關文，不放我們走路。倘或見惡心毒，喝令多人，割了你肉做甚麼香袋呵，我等豈肯善放？一定要和他動手。你知我們的手腳又重，器械又兇，這一國的人卻不是怪物妖精，還是一國人身。你又是個好善慈悲的人，在路上一靈不損，若打殺無限的平人，你心何忍！」三藏道：「悟空此論最善。但恐女主招我進去，要行夫婦之禮，我怎肯敗壞了佛家德行，墜落了本教人身？」行者道：「今日允了親事，他一定以皇帝禮擺駕出城接你。你更不要推辭，就坐龍車，登寶殿，面南坐下。問女王取出御寶來，宣我們兄弟進朝，把通關文牒用了印，交付與我們。一壁廂教擺筵宴，就當與女王會喜，就與我們送行。待筵宴已畢，再叫排駕，只說送我們三人出城，回來與女王配合。哄得他君臣歡悅，更無阻擋之心。待送出城外，你下了龍車，教沙僧伏侍你騎上白馬，老孫卻使個定身法兒，教他君臣人等皆不能動，我們只管西行。行得一晝夜，我卻念個咒，解了法，還教他君臣們甦醒回城。一則不傷他的性命，二來不損你的元神，這叫作假親脱網之計，豈不兩全其美也？」三藏聞言，如醉方醒，似夢初覺，稱謝不盡，道：「深感賢徒高見。」四眾同心商量不題。

卻說那太師與驛丞入朝回奏道：「主公佳夢最準，魚水之歡就矣。」女王聞奏，笑盈盈問道：「賢卿見御弟怎麼説來？」太師道：「臣等到驛，拜見御弟，即備言求親之事。御弟還有推託之辭，幸虧他大徒弟慨然見允，願留他師父與我王為夫。只教先倒換關文，打發他三人西去。取得經回，好到此拜認爺娘，討盤費回大唐也。」女王笑道：「御弟再有何説？」太師奏道：「御弟不言，願配我主，只是他那二徒弟先要吃席旨酒。」

女王聞言，即傳旨教光祿寺排宴。一壁廂排大駕，出城迎接夫君。眾女官即欽遵王命，打掃宮殿，鋪設庭臺。一班兒擺宴的，火速安排。一班兒擺駕的，流星整備。你看那西梁雖是婦女之邦，那鑾輿不亞中華之盛。正是那：

六龍噴彩扶車出，雙鳳生祥駕輦來。嘹亮仙音通帝闕，氤氳瑞氣接天臺。
金魚玉珮多官擁，寶髻雲鬟眾女排。此地自來無合巹，女王今日配男才。

不多時大駕出城，早到迎陽館驛。那驛丞急報三藏道：「駕到了！」三藏即與三徒整衣出廳迎駕。女王捲簾下輦道：「那一位是唐朝御弟？」太師指道：「那香案前穿錦襴衣者便是。」女王閃鳳目，展蛾眉，仔細觀看，果然一表非凡。他看到那心歡意美之處，不覺淫情汲汲，愛欲孜孜，輕啟櫻桃小口，呼道：「大唐御弟，還不來佔鳳乘鸞也？」三藏聞言，耳紅面赤，羞答答不敢擡頭。八戒在旁，掬著嘴，餳眼觀看。那女王卻果然十分豔麗，真個是：

丹桂嫦娥離月殿，碧桃王母降瑤池。

那獃子看到好處，忍不住口角流涎，心頭撞鹿，一時間骨軟筋麻，好便似雪獅子向火，不覺的都化去也。只見那女王走近前來，一把扯住三藏，俏語嬌聲，叫道：「御弟哥哥，請上龍車，和我同上金鑾寶殿，匹配夫婦去來。」這長老戰兢兢立站不住，似醉如癡。行者在旁叫道：「師父不必太謙，請共娘娘上輦。快快倒換關文，等我們取經去也。」三藏只得強作歡容，移步近前，與女主同攜素手，共坐龍車。

那些文武官，見主公與長老登輦，並肩而坐，一個個眉花眼笑，撥轉儀從，復入城中。大聖纔教沙僧挑擔牽馬，隨大駕後邊同行。八戒往前亂跑，先到五鳳樓前，嚷道：「好自在，好現成呀！這個弄不成，這個弄不成，吃了喜酒進親纔是！」唬得些執儀從的女官都不敢前進，回至駕邊奏道：「主公，那一個長嘴大耳的，在五鳳樓前嚷道要喜酒吃哩。」女主聞奏，與長老倚香肩，偎桃腮，悄聲問道：「御弟哥哥，長嘴大耳的是你那個高徒？」三藏道：「是我第二個徒弟。他生得食腸寬大，一生要圖口肥；須是先安排些酒食與他吃了，方可行事。」女主急問：「光祿寺安排筵宴完否？」女官奏道：「已設完了，葷素兩樣，在東閣上哩。」女王又問：「怎麼兩樣？」女官奏道：「臣恐唐朝御弟與高徒等平素吃齋，故有葷素兩樣。」女王卻又笑吟吟問道：「御弟哥哥，你吃素吃葷？」三藏道：「貧僧們都吃素，但是小徒還吃些素酒。」說未了，太師啟奏：「請赴東閣會宴。今宵吉日良辰，就可與御弟爺爺成親。明日天開黃道，請御弟爺爺高登寶殿，改年號即位。」女王大喜，即與長老攜手相攙，下了龍車，共入端門。但見：

風飄仙樂下樓臺，閶闔中間翠輦來。殿閣崢嶸如上國，玉堂金馬一時開。

到了東閣之下，又見那一派笙歌聲韻美，兩行紅粉貌妖嬈。正堂中排設兩般盛宴，左邊上首是素筵，右邊上首是葷筵。下兩路盡是單席。那女王劍袍袖，十指尖尖，捧著玉杯，便來安席。行者近前道：「我師徒都是吃素。先請師父坐了左手素席，轉下三席，我兄弟們好坐。」太師道：「正是，正是。師徒如父子，不可並肩。」眾女官連忙調了席面。女王一一傳杯，安了他弟兄三位。行者又與唐僧丟個眼色，教師父回禮。三藏下來，卻也擎玉杯，與女王安席。那些文武官，朝上拜謝了皇恩，各依品從，分坐兩邊，纔住了音樂進酒。那八戒那管好歹，放開肚皮，一頓噇個罄盡。呷了六七杯酒，口裏嚷道：「拿大觥來再吃幾觥，各人幹事去，莫只管貪杯誤事，快早兒打發關文。正是『將軍不下馬，各自奔前程。』」女王聞說，即令近侍官，滿斟玉液，連注瓊漿，都各飲一巡。

三藏欠身而起，對女王合掌道：「陛下，多蒙盛設，酒已彀了。請登寶殿，倒換關文，趕天早送他三人出城罷！」女王依言，攜著長老，散了筵宴，上金鑾寶殿，即讓長老正坐。三藏道：「不可，不可！適太師言過，明日天開黃道，貧僧纔敢就位。今日且印關文，打發他去也。」女王依言，仍坐了龍牀，即取金交椅一張，放在龍牀左手，請唐僧坐了，叫拿上通關文牒來。大聖便將關文雙手捧上。那女王細看一番，上有大唐皇帝寶印九顆，下有寶象國印，烏雞國印，車遲國印。女王看罷，嬌滴滴笑道：「御弟哥哥又姓陳？」三藏道：「俗家姓陳，因我唐王聖恩認為御弟，賜姓為唐也。」女王道：「關文上如何沒有高徒之名？」三藏道：「三個頑徒，不是我唐朝人物，皆是途中收得，故此未註法名在牒。」女王道：「我與你添註法名，好麼？」三藏道：「但憑陛下尊意。」女王既令取筆硯來，問了名字，牒文之後寫上孫悟空、豬悟能、沙悟淨三人。卻纔取出御印，端端正正印了，又畫個手字花押，傳將下去。大聖接了，教沙僧包裹停當。

那女王又賜出碎金碎銀一盤，遞與行者道：「你三人將此權為路費，早上西天。待汝等取經回來，寡人還有重謝。」行者道：「我們出家人，不受金銀，途中自有乞化之處。」女王又取出綾錦十匹，對行者道：「汝等行色匆匆，裁製不及，將此路上做件衣服遮寒。」行者道：「出家人穿不得綾錦，自有護體布衣。」女王見他不受，教取御米三升，在路上權為一飯。八戒接了，捎在包袱之中，遂此合掌謝恩。三藏道：「敢煩陛下相同貧僧送他三人出城，待我囑付他們幾句，卻回來與陛下永受榮華，無掛無牽，方可會鸞交鳳友也。」女王不知是計，便傳旨擺駕，與三藏並倚香肩，同登鳳輦，出西城而去。滿城中都盞添淨水，爐列真香。一則看女王鑾駕，二來看御弟男身。沒老沒小，盡是粉容嬌面、綠鬢雲鬟之輩。不多時，大駕出城，到西關之外。

行者三人同心合意，結束整齊，徑迎著鑾輿，厲聲高叫道：「那女王不必遠送，我等就此拜別。」長老慢下龍車，對女王拱手道：「陛下請回，讓貧僧取經去也。」女王聞言，大驚失色，扯住唐僧道：「御弟哥哥，我願將一國之富，招你為夫，明日高登寶位，即位稱君，喜筵通皆吃了，如何卻又變卦？」八戒聽說，發起個風來，把嘴亂扭，耳朵亂搖，闖至駕前嚷道：「我們和尚家和你這粉骷髏做甚夫妻，放我師父走路！」那女王見他那等撒潑弄醜，唬得魂飛魄散，跌入輦駕之中。沙僧卻把三藏搶出人叢，伏侍上馬。只見那路旁閃出一個女子，喝道：「唐御弟，那裏走，我和你要風月兒去來！」沙僧罵道：「賊輩無知！」掣寶杖劈頭就打。那女子弄陣旋風，呼的一聲，把唐僧攝將起去，無影無蹤，不知去向。咦！正是：

巧謀纔脫煙花網，多難仍遭風月魔。

畢竟不知那女子是人是怪，且聽下回分解。

第五十五回　色邪淫戲唐三藏　性正修持不壞身

卻說大聖正要使法定那些婦女，忽聞得風響處沙僧嚷鬧，急回頭時不見了唐僧。行者道：「是甚人搶師父去了？」沙僧道：「是一個女子，弄陣旋風，把師父攝去也。」行者聞言，唿哨跳在雲端裏，四下觀看。只見一陣風塵滾滾，往西北上去了。急回頭叫道：「兄弟們，快駕雲同我趕師父去來！」八戒、沙僧即把行囊捎在馬上，響一聲，都跳在半空裏去。

慌得那西梁國君臣女輩，跪在塵埃，都道：「是白日飛昇的羅漢，我主不必驚疑，唐御弟是個有道的禪僧。我們都有眼無珠，錯認了中華男子，枉費這場神思，請主公上輦回朝也。」女王即同多官一齊回國不題。

卻說大聖三人，騰空踏霧，望著那陣旋風一直趕來。前至一座高山，只見塵靜風息，更不知怪向何方。兄弟們按落雲霧，找路尋訪，忽見一壁廂青石光明，卻似個屏風模樣。轉過石屏，後有兩扇石門，門上有六個大字，乃是「毒敵山琵琶洞」。八戒上前，就使釘鈀築門。行者急止住道：「兄弟莫忙。我們隨風趕便趕到這裏，還不知是也不是。你兩個且立等片時，待老孫進去打聽打聽，察個有無虛實，卻好行事。」他二人牽馬回頭。

大聖即搖身一變，變作個蜜蜂兒從門縫中鑽將進去。飛過二層門裏，只見當中花亭子上端坐著一個女怪，左右列幾個彩衣繡服的丫髻女童，都歡天喜地，正不知講論甚麼。這行者輕輕的飛上去，釘在那花亭格子上。又見兩個蓬頭女子，捧兩盤熱騰騰的麵食，上亭來道：「奶奶，一盤是人肉餡的葷饃饃，一盤是鄧沙餡的素饃饃。」那女怪笑道：「小的們，扶出唐御弟來。」幾個女童走向後房，把唐僧扶出。那師父面黃唇白，眼紅淚滴。行者暗歎道：「師父中毒了！」

那怪走下花亭，露春蔥十指纖纖，扯住長老道：「御弟寬心。我這裏雖不比西梁女國的富貴奢華，其實卻也清閒自在，正好念佛看經。我與你做個道伴兒，真個是百歲和諧也。」三藏不語。那怪道：「且休煩惱。我知你在女國中赴宴之時，不曾進得飲食。這裏葷素饃饃兩盤，憑你受用些兒。」三藏想道：「我待不說話，不吃他東西，此怪比那女王不同。女王還是人身，行動以禮，此怪乃是妖邪。並且我三個徒弟，不知我陷在這裏，倘或加害，卻不枉丢性命？」只得強打精神，開口道：「葷的如何？素的如何？」女怪道：「葷的是人肉餡饃饃，素的是鄧沙餡饃饃。」三藏道：「貧僧吃素。」那怪叫女童：「看熱茶來。」將一個素饃饃劈破，遞與三藏。三藏將個葷饃饃囫圇遞與女怪。女怪笑道：「御弟，你怎麼不劈破與我？」三藏合掌道：「我出家人，不敢破葷。」

行者在格子上聽著兩個攀談，恐怕師父亂了真性，忍不住現了本相，掣鐵棒喝道：「業畜，休得無禮！」那女怪見了，只噴一道煙光，把花亭子罩住，教小的們收了御弟。他卻拿一柄三股鋼叉，跳出亭門罵道：「潑猴憊懶，怎麼敢私入吾家，偷窺我容貌。不要走，吃老娘一叉！」這大聖使鐵棒架住，且戰且退，二人打出洞外。

那八戒、沙僧正在石屏前等候，忽見他兩個爭持，慌得八戒撇了白馬，掣鈀在手，上前叫道：「師兄靠後，讓我打這潑賤！」那怪見八戒來，他又使個手段，呼了一聲，鼻中出火，口內生煙，把身子抖了一抖，三股叉飛舞衝迎。那怪也不知有幾隻手，沒頭沒臉的滾將來。這行者與八戒兩邊攻住。那怪道：「孫悟空，你好不識進退。我便認得你，你是不認得我。你那雷音寺老佛如來也還怕我哩，量你這兩個毛人，到得那裏！」三個人奮勇相持，戰鬥多時，不分勝負。那怪將身一縱，使出個倒馬毒樁，不覺的把大聖頭皮上紥了一下。行者叫聲「苦啊」，忍耐不得，負痛敗陣而走。八戒見事不諧，也拖鈀撤身而退。那怪得勝回洞。

行者抱頭皺眉，叫聲：「利害，利害！」八戒問道：「哥哥，你怎麼正戰到好處，卻就叫苦連天的走了？」行者抱著頭，只叫：「疼，疼，疼，了不得，了不得！我與他正然打處，他見我破了他的叉勢，就把身子一縱，不知是件甚麼兵器，著我頭上扎了一下，就這般頭疼難禁，故此敗陣回來。」八戒笑道：「只這等靜處常誇口，說你的頭是修煉過的，卻怎麼就不禁這一下兒？」行者道：「正是。我這頭自從修煉成真，刀斧錘劍，雷打火燒，俱未傷損。今日不知這婦人用的是甚麼兵器，把老孫頭弄傷也。」八戒道：「我去西梁國討個膏藥你貼貼。」行者道：「又不腫不破，怎麼貼得膏藥？」八戒笑道：「哥啊，我的胎前產後病倒不曾有，你倒弄了個腦門癰了。」沙僧道：「二哥且休取笑。如今天色晚矣，大哥傷了頭，師父又不知好歹，怎的是好？」行者哼道：「師父沒事。他是個真僧，決不以色空亂性。且就在山坡下，坐這一夜，待天明再作理會。」遂此三個安歇不題。

卻說那怪放下兇惡之心，重整歡愉之色，叫小的們把前後門都關緊了，又使兩個支更防守，卻教女童將臥房收拾齊整，掌燭焚香，「請唐御弟來，我與他交歡。」遂把長老攙出。那女怪弄出十分嬌媚之態，攜定唐僧道：「御弟，且和你做會夫妻兒要子去也。」這長老咬定牙關，聲也不透。欲待不去，恐他生心害命，只得跟著他步入香房，卻如癡如啞，那裏擡頭舉目。那女怪作出百般的雨意雲情，俱漠然不聞不見。他兩個散言碎語的鬥到更深，唐長老全不動念。直纏到有半夜時候，把那怪弄得惱了，叫小的們拿繩來，可憐將一個心愛的人兒，一條繩捆得像個猱獅模樣，又教拖在房廊下去。卻吹燈歸寢，一夜無詞。

不覺的雞聲三唱。那山坡下大聖欠身道：「我這頭疼了一會，到如今也不疼不麻，只是有些作癢。」八戒笑道：「癢便再教他扎一下何如？」行者啐了一口道：「放，放，放！」八戒又笑道：「放，放，放！我師父這一夜倒浪，浪，浪！」沙僧道：「天亮了，快趕早兒捉妖怪去。」行者道：「兄弟，你在此看守，還等八戒同我去。」

兩個人跳上山崖，徑至石屏之下。行者道：「你且立住。只怕這怪物夜裏傷了師父，或是師父破了戒體，等我先進去打聽打聽。」他即還變個蜜蜂兒飛入門裏，見那門裏有兩個丫鬟頭枕梆鈴而睡。卻到花亭子觀看，那妖精原來弄了半夜，都辛苦了，還睡著哩。行者飛來後面，隱隱的只聽見唐僧聲喚。忽擡頭，見那步廊下四馬攢蹄捆著師父。行者輕輕的釘在唐僧頭上叫「師父」，唐僧認得聲音，道：「悟空來了，快救我命！」行者道：「夜來好事如何？」三藏咬牙道：「我寧死也不肯如此。他把我纏了半夜，我衣不解帶，身未沾牀。他見我不肯相從，纔捆我在此。你千萬救我取經去也！」他師徒們正然回答，早驚醒了那個妖精。妖精雖是下狠，卻還有流連不捨之意，一覺翻身，只聽見「取經去也」一句，他就滾下牀來高叫道：「好夫妻不做，卻取甚麼經去？」

行者慌了，撇卻師父，急展翅飛將出去，現了本相，叫八戒道：「師父被他摩弄不從，惱了，捆在那裏。正與我訴說前情，那怪驚醒了，我慌得出來也。」八戒道：「師父曾說甚來？」行者道：「他只說衣不解帶，身未沾牀。」八戒笑道：「好，好，好，還是個真和尚，我們救他去！」獃子粗鹵，舉鈀望那石門上盡力一築，唿喇喇築作幾塊。唬得那丫鬟跑進去報道：「奶奶，昨日那兩個醜男人，又來把前門打碎了！」那怪聞言，即忙走出來，舉著三股叉罵道：「潑猴野彘，老大無知，你怎敢打破我門！」八戒罵道：「濫淫賤貨，你倒困陷我師父，反敢硬嘴！我師父是你哄將來做老公的？快快送出饒你，敢再說半個『不』字，老豬一頓鈀連山也築倒你的。」那怪不容分說，抖擻身軀，依前弄法，鼻口噴煙冒火，舉鋼叉就刺八戒。八戒著鈀就築，孫大聖使棒相幫。那怪又弄神通，也不知是幾隻手，左右遮攔。交鋒三五個回合，不知是甚兵器，把八戒嘴脣上也扎了一下。那獃子拖著鈀，侮著嘴，負痛逃生。行者卻也有些醋他，虛丟一棒，敗陣而走。那妖精得勝而回，叫小的們搬石塊壘疊了前門不題。

卻說那沙和尚正在坡前放馬，只聽得那裏豬哼。忽擡頭，見八戒侮著嘴，哼將來。沙僧道：「怎的說？」獃子哼道：「了不得，了不得，疼，疼，疼！」說不了，行者也到跟前，笑道：「好獃子啊，昨日咒我是腦門癰，今日卻也弄作個腫嘴瘟了。」八戒哼道：「難忍，難忍，疼得好利害！」

三人正然難處，只見一個老媽媽兒，左手提著青竹籃兒，自南山路上挑菜而來。沙僧道：「大哥，有個媽媽兒來了，何不問他個信兒。」行者急睜睛看，只見頭直上有祥雲蓋頂，左右有香霧籠身。行者認得，急叫：「兄弟們，還不來叩頭，菩薩來也！」那菩薩即踏祥雲，起在半空，現了真像。行者趕到空中，拜告道：「菩薩，恕弟子失迎之罪！我等今遇魔難難收，萬望菩薩搭救，搭救。」菩薩道：「這妖精十分利害。他那三股叉是生成的兩隻鉗腳，扎人痛者，是尾上一鈎子，喚作倒馬毒，本身是個蠍子精。他前者在雷音寺聽佛談經，如來見了，不合用手推他一把，他就轉過鈎子，把如來左手拇指上扎了一下。如來也疼痛難禁，即著金剛拿他，他卻在這裏。若要救唐僧，我是也近他不得，除非去東天門裏光明宮告求昴日星官，方能降伏。」言罷，化作一道金光，徑回南海。

孫大聖纔按雲頭，對八戒、沙僧道：「兄弟放心，師父有救星了。方纔菩薩指示，教我告請昴日星官。老孫去來。」即駕觔斗雲到東天門裏，徑至光明宮。見星官不在，原來奉旨巡札去了。行者回頭就走，只見那壁廂有一行兵士擺列，後面星官來了。那星官還穿的是拜駕朝衣，一身金縷。行者即上前相見，那星官忙施禮道：「大聖何來？」行者道：「專來拜煩，救師父一難。」星官道：「在何地方？」行者道：「在西梁國毒敵山琵琶洞。觀音菩薩適纔顯化，說是一個蠍子精，特舉先生方能治得，因此來請。」星官道：「本欲回奏玉帝，奈大聖至此，不敢遲誤，小神且和你去降妖，卻再來回旨罷。」

大聖甚喜，即同出東天門，直至西梁國毒敵山。星官按下雲頭，同行者至石屏前山坡之下。沙僧見了道：「二哥起來，大哥請得星官來了。」那獃子還侮著嘴道：「恕罪，恕罪！有病在身，不能行禮。」星官道：「你是個修行之人，何病之有？」八戒道：「早間與那妖精交戰，被他著我脣上扎了一下，至今還疼哩！」星官道：「你上來，我與你醫治醫治。」蝎子纔放了手。那星官用手把嘴脣上摸了一摸，吹口氣，就不疼了。蝎子歡喜下拜道：「妙啊，妙啊！」行者笑道：「煩星官也把我頭上摸摸。昨日也曾遭他一下，只是過了夜，纔不疼，如今還有些麻癢，只恐發天陰，也煩治治。」星官也把他頭上摸一摸，吹口氣，也就解了餘毒，不麻不癢了。八戒發狠道：「哥哥，去打那潑賤去！」星官道：「你兩個引他出來，等我好降他。」

行者與八戒跳上山坡，又至石屏之後。蝎子一頓釘鈀，把那洞門裏的石塊爬開。闖至二門，又一頓鈀，將門築得粉碎。那怪正教解放唐僧，討茶飯與他吃哩，聽見打破二門，即便跳出花亭，輪叉來刺八戒。八戒使鈀架迎，行者又使棒來打。那怪趕至身邊，要下毒手。行者與八戒識得方法，回頭就走。

那怪趕過石屏之後，行者叫聲：「昴宿何在？」只見那星官立於山坡之上，現出本相，原來是一隻雙冠子大公雞，昂起頭來，約有六七尺高，對著妖精叫一聲，那怪即時就現了本相，原來是個琵琶來大小的一個蠍子精。這星官再叫一聲，那怪渾身酥軟，死在坡前。八戒上前，一隻腳踹住那怪的胸前道：「業畜，今番使不得倒馬毒了！」那怪動也不動，被蝎子一頓鈀，搗作一團爛醬。那星官復聚金光，駕雲而去。

行者與沙僧朝天稱謝畢，卻纔都進洞裏。見那大小丫鬟，兩邊跪下拜道：「爺爺，我們不是妖邪，都是西梁國女人，前後被這妖精攝來的。你師父在後邊香房裏坐著哭哩！」行者聞言，仔細觀看，果然不見妖氛，遂入後邊，尋著師父。那唐僧見三眾齊來，十分歡喜道：「賢徒，累你們了！那婦人何如也？」八戒道：「那廝原是個大母蠍子。幸得觀音菩薩指示，大哥去天宮裏請得昴日星官下降，把那廝收伏，纔被老豬築作個泥了。」唐僧謝之不盡。又安排飯食，吃了一頓。把那些攝將來的女子都叫下山，指與回家之路。點上一把火，把那洞宇燒毀乾淨。請唐僧上馬，找路西行。正是：

割斷塵緣離色相，推乾金海悟禪心。

畢竟不知前去何如，且聽下回分解。

第五十六回　神狂誅草寇　道昧放心猿

靈臺無物謂之清，寂寂全無一念生。猿馬牢收休放蕩，精神謹慎莫崢嶸。
除六賊，悟三乘，萬緣都罷自分明。色魔永滅超真界，坐享西方極樂成。

話說三藏咬釘嚼鐵，以死命留得一個不壞之身。自出琵琶洞，一路無詞，又早是朱明時節。他師徒們行賞端陽，虛度中天之節。忽又見一座高山，緩行良久，過了山頭，下西坡，乃是一段平陽之地。八戒叫沙和尚挑了擔子，他舉鈀上前趕馬。那馬憑他趕，只是緩行不緊。行者道：「兄弟，你趕他怎的？」八戒道：「天色將晚，自上山行了這一日，肚裏餓了，大家走動些，尋個人家好化齋吃。」行者聞言道：「既如此，等我教他快走。」把金箍棒幌一幌，喝了一聲，那馬溜了韁，如飛似箭，順平路往前去了。你說馬不怕八戒，只怕行者何也？行者曾在大羅天御馬監養馬，故此傳留至今，是馬皆懼猴子。那長老挽不住韁繩，只扳緊著鞍轎，讓他放了一路轡頭，有二十里地面，方纔緩步而行。

正走處，忽聽得一棒鑼聲，路兩邊閃出三十多人，一個個槍刀棍棒，攔住路口道：「和尚，那裏走！」唬得個唐僧戰兢兢，坐不穩跌下馬來，蹲在路旁草窠裏，只叫：「大王饒命！」那為頭的兩個大漢道：「不打你，只是有盤纏留下。」長老方知是一夥強人，只得走起來合掌當胸道：「大王，貧僧是東土唐王差往西天取經者。自別了長安，年深日久，就有些盤纏也使盡了。出家人專以乞化為由，那得個財帛？萬望大王方便方便，讓貧僧過去罷！」那兩個賊帥衆向前道：「我們在這裏起一片虎心，截住要路，專要些財帛，甚麼方便方便？你果無財帛，快早脫下衣服，留下白馬，放你過去。」三藏道：「貧僧這件衣服，是零零碎碎化來的，你若剝去，可不害殺我也？只是這世裏做好漢，那世裏變畜生哩！」那賊聞言大怒，掣大棍上前就打。這長老一生不會說謊，遇著這急難處，沒奈何，只得打誑語道：「二位大王且莫動手，我有個小徒在後面就到。他身邊有幾兩銀子，把與你罷！」那賊道：「這和尚也是吃不得虧的，且捆起來。」衆賊一齊下手，把一條繩捆了，高高吊在樹上。

卻說三個撞禍精隨後趕來。八戒呵呵大笑道：「師父去得好快，不知在那裏等我們哩！」忽見長老在樹上，他又說：「你看師父，等便罷了，卻又有這般心腸，爬上樹去，扯著藤兒打鞦韆耍子哩！」行者看了道：「獃子，莫亂談，師父吊在那裏不是？你兩個慢來，等我去看看。」大聖急登高坡細看，認得是夥強人，暗喜道：「造化，造化，買賣上門了！」即轉步搖身一變，變作個乾乾淨淨小和尚，穿一領緇衣，年紀只有二八，肩上背著一個藍布包袱，拽開步，來到前邊叫道：「師父，這是怎麼說？」三藏認得是行者聲音，道：「徒弟呀，還不救我下來！」行者道：「是幹甚麼勾當的？」三藏道：「這一夥攔路的，把我截住，要買路錢。因身邊無物，卻把我吊在這裏，只等你來計較。」行者道：「你怎的與他說來？」三藏道：「他打得我急了，沒奈何把你供出來，說你身邊有些盤纏，且叫他莫打我，是一時救難的話兒。」行者道：「好倒好，承你擡舉，正是這樣供。」

那夥賊見行者與他師父講話，撒開勢，圍將上來道：「小和尚，你師父說你腰裏有盤纏，趁早拿出來，饒你們性命。若道半個『不』字，就都送了你們殘生！」行者放下包袱道：「列位長官，不要嚷。盤纏有些在此包袱，不多，只有馬蹄金二十來錠，粉面銀二三十錠，散碎的未曾見數。要時就連包兒拿去，切莫打我師父。古書云：『德者，本也；財者，末也。』此是末事，我等出家人，自有化處。只望放下我師父來，我就一並奉承。」那夥賊聞言，都甚歡喜道：「這老和尚慳吝，這小和尚倒也慷慨。」叫放下來。那長老得了性命，跳上馬，顧不得行者，加著鞭一路跑回舊路。

行者忙叫道：「走錯路了。」提著包袱，就要追去。那夥賊攔住道：「那裏走，將盤纏留下，免得動刑。」行者笑道：「說開盤纏，須三分分之。」那賊頭道：「這小和尚忒乖，就要瞞著他師父留起些兒。也罷，拿出來看，若多時也分些與你背地裏買果子吃。」行者道：「哥呀，不是這等說。我那裏有甚盤纏？說你兩個打劫別人的金銀，是必分些與我。」那賊聞言，大怒道：「這和尚不知死活，你倒不肯與我，反問我要，陡，看打！」輪起一條扢撻藤棍，照行者光頭上打了七八下。行者只當不知，且滿面陪笑道：「哥呀，若是這等打，就打到來年春上，也是不當真的。」那賊大驚道：「這和尚好硬頭！」行者笑道：「不敢，不敢，承過獎了，也將就看得過。」那賊那容分說，兩三個一齊亂打。

行者道：「列位息怒，等我拿出來。」即向耳中摸出個繡花針兒道：「列位，我出家人果然不曾帶得盤纏，只這個針兒送你罷！」那賊道：「晦氣呀，把一個富貴和尚放了，卻拿住這個窮禿驢。你好道會做裁縫，我要針做甚的？」行者聽說不要，就拈在手中，幌了一幌，變作碗來粗細的一條棍子。那賊害怕道：「這和尚生得小，倒會弄術法兒。」行者將棍子插在地下道：「列位拿得動，就送你罷。」兩個賊上前搶奪，可憐就如蜻蜓撼石柱，莫想動半分毫。大聖走上前，輕輕的拿起，丟一個蟒翻身拗步勢，指著強人道：「你都造化低，遇著我老孫了！」那賊上前來又打了五六十下。行者笑道：「你也打得手困了，且讓老孫打一棍兒，卻休當真。」你看他展開手，蕩的一棍，把一個打倒在地，嘴唇搵土，再不做聲。那一個罵道：「這禿廝老大無禮！盤纏沒有，轉傷我一個人。」行者笑道：「且消停，待我一個個打來，一發叫你斷了根罷！」蕩的又一棍，把第二個又打到了，唬得那眾嘍囉撇槍棄棍，四路逃生。

卻說唐僧騎馬往東正跑，八戒、沙僧攔住道：「師父往那裏去？錯走路了。」長老兜馬道：「徒弟呵，趁早去與你師兄說，教他棍下留情，莫要打殺那些強盜。」八戒道：「師父住下，等我去來。」獃子一路跑到前邊，高叫道：「哥哥，師父教你莫打人哩！」行者道：「兄弟，那曾打人？」八戒道：「那強盜那裏去了？」行者道：「別個都散了，只是兩個頭兒在這裏睡覺哩。」獃子行到身邊看看道：「怎麼張著口睡，淌出些粘涎來了。」行者道：「是老孫一棍子打出腦子來了！」八戒聽說，慌忙跑轉去，對唐僧道：「散了夥也！」三藏道：「往那條路上去了？」八戒道：「打也打得直了腳，又會往那裏走哩！」三藏道：「這樣說真打死了。」就惱起來，口裏不住的絮絮叨叨，猴子長，猴子短，兜轉馬與沙僧、八戒至死人前，見那血淋淋的，倒臥山坡之下。

這長老甚不忍見，即著八戒：「快使釘鈀，築個坑埋了，我與他念卷《倒頭經》。」八戒道：「師父錯了。行者打殺人，怎麼叫老豬做土工？」行者被師父罵惱了，喝著八戒道：「懶夯貨，趁早兒去埋，遲了些兒就是一棍！」獃子慌了，往山坡下築了一個大坑，把兩個賊屍埋了，盤作一個墳堆。三藏撮土焚香，祝告道：

拜惟好漢，聽禱原因。念我弟子，東土唐人，奉當朝皇帝旨意，上西方求取經文。

適來此地，逢爾多人，我以好言哀告，爾等不聽生嗔。卻遭行者，棍下傷身。切念屍骸暴露，吾隨掩土盤墳。你到森羅殿下，興詞倒樹尋根。他姓孫，我姓陳，各居異姓。冤有頭，債有主，切莫告我取經人。

八戒笑道：「師父推了乾淨。他打時卻也沒有我們兩個。」三藏真個又祝告道：「好漢告狀，只告行者，也不干八戒、沙僧之事。」大聖聞言，忍不住笑道：「師父，你老人家忒沒情義。為你取經，我受了多少辛苦。如今打死這兩個毛賊，你倒叫他去告老孫。雖是我動手打，卻也只是為你。你不往西天取經，我不與你做徒弟，怎麼會來這裏打殺人！索性等我祝他一祝。」掿著鐵棒，望那墳上搗了三下道：「遭瘟的強盜，你聽著！我被你前七八棍，後七八棍，打得我不疼不癢的，觸惱了性子，一差二誤，將你打死了，儘你到那裏去告，我老孫實是不怕。玉帝認得我，天王隨得我，二十八宿懼我，九曜星官怕我，府縣城隍跪我，東嶽天齊讓我；十代閻君曾與我為僕從，五路猖神曾與我當後生，不論三界五司，十方諸宰，都與我情深面熟，隨你那裏去告。」三藏見說出這般話，卻又心驚道：「徒弟呀，我這禱祝是教你體好生之德，為良善之人，你怎麼就認真？」行者道：「既說過就罷了。我們且趕早尋宿去。」那長老只得懷嗔上馬，師徒們都面是背非。

依大路向西正走，忽見路北下有一座莊院。三藏用鞭指道：「我們到那裏借宿去。」遂行至莊舍邊下馬。忽見那門裏走出一個老者，即與相見，道了問訊。那老者問道：「僧家從那裏來？」三藏道：「貧僧乃東土大唐欽差往西天求經者。適路過寶方，天色將晚，特來檀府告宿一宵。」老者笑道：「你貴處到我這裏，程途迢遞，怎麼獨自到此？」三藏道：「貧僧還有三個頑徒同來。」老者問：「高徒何在？」三藏用手指道：「那大路旁立的便是。」老者猛擡頭，看見他們面貌醜陋，急回身往裏就走，被三藏扯住道：「老施主，千萬慈悲，告借一宿。」老者戰兢兢搖頭擺手道：「不像不像人模樣，是幾是幾個妖精！」三藏陪笑道：「施主切休恐懼。我徒弟生得是這等相貌，不是妖精。」老者道：「爺爺呀，一個夜叉，一個馬面，一個雷公！」行者聞言，厲聲叫道：「雷公是我孫子，夜叉是我重孫，馬面是我玄孫哩！」那老者聽見，面容失色，只要進去。三藏攙住他，同到草堂。又只見後面走出一個婆婆，攜著五六歲的一個小孩兒，也出來動問。三藏又備細說了，道：「我頑徒們雖是粗醜，卻也秉教沙門，皈依善果，不是甚麼惡物，怕他怎麼！」

公婆兩個聞說，卻纔定性回驚，教請來，請來。長老出門，又吩咐他們斯文謹慎。遂一齊都到草堂上，普同唱了個喏坐定。那媽媽賢慧，即便安排素齋，他師徒吃了。漸漸天晚，又掌起燈來，長老纔問：「施主高姓？」老者道：「姓楊。」又問：「高壽？」老者道：「七十四歲。」又問：「幾位令郎？」老者道：「止得一個。適纔媽媽攜的是小孫。」長老請令郎相見拜揖，老者道：「那廝不中拜。老拙命苦，養不著他，如今不在家了。」三藏道：「何方生理？」老者點頭而歎：「可憐，可憐，若肯何方生理，是吾之幸也。那廝不務本等，專好打家截道，殺人放火，相交的都是些狐群狗黨。自五日之前出去，至今未回。」三藏聞說，不敢聲言，暗想：「悟空打殺的或者就是？」欠身道：「善哉，善哉，如此賢父母，何生惡逆兒！」行者道：「老官兒，似這等不肖之子，要他何用，等我替你尋他來打殺了罷！」老者道：「我待也要送了他，奈何再無以次人丁，總是不才，一定還留他與老漢掩土。」沙僧與八戒笑道：「師兄，莫管閒事。且告施主，見賜一束草兒，在那廂打鋪睡覺，天明走路。」老者即同他們到後園裏拿兩個稻草，安置他們在園中草團瓢內安歇不題。

卻說那夥賊內果有老楊的兒子。自天早被行者打死兩個賊首，他們都四散逃生。約摸到四更時候，又結了一夥，在門前打門。老者聽得，即披衣起來開門。只見那一夥賊都嚷道：「餓了，餓了！」這老楊的兒子忙入裏面，叫起妻子來打米煮飯，卻往後園拿柴。進來問妻子道：「後園白馬是那裏來的？」妻子道：「是東土取經的和尚，昨晚至此借宿，公婆管待他一頓晚齋，教他在草團瓢內睡哩。」

那廝聞言，走出草堂，拍掌笑道：「兄弟們，造化，造化，冤家在我家裏也！」眾賊道：「那個冤家？」那廝道：「卻是打死我們頭兒的和尚，來我家借宿，現睡在草團瓢裏。」眾賊道：「卻好，卻好！拿住這些禿驢，一個個剁成肉醬，與我們頭兒報仇。」那廝道：「且莫忙，你們且去磨刀。等我煮飯熟了，大家吃飽些一齊下手。」真個那些賊磨刀的磨刀，磨槍的磨槍。

那老兒聽得此言，悄悄的走到後園，叫起唐僧四位道：「那廝領眾來了，知得汝等在此，意欲圖害。我老拙念你遠來，不忍傷害。快早收拾行李，我送你往後門去罷！」三藏聽說，戰兢兢叩頭謝了老者。老者開後門放他去了，依舊悄悄的來前睡下。

卻說那廝們磨快了刀槍，吃飽了飯食，時已五更天氣，一齊來到園中看處，卻不見了。即忙點火遍尋，四無蹤跡，但見後門開著，都道從後門走了。發一聲喊，趕將上來。一個個如飛似箭，直趕到東方日出，卻纔望見唐僧。那長老忽聽得喊聲，回頭觀看，後面有二三十人，槍刀簇簇而來。便教：「徒弟啊，賊兵追至，怎生奈何？」行者道：「放心，放心，老孫了他去來！」三藏道：「悟空，切莫傷人，只唬退他便罷。」行者急掣棒，回首相迎道：「列位那裏去？」眾賊罵道：「禿廝無禮，還我大王的命來！」那夥賊把行者圍在中間，舉槍刀亂砍亂搠。這大聖把金箍棒幌一幌，把那夥賊打得星落雲散，擋著的就死，挽著的就亡，乖些的跑脱幾個，癡些的都見閻王。

三藏在馬上，見打倒許多人，慌的放馬奔西，八戒、沙僧緊隨鞭鐙而去。行者問那帶傷的賊道：「那個是楊老兒的兒子？」那賊哼哼的道：「爺爺，那穿黃的是！」行者上前，奪過刀來，把個穿黃的割下頭來，血淋淋提在手中，趕到唐僧馬前道：「師父，這是楊老兒的逆子，被老孫取將首級來也。」三藏見了，大驚失色，唬得跌下馬來，罵道：「這潑猴猻唬殺我也！快拿過，快拿過。」八戒上前，將人頭一腳踢下路旁，使釘鈀築些土蓋了。

沙僧攙著唐僧道：「師父請起。」那長老在地下正了性，口中念起《緊箍兒咒》來。把個行者勒得耳紅面赤，眼脹頭昏，在地下打滾，只叫：「莫念，莫念！」那長老念彀有十餘遍，還不住口。行者疼痛難禁，只叫：「師父饒我罪罷，有話便說，莫念，莫念！」三藏卻纔住口道：「沒話說，我不要你跟了，你回去罷！」行者忍疼磕頭道：「師父，怎的就趕我去耶？」三藏道：「你這潑猴，可惡太甚。昨日打死那兩個賊頭，我已怪你不仁。及到老者之家，蒙他賜齋借宿，又蒙他開後門放我等逃生。雖然他兒子不肖，與我無干，也不該梟他首級，況又殺死多人，壞了多少生命，傷了天地多少和氣。屢次勸你，更無一毫善念，要你何為！快走，快走，免得又念真言。」行者害怕，只叫：「莫念，莫念，我去也！」說聲去，一路觔斗雲，無影無蹤，遂不見了。咦！這正是：

心有兇狂丹不熟，神無定位道難成。

畢竟不知那大聖投向何方，且聽下回分解。

卻說大聖惱惱悶悶，起在空中，欲待回花果山水簾洞，恐本洞小妖見笑，躊躇良久，真個是進退兩難。自忖道：「罷，罷，罷，我還去見我師父，還是正果。」遂按下雲頭，徑至三藏馬前侍立道：「師父，恕弟子這遭，向後再不敢行兇，一一受師父教誨。還得我保你西天去也。」唐僧見了，更不答應，兜住馬即念《緊箍兒咒》，把大聖咒倒在地，道：「你不回去，又來纏我怎的？」行者只叫：「莫念，莫念！我是有處過日子的，只怕你無我去不得西天。」三藏發怒道：「你這猢猻，殺生害命，如今實不要你了。我去得去不得，不干你事。快走，快走，遲了些兒，我又念真言，這番決不住口！」大聖見師父更不回心，沒奈何，只得又駕雲起在空中，忽然省悟道：「這和尚負了我心，我且向普陀崖告訴觀音菩薩去來。」

遂徑赴南海，住下祥光，直至落伽山上紫竹林中，到寶蓮座下。行者見了菩薩，倒身下拜，止不住淚如泉湧，放聲大哭。菩薩教善財扶起道：「悟空，有甚傷感之事，明明說來，我與你救苦消災也。」行者垂淚再拜道：「當年弟子為人，曾受那個氣來？自蒙菩薩解脫天災，保護唐僧往西天去求經，我弟子捨身拚命，救解他的魔障，只指望歸真正果，洗業除邪。怎知那長老背義忘恩，反將弟子驅逐，直迷了一片善緣，更不察皂白之苦。」菩薩道：「且說那皂白原因來我聽。」行者即將那打殺草寇之事細陳了一遍。菩薩道：「唐三藏一心秉善為僧，決不輕傷性命。似你雖有神通，何苦打死許多草寇！草寇雖是不良，到底是個人身。據我公論，還是你的不善。」

行者道：「縱是我不善，也當將功折罪，不該這般逐我。萬望菩薩，捨大慈悲，將《鬆箍兒咒》念念，褪下金箍，交還與你，放我仍往水簾洞逃生去罷！」菩薩笑道：「《緊箍兒咒》本是如來傳我的，卻無甚麼《鬆箍兒咒》。」行者道：「既如此，我告辭菩薩去也。」菩薩道：「你往那裏去？」行者道：「我上西天，拜告如來，求念《鬆箍兒咒》去也。」菩薩道：「你且住，待我看看你師父祥晦如何？」好菩薩，端坐蓮臺，運心三界，慧眼遙觀，遍周宇宙。霎時間開口道：「悟空，你那師父頃刻之間，就有傷身之難，不久便來尋你。你只在此處，待我與唐僧說，教他還同你去取經，了成正果。」大聖只得皈依，侍立於寶蓮臺下不題。

卻說長老自趕回行者，同八戒、沙僧奔西。走不上五十里遠近，三藏勒馬道：「徒弟，自五更時出了村舍，又被那弼馬溫著了氣惱，這半日又飢又渴，那個去化些齋來我吃？」八戒道：「師父且請下馬，等我化齋去也。」三藏即便下馬。獃子縱起雲頭，半空中仔細觀看。下來對三藏道：「卻是沒處化齋，一望全無莊舍。」三藏道：「既無化齋之處，且得些水來解渴也可。」八戒道：「等我去取來。」即托著缽盂，駕雲而去。那長老坐在路旁，等彀多時，可憐口乾舌苦，飢渴難忍，沙僧見八戒不來，只得安穩了行囊、白馬道：「師父，你坐著，等我去催水來。」長老含淚無言，但點頭相答。沙僧也駕雲而去。

那師父孤身困苦，正在倉皇之際，忽聽得一聲響亮。唬得長老欠身看處，原來是行者跪在路旁，雙手捧著一個磁杯道：「師父，沒有老孫，你連水也不能彀哩！這一杯好涼水，你且吃口解渴，待我再去化齋。」長老道：「我不吃你的水。立地渴死，我當任命，你去罷！」行者道：「無我你去不得西天也。」三藏道：「去得去不得，不干你事。潑猴猻，只管來纏我做甚？」那行者變了臉，喝罵長老道：「你這個狠心的潑禿，十分賤我。」輪鐵棒，望長老脊背上砑了一下。那長老昏暈在地，不能言語。他把兩個青氈包袱提在手中，駕觔斗雲不知去向。

　　卻說八戒托著鉢盂，只奔山南坡下。忽見山凹之間，有一座草舍人家。原來在先被山高遮住，今來到面前方纔看見。獃子想道：「我若是這等嘴臉，斷然化不得齋飯，須是變變纔好。」他即捻訣念咒，變作一個食癆病黃胖和尚，挨近門前叫道：「施主，廚中有剩飯，路上有飢人。貧僧是東土來，往西天取經的，我師父在路飢渴了，家中有鍋巴冷飯，化些兒結緣。」原來那家男人都去田裏去了，只有兩個女人在家。那女人見他這等病容，卻又說東土往西天的話，只得將些剩飯鍋巴，滿滿的與了一鉢，獃子拿轉來，現了本相，徑回舊路。恰好遇著沙僧，教他將衣襟兜著飯，又使鉢盂舀了水。

　　二人歡歡喜喜，回至路上，只見三藏面磕地倒在塵埃，白馬撒韁，在路旁長嘶跑跳，行李擔不見蹤影。慌得八戒跌腳捶胸道：「不消講，這還是孫行者趕走的餘黨，來此打殺師父，搶了行李去了！」沙僧道：「且去把馬拴住。」叫一聲：「師父！」將唐僧扳轉身體，以臉溫臉而哭。只見那長老口鼻中吐出熱氣，胸前溫暖，連叫：「八戒，你來，師父未傷命哩！」這獃子纔近前扶起。長老甦醒，呻吟一會，罵道：「好潑猴猻，打殺我也！」沙僧、八戒問道：「是那個猴猻？」長老討水吃了幾口，纔說：

「徒弟，你們剛去，那悟空又來纏我。是我堅執不收，他遂將我打了一棒，包袱都搶去了。」八戒聽說，咬牙發狠道：「叵耐這潑猴子，怎敢這般無禮！」叫沙僧：「你伏侍師父，等我問他討包袱去！」沙僧道：「你且休發怒。我們扶師父到那山凹人家，化些茶湯，將飯熱熱，調理師父，再去尋他。」

八戒依言，把師父扶上馬，直至那家門前。那家止有個老婆子在家，忽見他們，慌忙躲過道：「我沒人在家，請別轉轉。」長老扶著八戒，下馬躬身道：「老婆婆，我弟子有三個徒弟，保護我上西天拜佛求經。只因我大徒弟兇惡不善，是我逐回，不期他暗暗走來，著我打了一棒，將行囊搶去。如今要著一個徒弟尋他取討，因在那空路上不是坐處，特來老婆婆府上權安息一時。待討將行李來就行，決不敢久住。」那媽媽道：「剛纔一個食癆病黃胖和尚，化了齋去了，也說是東土往西天去的，怎麼又有一起？」八戒忍不住笑道：「就是我。因我生得嘴長耳大，恐你家害怕，不肯與齋，故變作那等模樣。你不信，我兄弟衣兜裏不是你家鍋巴飯？」

那媽媽認得果是他與的飯，遂留他們坐了。卻燒了一確熱茶，遞與沙僧，將冷飯泡了，與師父吃了幾口。定性多時道：「那個去討行李？」八戒道：「等我去！」長老道：「你去不得。那猴猻原與你不和，你又說話粗魯，或一言兩句之間，有些差池，他就要打你。著悟淨去罷！」沙僧應承道：「我去，我去。」長老吩咐道：「你到那裏，須看頭勢。他若肯與你包袱，你就假謝謝拿來。若不肯，切莫與他爭競，徑至南海菩薩處，將此情告訴，請菩薩去問他要。」沙僧領命，遂捻訣駕雲，直奔東勝神洲而去。真個是：

身在神飛不守舍，有爐無火怎燒丹。五行生剋情無順，只待心猿復進關。

那沙僧行經三晝夜，方過了東洋大海，直抵花果山水簾洞。步近前，只聽得一派喧聲，那山中無數猴精，滔滔亂嚷。沙僧又近前仔細再看，原來是孫行者高坐石臺之上，雙手扯著一張紙，朗朗的念道：

南贍部洲大唐國奉天承運唐天子牒行：竊惟朕以涼德，嗣續丕基，事神治民，朝夕兢惕。前者澁遊地府，感冥君放送回生，為此廣陳善會，修建道場。復蒙觀音金身出現，指示西方有佛有經，可度幽亡，超脫孤魂。特命法師玄奘，遠歷千山，詢求經偈。倘過西邦諸國，不滅善緣，照牒放行，須至牒者。大唐貞觀一十三年秋吉日御前文牒。

（上有寶印九顆。）

自別大國，經度諸邦，中途收得大徒弟孫悟空，二徒弟豬悟能，三徒弟沙悟淨。

念了從頭又念。沙僧聽得是通關文牒，忍不住近前高叫：「師兄，師父的關文你念他怎的？」那行者急擡頭，不認得是沙僧，叫：「拿來，拿來！」眾猴一齊圍繞，把沙僧拿近前喝道：「你是何人，擅敢近吾仙洞？」沙僧見他變了臉，不肯相認，只得朝上行禮道：「上告師兄，前者實是師父性暴，錯怪了師兄，把師兄趕逐回家，弟等未曾勸解。後來我們去尋水化齋，不意師兄好意復來，又怪師父執法不留，遂把師父打倒，將行李取去。今已救轉師父，特來拜兄，若還念昔日解脫之恩，同小弟將行李回見師父，共上西天，了此正果。倘不肯同去，千萬把包袱賜弟，兄在名山快樂，亦誠兩全其美也。」

行者聞言，呵呵冷笑道：「賢弟，此論甚不合我意。我打唐僧，搶行李，不因不上西方，亦不因愛居此地。我今熟讀了牒文，自己上西方拜佛求經，送上東土，我獨力成功，教那南贍部洲人立我為祖，萬代傳名也。」沙僧笑道：「師兄言之欠當。自來沒個孫行者取經之說。我佛如來造下三藏真經，原著觀音菩薩向東土尋取經人。菩薩曾言，取經人乃如來門生金蟬長老，只因不聽佛祖談經，貶他轉生東土，教他果正西方，復修大道。一路上該有諸般魔障，解脫我等三人，與他做護法。兄若不得唐僧去，那個佛祖肯傳經與你，卻不是空勞神思也？」行者道：「賢弟，你但知其一，不知其二，你說你有個唐僧，同我保護，難道我就沒有唐僧？我這裏早安排停當，已選明日起身去矣。你不信，待我請來你看。」叫小的們：「快請老師父出來。」小猴果跑進去，牽出一匹白馬，請出一個唐三藏，跟著一個八戒挑著行李，一個沙僧拿著錫杖。

這沙僧見了，大怒道：「我老沙行不更名，坐不改姓，那裏又有一個沙和尚！」即掣出寶杖，把個假沙僧劈頭一下打死，原來是一個猴精。那行者惱了，輪金箍棒帥眾猴把沙僧圍了。沙僧東衝西撞，打出路口，縱雲逃生道：「這潑猴如此憊賴，我去告菩薩去！」那行者見沙僧走了，他也不來追趕。回洞另選一個會變化的妖猴，還變一個沙和尚，從新教道，要上西方不題。沙僧一駕雲離了東海，行經一晝夜到了南海，徐步落伽山玩看仙景。只見木叉行者當面相迎道：「沙悟淨，你不保唐僧取經，卻來此何幹？」沙僧作禮道：「有一事特來朝見菩薩，煩為引見。」木叉情知是尋行者，即進去向菩薩通報，菩薩吩咐喚進。行者在臺下聽見，笑道：「這定是唐僧有難，沙僧來請菩薩的。」沙僧見了菩薩，倒身拜罷，擡頭正欲告稟，忽見行者站在旁邊，掣寶杖望他劈頭便打。這行者更不回手，撤身躲過。沙僧罵道：「你這犯十惡的潑猴，你又來影瞞菩薩哩！」菩薩喝道：「悟淨不要動手，有甚事先與我說。」

沙僧收了寶杖，再拜臺下，氣沖沖的對菩薩將前情備述一遍，道：「弟子如今特來告訴菩薩。不知他會使觔斗雲，預先到此處，又不知將甚巧語花言哄瞞菩薩也。」菩薩道：「悟淨，不要冤人。悟空到此今已四日，我更不曾放他回去，他那裏有另請唐僧，自去取經之事？」沙僧道：「見今水簾洞有一個孫行者，怎敢欺誑？」菩薩道：「既如此，你休發急，叫悟空與你同去看看。是真難滅，是假易除，到那裏自有分曉。」大聖聞言，即與沙僧辭了菩薩而行。這一去，有分教：

水簾洞口分邪正，花果山頭辨假真。

畢竟不知如何分辨，且聽下回分解。

這行者與沙僧辭了菩薩，縱起兩道祥光，離了南海。原來行者觔斗雲快，沙和尚仙雲覺遲。行者就要先行，沙僧扯住道：「大哥不必這等藏頭露尾，先去安排，待小弟與你一同走。」大聖本是好心，沙僧卻有疑意。真個二人同駕雲而去，不多時到了花果山，按下雲頭。二人洞外細看，果見一個行者，高坐石臺之上，與群猴飲酒作樂。模樣與大聖無異，也是毛臉雷公嘴，金睛火眼眶，身穿錦布直裰，腰繫虎皮圍裙，手拿金箍鐵棒，種種一般無二。

這大聖怒發，一撒手撇了沙和尚，掣鐵棒上前罵道：「你是何等妖邪，敢變我的相貌，佔我的兒孫，擅自居吾仙洞，當得何罪？」那行者見了，公然不答，也使鐵棒來迎。二行者攪在一處，不分真假好打呀！

他兩個各踏雲光，闖上九霄雲內。沙僧在旁，欲待相助，又恐傷了真的，不敢下手。躊躇良久，且縱身跳下山崖，使寶杖打近洞口，驚散群妖。尋他的包袱，四下全然不見。原來他水簾洞本是一股瀑布飛泉，遮掛洞門，遠看似一條白布簾兒，故曰水簾洞。沙僧不知進步來歷，故此難尋。即便縱雲，趕到空中，輪著寶杖，又不好下手。大聖道：「沙僧，你既助不得力，且回覆師父，說我等這般這般，等老孫與此妖打上南海菩薩前辨個真假。」道罷，那行者也如此說。沙僧見兩個相貌、聲音，更無一毫差別，只得撥轉雲頭，回覆唐僧不題。

你看那兩個行者，且行且鬥，直嚷到南海落伽山，喊聲不絕。早驚動護法諸天，即報入潮音洞裏道：「菩薩，果然兩個孫悟空打將來也。」那菩薩與木叉、善財、龍女降蓮臺出門喝道：「那業畜那裏走！」這兩個遞相揪住道：「菩薩，這廝果然像弟子模樣。纔自水簾洞打起，戰鬥多時，不分勝負。沙悟淨有力難助，是弟子教他回覆師父。我與這廝打到寶山，借菩薩慧眼，與弟子認個真假，辨明邪正。」道罷，那行者也如此說一遍。菩薩與眾諸天都觀看良久，莫想能認。菩薩道：「且放了手，兩邊站下，等我再看。」果然撒手，兩邊站定。這邊說：「我是真的！」那邊說：「他是假的！」

菩薩喚木叉與善財上前，悄悄吩咐：「你一個幫住一個，等我暗念《緊箍兒咒》，看那個害疼的便是真，不疼的是假。」他二人果各幫一個。菩薩暗念真言，兩個一齊喊疼，都抱著頭地下打滾，只叫：「莫念，莫念！」菩薩不念，他兩個又一齊揪住，照舊嚷鬥。菩薩無計奈何，叫聲「孫悟空」，兩個一齊答應。菩薩道：「你當年官拜弼馬溫大鬧天宮時，神將皆認得你，你且上界去分辨回話。」這大聖謝恩，那行者也謝恩。

二人扯扯拉拉，口裏不住的嚷鬥，徑至南天門外。慌得那廣目天王帥馬、趙、溫、關四大天將，及大小眾神，各使兵器擋住道：「那裏走，此間可是爭鬥之處？」大聖道：「我因保護唐僧，在路上打殺賊徒，那三藏趕我回去，不知這妖精幾時就變作我的模樣，打倒唐僧，搶去包袱，佔了我的巢穴。纔自水簾洞打到落伽山，菩薩也難識認，故打至此間，煩諸天眼力，與我認個真假。」道罷，那行者也似這般這般說了一遍。眾天神看彀多時，也不能辨。他兩個吆喝道：「你們既不能認，讓開路，等我們去見玉帝！」

眾神搪抵不住，放開天門，直至靈霄寶殿。馬元帥同張、葛、許、邱四天師奏道：「下界有一般兩個孫悟空，打進天門，口稱見主。」說不了，兩個直嚷進來，玉帝即降立寶殿，問曰：「你兩個因甚事擅鬧天宮，嚷至朕前尋死！」大聖口稱：「萬歲，萬歲，臣今皈命，秉教沙門，再不敢欺心誑上，只因這個妖精變作臣的模樣。」如此如彼，把前情備陳了一遍，「望乞與臣辨個真假。」那行者也如此陳了一遍。玉帝即傳旨宣托塔李天王，教把照妖鏡來照這廝誰真誰假，教他假滅真存。天王即取鏡照住，請玉帝同眾神觀看，鏡中乃是兩個孫悟空的影子，金箍、衣服，毫髮不差。玉帝亦辨不出，趕出殿外。這大聖呵呵冷笑，那行者也哈哈歡喜，揪頭抹頸，復打出天門，墜落西方路上道：「我和你見師父去！」

卻說沙僧自花果山又行了三晝夜，回至山莊，把前事對唐僧說了一遍。唐僧道：「當時只說是悟空打我，豈知卻是妖精假變的。」沙僧道：「這妖又假變一個師父，一匹白馬，一個八戒，又有一個變作是我，被我一杖打死，原來是個猴精。那妖果與師兄一般模樣，誠難辨認。」八戒哈哈大笑道：「好，好，好，應了這施主家婆婆之言了！他說有幾起取經的，這卻不又是一起？」

正說間，只聽得半空中喧嘩亂嚷，慌得都出來看，卻是兩個行者打將來了。八戒忍不住，縱身跳起，望空高叫道：「師兄莫嚷，我老豬來也！」那兩個一齊應道：「兄弟，來打妖精，來打妖精！」沙僧道：「師父坐在這裏，等我和二哥去，一家扯一個，來到你面前，你就念念那話兒，看那個害疼的就是真的，不疼的就是假的。」三藏道：「言之極當。」沙僧果起在半空道：「二位住了手，我同你到師父面前辨個真假去。」兩個便都放了手。沙僧攙住一個，叫八戒也攙住一個，落下雲頭，徑至草舍門外。三藏見了，就念《緊箍兒咒》。二人一齊叫苦道：「我們這等苦鬥，你還咒我怎的？莫念，莫念！」長老遂住了口，卻也不認得真假。他兩個掙脫手，依然又打。這大聖道：「兄弟們，保著師父，等我與他打到閻王前折辯去也！」那行者也如此說。二人抓抓挜挜，須臾，又不見了。

八戒道：「沙僧，你既到水簾洞，看見假八戒挑著行李，怎麼不搶將來？」沙僧道：「那妖精見我打死他假沙僧，他就圍上來要拿，是我顧性命走了。及後來復至洞口，他兩個打在空中，我只見一股瀑布泉水，竟不知洞門開在何處，所以空手而來也。」八戒道：「你原來不曉得。我前年請他去時，他到洞裏換衣，我看見他將身往水裏一鑽，那一股瀑布就是洞門。想必那怪將我們包袱收在裏面也。」三藏道：「你既知此門，你可趁他都不在，到他洞裏取出包袱，我們往西天去罷！他就來，我也不用他了。」八戒道：「我去，我去。」急出門縱雲，徑上花果山尋取行李不題。

卻說那兩個行者又打嚷到陰山背後，唬得那滿山鬼戰戰兢兢，藏藏躲躲。有幾個飛報上森羅寶殿道：「大王，有兩個齊天大聖打將來也！」慌得十殿王者霎時會齊，又飛報與地藏王，盡在森羅殿上，點聚陰兵等候。只見那狂風滾滾，慘霧漫漫，二行者一翻一滾的，打至森羅殿下。陰君近前擋住道：「大聖有何事，鬧我幽冥？」這大聖將前事說一遍道：「我為此特至幽冥，望陰君與我查看生死簿，看假行者是何出身，快早追他魂魄，免教二心混亂。」那怪亦如是說一遍。陰君聞言，即喚管簿判官一一從頭查勘，更無個假行者之名。再看毛蟲文簿，那猴子一百三十條已是孫大聖當年大鬧陰司，一筆勾之，自後來凡是猴屬，盡無名號。查看畢，當殿回報。陰君各執笏對行者道：「大聖，幽冥處既無名號可查，你還到陽間去折辯。」

正說處，只聽得地藏王菩薩道：「且住，且住，等我著諦聽與你聽個真假。」原來諦聽是地藏菩薩經案之下的一個獸名，他若伏在地下，一霎時將四大部洲之間，贏、鱗、毛、羽、昆五蟲，天、地、神、人、鬼五仙，可以照鑒善惡，察聽賢愚。那獸奉地藏鈞旨，就於森羅庭院之中，俯伏在地，須臾擡起頭來，對地藏道：「怪名雖有，但不可當面說破，又不能助力擒他。」地藏道：「當面說出便怎麼？」諦聽道：「當面說出，恐妖精騷擾寶殿，令陰府不安。」又問：「何為不能助力擒拿？」諦聽道：「妖精神通與孫大聖無二，幽冥之神能有多少法力，故此不能擒拿。」地藏道：「似這般怎生祛除？」諦聽道：「佛法無邊。」地藏早已省悟，即對行者道：「你兩個形容如一，神通無二，若要辨明，須到雷音寺釋迦如來那裏，方得明白。」兩個一齊嚷道：「說的是，說的是，我和你西天佛祖之前折辯去！」那十殿陰君送出，地藏回上翠雲宮不題。

看那兩個行者，飛雲奔霧，打上西天。詩曰：

人有二心生禍災，天涯海角致疑猜。方思寶馬三公位，又憶金鑾一品臺。
北討南征空擾攘，東馳西逐苦咃嘖。禪門須學無心訣，靜養嬰兒結聖胎。

他兩個在那半空裏扯扯拉拉，且行且鬥，直嚷至大西天靈鷲仙山雷音寶剎之外。那四大菩薩、八大金剛、五百阿羅、三千揭諦、比丘尼、比丘僧、優婆塞、優婆夷、諸天聖眾，都到七寶蓮臺之下，靜聽如來說法。那如來正講到這：

不有中有，不無中無。不色中色，不空中空。非有為有，非無為無。非色為色，

非空為空。空即是空，色即是色。色無定色，色即是空。空無定空，空即是色。知空不空，知色不色。名為照了，始達妙音。

概眾稽首皈依，流通誦讀之際，如來降天花普散繽紛，即離寶座，對大眾道：「汝等俱是一心，且看二心競鬥而來也。」

大眾舉目看之，果是兩個行者，吆天喝地，打至雷音勝境。慌得那八大金剛上前擋住道：「汝等欲往那裏去？」這大聖道：「妖精變作我的模樣，欲至寶蓮臺下，煩如來為我辨個虛實也。」眾金剛抵擋不住，直嚷至臺下，跪於佛祖之前，將前事細說一遍，「弟子打到天宮地府，俱莫能辨認，故此大膽輕造，千乞方便垂慈，與弟子辨明邪正，庶好保護唐僧親拜金身，取經回東，永揚大教。」大眾聽他兩張口一樣聲俱說一遍，眾亦莫辨。如來早已知之，正欲道破，忽見南下彩雲之間，來了觀音，參拜我佛。

我佛合掌道：「觀音尊者，你看那兩個行者，誰是真假？」菩薩道：「前日在弟子荒境，委不能辨。特來拜告如來，千萬與他辨明辨明。」如來笑道：「汝等法力廣大，只能普閱周天之事，不能遍識周天之物，亦不能廣會周天之種類也。」菩薩請示周天種類。如來道：「周天之內有五仙：乃天、地、神、人、鬼。有五蟲：乃蠃、鱗、毛、羽、昆。這廝非天、非地、非神人鬼，亦非蠃非鱗，非毛羽昆，名為四猴混世。」菩薩道：「敢問那四猴？」如來道：「第一是靈明石猴，通變化，識天時，知地利，移星換斗。第二是赤尻馬猴，曉陰陽，會人事，善出入，避死延生。第三是通臂猿猴，拿日月，縮千山，辨休咎，乾坤摩弄。第四是六耳獼猴，善聆音，能察理，知前後，萬物皆明。此四猴者，不入十類之種，不列兩間之名。我觀假悟空，乃六耳獼猴也。此猴若立一處，能知千里外之事，凡人說話，亦能知之，故此善聆音，能察理，知前後，萬物皆明。與真悟空同像同音者，六耳獼猴也。」

那獼猴聞得如來說出他的本相，膽戰心驚，急縱身跳起來就走。如來即令大眾下手，早有菩薩、金剛、阿羅、揭諦等眾一齊圍繞，孫大聖也要上前。如來道：「悟空休動手，待我與你擒他。」那獼猴毛骨悚然，料著難脫，即忙搖身一變，變作個蜜蜂兒往上便飛。如來將缽盂撇起去，正蓋著那蜂兒落下來。大眾不知，以為走了。如來笑云：「妖精未走，見在我這缽盂之下。」大眾上前，把缽盂揭起，果然見了本相，是一個六耳獼猴。孫大聖忍不住，輪起鐵棒劈頭一下打死，至今絕此一種。如來不忍，道聲：「善哉，善哉！」大聖道：「如來不該慈憫他。他打傷我師父，搶奪我包袱，依律問他個得財傷人，白晝搶奪，也該個斬罪哩！」如來道：「你自快去保護唐僧來此求經罷！」大聖叩頭道：「上告如來得知，那師父已是不要我了，我此去卻不又空勞神思。望如來方便，把《鬆箍兒咒》念一念，褪下這個金箍，交還如來，放我還俗去罷！」如來道：「你休亂想，切莫放刁，我教觀音送你去，不怕他不收。好生保護他去，那時功成歸極樂，汝亦坐蓮臺。」

觀音在旁聽說，即合掌謝恩，領悟空駕雲而去，不多時到了中途草舍人家。沙和尚看見，急請師父拜門迎接。菩薩道：「唐僧，前日打你的，乃假行者六耳獼猴也。幸如來知識，已被悟空打死。你今須是收留悟空，一路上魔瘴未消，必得他保護，你纔得到靈山，見佛取經，再休嗔怪。」三藏叩頭道：「謹遵教旨。」

正拜謝時，只聽得正東上狂風滾滾，眾目視之，乃八戒背著兩個包袱，駕風而至。獃子見了菩薩，倒身下拜道：「弟子纔至花果山水簾洞，果見一個假唐僧、假八戒，都被弟子打死，原是兩個猴身。卻入裏尋著包袱，查點一物不少，方駕風轉此，更不知兩行者下落如何？」菩薩把如來識怪之事，說了一遍，那猷子十分歡喜。師徒們拜謝了菩薩回海，卻都依舊合意同心，洗冤解怒。又謝了那村舍人家，整束行囊、馬匹，找大路而行。正是：

中道分離亂五行，降妖聚會合元明。神歸心舍禪方定，六識袪降丹自成。

畢竟這去不知又到何方，且聽下回分解。

第五十九回　唐三藏路阻火焰山　孫行者一調芭蕉扇

若干種性本來同，海納無窮。千思萬慮終成妄，般般色色和融。有日功完行滿，圓明法性高隆。休教差別走西東，緊鎖牢韁。收來安放丹爐內，煉得金烏一樣紅。朗朗輝輝嬌豔，任教出入乘龍。

話表三藏遵菩薩教旨，收了行者，與八戒、沙僧剪斷二心，鎖韁猿馬，同心戮力，趕奔西天。說不盡光陰似箭，日月如梭，歷過了夏月炎天，卻又值三秋霜景，師徒四眾行處，漸覺熱氣蒸人。三藏勒馬道：「如今正是秋天，卻怎反有熱氣？」八戒道：「聞說西方路上有個斯哈哩國，乃日落之處，俗呼為天盡頭。若到申酉時，國王差人上城，擂鼓吹角。日乃太陽真火，落於西海之間，如火淬水，接聲滾沸；若無鼓角之聲混耳，即震殺城中小兒。此地熱氣蒸人，想必到日落之處也。」大聖聽說，忍不住笑道：「獃子莫亂談，若論斯哈哩國，正好早哩！似師父朝三暮二的這等耽閣，就從小至老，老了又小，老小三生，也還不到。」八戒道：「哥呵，據你說不是日落之處，為何這等酷熱？」沙僧道：「想是天時不正，秋行夏令故也。」他三個正都爭講，只見那路旁有座莊院，乃是紅瓦蓋的房舍，紅磚砌的垣牆，紅油門扇，紅漆板榻，一片都是紅的。三藏下馬道：「悟空，你去那人家問個消息，看那炎熱之故何也？」

大聖收了鐵棒，綽下大路，徑至門前。那門裏走出一個老者，猛擡頭看見行者，吃了一驚，拄著竹杖喝道：「你是那裏來的怪人，在我這門首何幹？」行者施禮道：「老施主，休怕我，我不是甚麼怪人。貧僧是東土大唐欽差上西方取經者，師徒四人，適至寶方，見天氣蒸熱，一則不解其故，二來不知地名，特拜問指教一二。」那老者卻纔放心，笑云：「長老勿罪。我老漢一時眼花，不識尊顏。」「令師在那條路上？請來，請來。」行者把手一招，三藏即同八戒、沙僧，牽馬挑擔，近前作禮。老者見三藏丰姿標致，八戒、沙僧相貌稀奇，又驚又喜，請入裏坐，教小的們看茶辦飯。三藏起身稱謝道：「敢問公公，貴處遇秋，何反炎熱？」老者道：「敝地喚作火焰山，無春無秋，四季皆熱。」三藏道：「火焰山在那邊，可阻西去之路？」老者道：「西方卻去不得。那山離此有六十里遠，正是西方必由之路，卻有八百里火焰，四周圍寸草不生。若過得山，就是銅腦蓋，鐵身軀，也要化成汁哩！」三藏聞言，大驚失色，不敢再問。

只見門外一個男子，推一輛紅車兒，住在門邊，叫聲「賣糕」。大聖拔根毫毛，變個銅錢，問那人買糕。那人接了錢，揭開車兒上衣裹，熱氣騰騰，拿出一塊糕遞與行者。行者托在手中，好似火裏燒的灼炭，只道：「熱，熱，熱！難吃，難吃！」那男子笑道：「怕熱，莫來這裏，這裏是這等熱。」行者道：「你這漢子，好不明理。常言道：『不冷不熱，五穀不結。』他這等熱得很，你這糕粉，自何而來？」那人道：「若知糕粉米，敬求鐵扇仙。」行者道：「鐵扇仙怎的？」那人道：「鐵扇仙有柄芭蕉扇，求得來，一扇息火，二扇生風，三扇下雨，我們就佈種，及時收割，故得五穀養生。不然，誠寸草不生也。」

行者聞言，急入裏面，將糕遞與三藏道：「師父放心，且莫隔年焦著，吃了糕，我與你說。」長老接了糕，行者對老者道：「我問你，鐵扇仙在那裏住？」老者道：「你問他怎的？」行者道：「適纔那賣糕人說，此仙有柄芭蕉扇，求將來，一扇息火，二扇生風，三扇下雨。我欲尋他討來，搧息火焰山過去，且使這方依時收種，得安生也。」老者道：「固有此說，你們卻無禮物，恐那聖賢不肯來也。」三藏道：「他要何物？」老者道：「我這人家，十年拜求一度。花紅表禮，豬羊鵝酒，沐浴虔誠，拜到那仙山，請他出洞，至此施為。」行者道：「那山坐落何處，喚甚地名，有幾多里數？等我問他要扇子去。」老者道：「那山在西南方，名喚翠雲山，山中有一個芭蕉洞，離此有一千四五百里。」行者笑道：「不打緊，我去也！」說一聲，忽然不見。那老者慌張道：「爺爺呀！原來是騰雲駕霧的神人也。」

且不說這家子供奉唐僧加倍。卻說那行者霎時徑到翠雲山，按住祥光，正自找尋洞口，忽然聞得丁丁之聲，乃是林內一個樵夫伐木。行者近前作禮道：「樵哥，問訊了。」那樵子答禮道：「長老何往？」行者道：「敢問樵哥，這可是翠雲山？」樵子道：「正是。」行者道：「有個鐵扇仙的芭蕉洞在何處？」樵子笑道：「這芭蕉洞雖有，卻無個鐵扇仙，只有個鐵扇公主，又名羅剎女，乃牛魔王之妻也。」

行者聞言大驚，心中暗想道：「又是冤家了！當年伏了紅孩兒，說是這廝養的。前在那解陽山破兒洞遇他叔子，尚且不肯與水，要作報仇之意。今又遇他父母，怎生借得扇子耶？」然既到此地，無可奈何，只得別了樵夫。徑至芭蕉洞口。但見那兩扇門緊閉，洞外風光秀麗，好個去處。行者上前，叫：「牛大哥，開門，開門！」呀的一聲，洞門開了，裏邊走出一個毛兒女，手中提著花籃，肩上擔著鋤子，真個是一身藍縷無粧飾，滿面精神有道心。行者上前迎著，合掌道：「女童，累你轉報公主。我本是東土取經的和尚，在西方路上難過火焰山，特來拜借芭蕉扇一用。」那毛女道：「你叫甚名字？我好與你通報。」行者道：「我叫作孫悟空。」

那毛女即便回身轉洞，對羅剎道：「奶奶，洞門外有個東土來的孫悟空和尚，要見奶奶，拜求芭蕉扇，過火焰山一用。」那羅剎聽見「孫悟空」三字，便似火上澆油，惡狠狠怒發心頭。「這潑猴，今日來了！」叫丫鬟取了披掛，拿兩口青鋒寶劍，整束出來，高叫道：「孫悟空何在？」行者上前，躬身施禮道：「嫂嫂，老孫在此奉揖。」羅剎咄的一聲道：「誰是你的嫂嫂，那個要你奉揖！」行者道：「尊府牛魔王，當初曾與老孫結義為七兄弟。今聞公主是牛大哥令正，安得不以嫂嫂稱之！」羅剎道：「你這潑猴！既有兄弟之親，如何坑陷我子？」行者佯問道：「令郎是誰？」羅剎道：「我兒是聖嬰大王紅孩兒，被你傾了，我們正沒處尋你報仇。你今上門納命，我肯饒你！」行者滿臉陪笑道：「嫂嫂原來不察理，錯怪了老孫。你令郎因是捉了我師父，要蒸要煮，幸虧觀音菩薩收他去，救出我師。他如今現在菩薩處做善財童子，受了正果，與天地同壽，日月同庚。你倒不謝老孫之恩，反怪老孫，是何道理？」羅剎道：「你這個巧嘴的潑猴！我那兒雖不傷命，再怎生得見一面？」行者笑道：「嫂嫂要見令郎，有何難處？你且把扇子借我，搧息了火，送我師父過去，我就到南海菩薩處請他來見你，就送扇子還你，有何不可？那時節，你看他可曾損傷一毫。如有些須之傷，你也怪得有理。如比舊時標致，還當謝我。」羅剎道：「潑猴，少要饒舌！伸過頭來，等我砍上幾劍。若受得起，就借扇子與你。若受不得，教你早見閻君。」行者叉手向前，笑道：「嫂嫂不必多言。老孫伸著頭，任尊意砍上多少，但沒氣力便罷，是必借扇子用用。」那羅剎不容分說，雙手輪劍，照行者頭上砍有十數下，這行者全不認真。羅刹害怕，回頭要走。行者道：「嫂嫂，那裏去？快借我使使。」那羅刹道：「我的寶貝，原不輕借。」行者道：「既不肯借，吃你老叔一棒！」

他一手扯住，一手便掣出棒來。那羅刹掙脱手舉劍來迎，行者輪棒便打。兩個在翠雲山前一場爭戰，相持到晚。那羅刹見行者棒重，料鬥他不過，即取出芭蕉扇幌一幌，一扇陰風，把行者搧得無影無形，莫想收留得住。這羅刹得勝回歸。

那大聖飄飄蕩蕩，左沈不能落地，右墜不得存身，如旋風翻敗葉，流水淌殘花，滾了一夜。直至天明，方纔落在一座山上，雙手抱住一塊峰石。定性良久，仔細觀看，卻纔認得是小須彌山。大聖長歎一聲道：「好利害婦人，怎麼就把老孫送到這裏來了？我當年曾記得在此處告求靈吉菩薩，降黃風怪救我師父。那黃風嶺至此，直南上有三千餘里。今在西路轉來，乃東南方隅，不知有幾萬里。等我下去問一個消息，好回舊路。」

正躊躇間，又聽得鐘聲響亮，急下山坡，徑至禪院。那門前道人認得行者，即入裏面報道：「前年來請菩薩降怪的那個毛臉大聖又來了。」菩薩連忙下座，迎入施禮道：「恭喜取經來耶？」悟空答道：「正好未到，早哩，早哩！」靈吉道：「既未曾得到雷音，何以回顧荒山？」行者道：「自上年蒙盛情降了黃風怪，一路上不知歷過多少苦楚。今到火焰山不能前進，聞説有個鐵扇仙芭蕉扇搧得火滅，老孫特去尋訪。原來他是牛魔王的妻，紅孩兒的母。他説我把他兒子做了觀音菩薩的童子，不得常見，恨我為仇，不肯借扇，與我爭鬥。他將扇子把我一搧，搧得我悠悠蕩蕩，直至於此，方纔落住。故此輕造禪院，問個歸路。此處到火焰山不知有多少里數？」靈吉笑道：「那婦人喚名羅刹女，又叫作鐵扇公主。他的那芭蕉扇，本是崑崙山混沌開闢以來，天地產成的一個靈寶，乃太陰之精葉，故能滅火。假若搧著人，要飄八萬四千里，方息陰風。我這山到火焰山，只有五萬餘里。此還是大聖有留雲之能，故止住了。若是凡人，正好不得住也。」行者道：「利害，利害！我師父卻怎生得度那方？」靈吉道：「大聖放心。此一來也是唐僧的緣法，合教大聖成功。我當年受如來教旨，賜我一粒定風丹，一柄飛龍杖。飛龍杖已降了風魔，這定風丹尚未曾見用。如今送了大聖，管教那廝搧你不動，你卻要了扇子，卻不就立此功也！」行者感謝不盡。那菩薩即於袖中取出一個錦袋兒，將那一粒定風丹與行者安在衣領裏邊，將針綫緊緊縫了。送行者出門道：「不及留款。往西北上去，就是羅刹的山場也。」

行者辭了靈吉，駕觔斗雲，頃刻徑返翠雲山，使鐵棒打門叫道：「老孫來借扇子使使哩！」慌得那女童即忙通報。羅刹聞言，悚懼道：「這潑猴真有本事！我的寶貝，搧著人要去八萬四千里。他怎麼纔吹去就回來也？這番等我一連搧他兩三扇，教他找不著歸路！」急縱身，結束整齊，雙手提劍出門道：「孫行者，你不怕我，又來尋死！」行者笑道：「嫂嫂勿得慳吝，是必借扇我使使。保得唐僧過山，就送還你。我是個志誠有餘的君子，不是那借物不還的小人。」

羅刹又罵道：「潑猴猻，好沒道理。陷子之仇尚未報得，借扇之意豈得如心。你不要走，吃我老娘一劍！」大聖使鐵棒劈手相迎。他兩個往往來來，戰經五七回合。羅刹女手軟難輪，即取扇子，望行者搧了一扇。行者巍然不動，收了鐵棒，笑吟吟的道：「這番不比那番，任你怎麼搧來，老孫若動一動，就不算漢子！」那羅刹又搧兩扇，果然不動。羅刹慌了，急收寶貝，走入洞裏，將門緊緊關上。

行者見他閉了門，卻就弄個手段，拆開衣領，把定風丹噙在口中，搖身一變，變作一個蟭蟟蟲兒，從他門隙鑽進。只見羅刹叫道：「渴了，渴了，快拿茶來！」女童即將香茶一壺，沙沙的滿斟一碗，沖起茶沫漕漕。行者見了嚶的一翅，飛在茶沫之下。那羅刹接過茶，兩三氣都吃了。行者已到他肚腹之內，現原身厲聲叫道：「嫂嫂，借扇子我使使！」羅刹大驚，問小的們關了前門否？俱說關了。他又說：「既關了門，孫行者如何在家裏叫喚？」女童道：「在你身上叫哩！」羅刹道：「孫行者，你在那裏弄術哩？」行者道：「老孫一生不會弄術，都是些真手段，實本事，已在尊嫂尊腹之內耍子，已見其肺肝矣。我知你也飢渴了，我先送你個坐碗兒解渴！」卻就把腳往下一蹬。那羅刹小腹之中，疼痛難禁，坐於地下叫苦。行者道：「嫂嫂休得推辭，我再送你個點心充飢！」又把頭往上一頂。那羅刹心痛難禁，只在地上打滾，疼得他面黃脣白，只叫：「孫叔叔饒命！」

行者卻纔收了手腳道：「你纔認得叔叔麼？我看牛大哥情上，且饒你性命，快將扇子拿來我使使。」羅刹道：「叔叔，有扇，有扇，你出來拿了去！」行者道：「拿扇子我看了出來。」羅刹即叫女童拿一柄芭蕉扇，執在旁邊。行者探到喉嚨之上，見了道：「嫂嫂，我既饒你性命，不在腰肋之下搠個窟窿出來，還自口出，你把口張三張兒。」那羅刹果張開口。行者還變作個蟭蟟蟲，先飛出來，釘在芭蕉扇上。那羅刹不知，連開三次，叫：「叔叔出來罷！」行者化原身拿了扇子，叫道：「我在此間不是？謝借了，謝借了！」拽開步往前便走。小的們連忙開了門，放他出洞。

這大聖撥轉雲頭，徑回東路，霎時間到了紅磚莊院。見了三藏，將上項事說了一遍。把芭蕉扇與老者看道：「老官兒，可是這個扇子？」老者道：「正是，正是。」唐僧大喜，師徒們即拜辭老者，一路西來。約行有四十里遠近，漸漸酷熱蒸人。沙僧只叫腳底烙得慌，八戒又道爪子燙得痛，馬比尋常又快，只因地熱難停。行者道：「師父且請下馬。等我搧息了火，待風雨之後，地土冷些，再過山去。」行者果舉扇徑至火邊，儘力一搧，那山上火光烘烘騰起；再一搧，更著百倍；又一搧，那火足有千丈之高，漸漸燒著身體。行者急回，已將兩股毫毛燒盡，急跑至唐僧面前，叫：「快回去，快回去！火來了，火來了！」

那師父爬上馬，與八戒、沙僧復東來有二十餘里，方纔歇下道：「悟空，如何了呀！」行者丟下扇子道：「不停當，不停當，被那廝哄了！」八戒道：「是怎麼說？」行者道：「我將扇子搧了一下，火光烘烘；第二搧，火氣愈盛；第三搧，火頭飛有千丈之高。若是跑得慢，把毫毛都燒盡矣。」沙僧道：「似這般火盛，無路通西，怎生是好？」八戒道：「只揀無火處走便罷。」三藏道：「那方無火？」八戒道：「東方、南方、北方，俱無火。」又問：「那方有經？」八戒道：「西方有經。」三藏道：「我只要往有經處去哩！」沙僧道：「有經處有火，無火處無經，誠是進退兩難！」

師徒們正自亂談亂講，只聽得有人叫道：「大聖不須煩惱，且來吃些齋飯再議。」四眾回看時，見一老人，頭頂偃月冠，手持龍頭杖，後帶著一個雕嘴魚腮鬼，鬼頭上頂著一個銅盆，盆內有些糕餅、米飯，在路旁躬身道：「我是火焰山土地，特獻一齋。」行者道：「吃齋小可，這火光幾時滅得，讓我師父過去？」土地道：「要滅火光，須求羅剎女借芭蕉扇。」行者指著地下扇子道：「這不是！那火光越搧越著，何也？」土地看了，笑道：「此扇不是真的，被他哄了。」行者道：「如何方得真的？」那土地微微笑道：「若還要借真蕉扇，須是尋求大力王。」畢竟不知大力王有甚緣故，且聽下回分解。

土地說：「大力王即牛魔王也。」行者道：「這山本是牛魔王放的火，假名火焰山？」土地道：「不是，不是。大聖若肯赦小神之罪，方敢直言。」行者道：「你有何罪？直說無妨。」土地道：「這火原是大聖放的。」行者怒道：「你這等亂談，我可是放火之輩？」土地道：「是你也認不得我了。此間原無這座山，因大聖五百年前大鬧天宮時，被老君安於八卦爐內鍛煉，開鼎之時，被你蹬倒丹爐，落下幾個磚來，內有餘火，到此處化為火焰山。我本是兜率宮守爐的道人。老君怪我失守，降下此間，就做了個火焰山土地也。」八戒道：「怪道你這等打扮，原來是道士變的土地。」

行者半信不信道：「你且說，尋求大力王何故？」土地道：「大力王乃羅剎女丈夫。他這向撇了羅剎，現在積雷山，摩雲洞有個萬歲狐王，那狐王死了，遺下一個女兒，叫作玉面公主。他有百萬家私，無人掌管；二年前訪著牛魔王神通廣大，情願倒陪家私，招贅為夫。那牛王棄了羅剎，久不回顧。若大聖尋著牛王，拜求來此，方借得真扇。一則搧息火焰，可保師父前進；二來永除火患，可保此地生靈；三者赦我歸天，回繳老君法旨。」行者道：「積雷山坐落何處，到彼有多少程途？」土地道：「在正南方。此間到彼，有三千餘里。」行者聞言，即吩咐八戒、沙僧，保護師父，又教土地，陪伴勿回。隨即忽的一聲，騰空而起。

那消半個時辰，早見一座高山。停立巔峰，觀看多時，步入深山，找尋路徑。正自沒個消息，忽見松陰下有一絕色女子，手折了一枝香蘭，裊裊娜娜而來。大聖閃在怪石之旁，那女子漸漸走近石邊，大聖躬身施禮道：「女菩薩何往？」那女子猛擡頭，忽見大聖相貌醜陋，老大心驚，欲退難退，欲行難行，戰戰兢兢，勉強答道：「你是何方來者，敢在此間問誰？」大聖假意說道：「我是翠雲山來的，初到貴處，不知路徑，敢問菩薩，此間可是積雷山？」那女子道：「正是。」大聖道：「有個摩雲洞，坐落何處。」那女子道：「你尋那洞做甚？」大聖道：「我是翠雲山芭蕉洞鐵扇公主來央請牛魔王的。」

那女子一聞此言，心中大怒，潑口罵道：「這賤婢，著實無知！牛王自到我家，未及二載，也不知送了他多少珠翠金銀，綾羅緞匹；年供柴，月供米，自自在在受用，還不識羞，又來請他怎的！」大聖聞言，情知是玉面公主，故意掣出鐵棒，大喝一聲道：「你這潑賤，將家私買住牛王，誠然是陪錢嫁漢！你倒不羞，卻敢罵誰。」那女子見了，唬得魄散魂飛，沒好步亂躧金蓮，戰兢兢回頭便走。這大聖吆吆喝喝，隨後相跟。原來穿過松陰，就是摩雲洞口。女子跑進去，撲的把門關了。大聖卻纔收了鐵棒，停步觀看。

那女子跑得粉汗淋淋，唬得蘭心吸吸，徑入書房裏面。原來牛魔王正在那裏靜玩丹書，這女子沒好氣倒在懷裏，抓耳撓腮，放聲大哭。牛王滿面陪笑道：「美人，休得煩惱，有甚話說？」那女子跳天跌地，口中罵道：「潑魔害殺我也！」牛王笑道：「你為甚事罵我？」女子道：「我因父母無依，招你護身養命。江湖中說你是個好漢，原來是個懼內的庸夫！」牛王將女子抱住道：「美人，我有那些不是處，你且慢慢說來，我與你陪禮。」女子道：「適纔我在洞外閒步花陰，折蘭採蕙，忽有一個毛臉雷公嘴的和尚，猛地前來施禮，把我嚇了個獃掙。及定定性，問是何人，他說是鐵扇公主央他來請牛魔王的。被我說了兩句，他倒罵了我一場，將一根棍子，趕著我打，若不是走得快些，幾乎被他打死。這不是招你為禍，害殺我也？」牛王聞言，卻與他整容陪禮，溫存良久，女子方纔息氣。魔王卻發狠道：「美人，不敢相瞞，那芭蕉洞雖是僻靜，卻清幽自在。我山妻自幼修持，也是個得道的女仙，從來家門嚴謹，內無三尺之童，焉得有雷公嘴的男子央來？這想是那裏來的妖怪，或者假綽名聲，至此訪我。等我出去看看。」

他即出了書房，上大廳取披掛結束了，拿一條混鐵棍，出門高叫道：「是誰人在我這裏無狀？」行者看他那模樣，與五百年前又大不同，忙整衣上前，深深的唱個大喏道：「長兄，還認得小弟麼？」牛王答禮道：「你是齊天大聖孫悟空麼？」大聖道：「正是，正是。一向久別未拜，適纔到此問一女子，方得見兄，丰采勝常，真可賀也！」牛王喝道：「且休巧舌！我聞你鬧了天宮，被佛祖降壓在五行山下，近解脫天災，保護唐僧西天求經，怎麼在火雲洞把我小兒牛聖嬰害了？正在這裏惱你，你卻怎麼又來尋我？」大聖作禮道：「長兄勿得誤怪小弟。當時令郎捉住吾師，要食其肉，小弟近他不得。幸觀音菩薩勸他歸正，現今做了善財童子，比兄長還高，入極樂之門堂，享逍遙之永壽，有何不美，反怪我耶？」牛王道：「這個乖嘴的猴猻！害子之情，被你說過，你纔欺我愛妾，打上我門，何也？」大聖笑道：「我因拜謁長兄不見，向那女子拜問，不知就是二嫂嫂。因他罵了我幾句，是小弟一時粗鹵，驚了嫂嫂，望兄長寬恕寬恕。」牛王道：「既如此說，我看故舊之情，饒你去罷！」

大聖道：「既蒙寬恩，感謝不盡。但尚有一事奉瀆，萬望周濟周濟。」牛王罵道：「這猴猻不識起倒，饒了你，倒還不走，反來纏我甚麼周濟！」大聖道：「實不瞞兄長。小弟因保唐僧西行，路阻火焰山，不能前進。訪知尊嫂羅剎女有一柄芭蕉扇，欲求一用。昨到舊府，奉拜嫂嫂，嫂嫂堅執不借，是以特來叩求。望兄長開天地之心，同小弟到大嫂處一行，千萬借扇搧滅火焰，保得唐僧過山，即時完璧。」牛王聞言，心頭火發，罵道：「你說你不無禮，你原來是借扇之故。一定先欺我山妻，山妻想是不肯，故來尋我，且又趕我愛妾。常言道：『朋友妻，不可欺；朋友妾，不可滅。』你既欺我妻，又滅我妾，多大無禮，上來吃我一棍！」大聖道：「哥要說打，弟也不懼。但扇子千萬借我使使！」牛王道：「你若三合敵得我，我著山妻借你；如敵不過，打死你與我雪恨！」說罷，掣混鐵棍劈頭就打，這大聖持金箍棒隨手相迎。兩個鬥經百十回合，不分勝負。

正在難解難分之際，只聽得山上有人叫道：「牛爺爺，我大王多多拜上，幸賜早臨，好安座也。」牛王聞說，使混鐵棍支住金箍棒道：「猴猻，你且住了，等我去一個朋友家赴會來者。」言畢，按下雲頭，徑至洞裏，對玉面公主道：「美人，纔那雷公嘴的男子乃孫悟空猴猻，被我一頓棍打走了，再不敢來，你放心耍子。我到一個朋友處吃酒去也。」他纔卸了盔甲，出門跨上辟水金睛獸，著小的們看守門庭，半雲半霧，一直向西北方而去。

大聖在高峰上看著，暗想道：「這老牛不知又結識了甚麼朋友，往那裏去赴會？等老孫跟他走走。」他將身幌一幌，變作一陣清風，趕上同走。不多時，到了一座山中，那牛王寂然不見。大聖聚了原身，入山尋看，那山中有一面清水深潭，潭邊有一座石碣，碣上六個大字，乃「亂石山碧波潭」。大聖暗想道：「老牛決然下水去了。水底之精，定是蛟龍黿鼉之類。等老孫也下去看看。」

即捻訣念咒，變作一個螃蟹，撲的跳在水中，徑沈潭底。忽見一座玲瓏剔透的牌樓，下面拴著那個辟水金睛獸。進牌樓裏面，卻就沒水。大聖爬進去仔細觀看，只見那壁廂一派音樂之聲，那上面坐的是牛魔王，左右有三四個蛟精，前面坐著一個老龍王，兩邊乃龍子、龍孫、龍婆、龍女。正在觥籌交錯之際，大聖一直走將上去，被老龍看見，即命拿下。龍子、龍孫一擁上前，把大聖拿住。大聖忽作人言，叫：「饒命，饒命！」老龍道：「你是那裏來的野蟹，怎麼敢在尊客之前橫行亂走？快早供來，免汝死罪！」大聖即對眾供道：「念小蟹呵，本是橫行介士，從來未習行儀。不知法度冒王威，伏望尊慈恕罪！」坐下眾精聞言，都對老龍道：「蟹介士初入瑤宮，不知王禮，望尊公饒他去罷！」老龍即教：「放了那廝，且記打，外面伺候。」

大聖應了一聲，往外逃命，徑至牌樓之下。忽然心生一計，即現本相，將金睛獸解了轡繩，撲一把跨上雕鞍，徑直騎出水底。到於潭外，將身變作牛王模樣。打著獸，縱著雲，不多時，已至翠雲山芭蕉洞口，叫聲：「開門！」女童開了門，看見是牛魔王，即入報奶奶：「爺爺來家了。」那羅刹聞言，忙整雲鬟，急移蓮步，出門迎接。這大聖下雕鞍，牽進水獸。羅刹女認他不出，即攜手而入，著丫鬟設座看茶。一家子見是主公，無不敬謹。

須臾間敘及寒溫。牛王道：「夫人久闊。」羅刹道：「大王萬福。」又云：「大王寵幸新婚，拋撇奴家，今日是那陣風兒吹你來的？」大聖笑道：「非敢拋撇，只因玉面公主招後，家事繁冗，朋友多顧，是以稽留在外，卻也又置得一個家當了。」又道：「近聞孫悟空那廝保唐僧，將近火焰山界，恐他來問你借扇子。我恨那廝害子之仇未報，但來時，可差人報我，等我拿他分屍萬段，以雪我夫妻之恨。」羅剎聞言，滴淚告道：「大王，我的性命，險些兒被那猴猻害了！」大聖聽得，故意發怒，罵道：「那潑猴幾時過去了？」羅剎道：「還未去。昨日到我這裏借扇子，叫我作嫂嫂，說大王曾與他結義。」大聖道：「是五百年前曾拜為七兄弟。」羅剎道：「被我罵也不敢回言，砍也不敢動手，後被我一扇子搧去。不知在那裏尋個定風法兒，今早又在門外叫喚，是我又使扇搧，莫想得動。急輪劍砍時，他就不讓我了。我走入洞裏，緊關上門。不知他又從何處，鑽在我腹內，險被他害了性命。是我叫他幾聲叔叔，將扇與他去也。」大聖捶胸道：「可惜，可惜，夫人錯了，怎麼就把這寶貝與那猴猻？惱殺我也！」

羅剎笑道：「大王，與他的是假扇，但哄他去了。」大聖問真扇在於何處，羅剎道：「放心，放心，我收著哩！」叫丫鬟整酒接風賀喜。遂擎杯奉上道：「大王燕爾新婚，千萬莫忘結髮，且吃一杯鄉中之水。」大聖接了，笑吟吟舉觴在手道：「夫人先飲。我因圖治外產，久別夫人，早晚蒙護守家闈，權為酬謝。」羅剎復接杯斟起，遞與大聖道：「自古道：『妻者，齊也。』夫乃養身之父，謝甚麼。」兩人謙謙講講，方纔坐下進酒。大聖不敢破葷，只吃幾個果子。

酒至數巡，羅剎覺有半酣，色情微動，就和大聖挨挨擦擦，搭搭拈拈；攜著手軟語溫存，並著肩低聲俯就。將一杯酒，你呷一口，我呷一口，卻又哺果。大聖假意虛情，也與他相倚相偎。見他酣然，留心挑鬥道：「夫人，真扇子你收在那裏？早晚仔細。但恐孫行者變化多端，卻又來騙去。」羅剎笑嘻嘻的，口中吐出，只有一個杏葉兒大小，遞與大聖道：「這個不是寶貝？」大聖接在手中，暗想這些些兒怎生搧得火滅？怕又是假的。羅剎見他沈思，上前將粉面搵在行者臉上，叫道：「親親，你收了寶貝吃酒罷，只管出神想甚麼哩？」大聖道：「這般小小之物，如何搧得八百里火焰？」羅剎酒陶真情，就說出方法道：「大王，與你別了二載，你想是晝夜貪歡，被那玉面公主弄傷了神思，怎麼自家的寶貝事情，也都忘了？只將左手大指頭捻著那柄兒上第七縷紅絲，念一聲『呬嘘呵吸嘻吹呼』，即時長一丈二尺。這寶貝變化無窮！那怕他八萬里火焰，可一扇而消也。」

大聖聞言，切記在心，卻把扇兒也噙在口裏，把臉抹一抹現了本相，叫道：「羅剎女，你看看我可是你親老公，就把我纏了這許多醜勾當，不羞，不羞！」那羅剎一見是行者，推倒桌席，跌落塵埃，只叫：「氣殺我也，氣殺我也！」

這大聖不管他，拽步徑出了芭蕉洞，將身一縱，踏祥雲，跳上高山，將扇子吐出來演演方法。將左手大指頭捻著那柄上第七縷紅絲，念了一聲「呬嘘呵吸嘻吹呼」，果然就長了有一丈二尺。拿在手中，仔細一看，比前番假的果是不同，只見祥光豔豔，瑞氣紛紛，上有三十六縷紅絲，穿經度絡，表裏相聯。原來行者只討了個長的方法，不曾討他個小的口訣，左右只是那等長短。沒奈何，只得搴在肩上，找舊路而回。

卻說那牛魔王在碧波潭底，散了筵席，出得門來，不見了辟水金睛獸。老龍王問道：「是誰偷放牛爺的金睛獸？」眾精跪下道：「沒人敢偷。我等俱在筵前供酒奏樂，更無一人在外。」老龍道：「家樂兒斷乎不敢，可曾有甚生人進來？」龍子、龍孫道：「適纔安座之時，有個蟹精到此，那個便是生人。」牛王聞說，頓然省悟道：「不消講了！早間賢友著人邀我時，有個孫悟空保唐僧取經，路遇火焰山難過，曾問我借芭蕉扇，我不曾與他。他和我賭鬥一場，我卻丟了他徑赴盛會。那猴子千般伶俐，斷乎是那廝變作蟹精，來此打探消息，偷了我獸，去山妻處騙芭蕉扇也！」眾精見説，一個個膽戰心驚，問道：「可是那大鬧天宮的孫悟空麼？」牛王道：「正是。列公若在西方路上，有不是處，切要躲避他些兒。列公且別，等我趕他去來。」

遂分開水路，跳出潭底，駕黃雲，徑至翠雲山芭蕉洞。只聽得羅剎女跌腳捶胸，大呼小叫。推開門，又見辟水金睛獸拴在裏邊。牛王高叫：「夫人，孫悟空那廂去了？」眾女童看見牛魔，一齊跪下道：「爺爺來了。」羅剎女扯住牛王，磕頭撞腦，罵道：「潑老天殺的，怎樣這般不謹慎，著那猴猻偷了金睛獸，變作你的模樣，到此騙我！」牛王切齒道：「猴猻那廂去了？」羅剎捶胸罵道：「那潑猴賺了我的寶貝，現出原身走了，氣殺我也！」牛王道：「夫人保重，勿得心焦。等我趕上猴猻，奪了寶貝，拿住他，剝皮剉骨，擺出心肝，與你出氣！」叫拿兵器來。女童道：「爺爺的兵器不在這裏。」牛王道：「拿你奶奶的兵器來罷！」侍婢將兩把寶劍捧出。牛王雙手綽劍，走出芭蕉洞，徑奔火焰山上趕來。畢竟不知此去吉凶如何，且聽下回分解。

第六十一回　豬八戒助力破魔王　孫行者三調芭蕉扇

話表牛魔王趕上孫大聖，只見他肩膊上掮著那柄芭蕉扇，怡顏悅色而行。魔王想道：「我若當面向他索取，他定然不與。倘若搧我一搧，要去八萬四千里遠，卻不遂了他意？我聞得唐僧三徒弟豬精，三徒弟流沙精，我當年也曾會他。且變作豬精的模樣，騙他一場，料猴猻得意之際，必不隄防。」好魔王，他也有七十二變，只是身子狼犺欠鑽疾些。他把寶劍藏了，念個咒語，搖身一變，即變作八戒一般嘴臉，抄下路當面迎著大聖，叫道：「師兄，我來也！師父見你許久不回，恐牛魔王手段大，難得他的寶貝，叫我來幫你的。」行者笑道：「不必費心，我已得了手也。」牛王又問道：「你怎麼得的？」行者道：「那老牛與我戰經百十合，不分勝負。他就撇了我，去那碧波潭底，與一夥龍精飲酒。是我暗跟他去，偷了他所騎之獸，變作老牛的模樣，徑至芭蕉洞哄那羅剎女。那女子與老孫結了一場乾夫妻，是老孫設法騙將來的。」牛王道：「卻是生受了。哥哥勞碌太甚，可把扇子我拿。」大聖那知真假，遂將扇子遞與他。

原來他知那扇子收放的根本，接過手，不知捻個甚麼訣兒，依然小似一片杏葉，現出本相罵道：「潑猴猻！認得我麼？」行者見了，心中自悔道：「是我的不是了！」恨了一聲，狠得他暴躁如雷，掣鐵棒，劈頭便打。那魔王就使扇子搧他一下。不知那大聖先前變蟭蟟蟲入羅剎腹中之時，將定風丹噙在口裏，不覺的嚥下肚裏，所以五臟皆牢，皮骨皆固，憑他怎麼搧，再也搧他不動。牛王慌了，把寶貝丟入口中，雙手輪劍就砍。那兩個在那半空中這一場惡殺，難解難分。

卻說唐僧坐在途中，火氣蒸人，心焦口渴，對土地道：「敢問尊神，那牛魔王法力如何？」土地道：「那牛王神通不小，法力無邊，正是孫大聖的敵手。」三藏道：「悟空是個會走路的，往常家二千里路，一霎時便回，怎麼如今去了一日？斷是與牛魔王賭鬥。」叫：「悟能，悟淨，那一個去迎你師兄一迎，倘或遇敵，就當用力相助，求得扇子來，早早過山去也。」八戒道：「我想著要去接他，但只是不認得積雷山路。」土地道：「小神認得。且教捲簾將軍與你師父做伴，我與你去來。」三藏大喜。

那八戒抖擻精神，摮著鈀，與土地縱雲，徑向南方而去。正行時，忽聽得喊殺聲高，狂風滾滾。八戒按雲頭看時，原來行者與牛王廝殺哩。土地道：「天蓬不上前，還待怎的？」獃子掣鈀高叫道：「師兄，我來也！」行者恨道：「你這夯貨，誤了我多少大事。」八戒道：「我如何誤事？」行者道：「這潑牛十分無禮！我已向羅剎處弄得扇子來，卻被這廝變作你的模樣騙了去，又和我在此比拚，所以誤了大事也。」八戒聞言大怒，舉鈀罵道：「我把你這血皮脹的遭瘟！你敢變作你祖宗的模樣，騙我師兄，使我兄弟不睦。」你看他沒頭沒臉的使釘鈀亂築。那牛王鬥了一日，力倦神疲，見八戒的釘鈀兇猛，遮架不住，敗陣就走。只見那火焰山土地帥領陰兵，當面擋住道：「大力王且住。唐三藏西天取經，無神不保，無天不祐，三界通知，十方擁護。快將芭蕉扇來搧息火焰，教他早過山去。不然，上天責你，定遭誅譴也。」牛王道：「你這土地，全不察理。那潑猴奪我子，欺我妾，騙我妻，番番無禮。我恨不得囫圇吞他下肚，怎麼肯將寶貝借他！」

言未了，八戒又趕上罵道：「我把你個結心黃的，快拿出扇來，饒你性命！」那牛王只得回頭，使寶劍又戰八戒，大聖舉棒相幫。這一場，三個人奮勇爭強，且行且鬥，鬥了一夜，不分上下，早又天明。前面是他的積雷山摩雲洞口，那喊殺之聲，喧嘩振耳，驚動那玉面公主，即命大小頭目，各執槍刀助力。牛王大喜道：「來得好，來得好！」眾妖一齊上前。八戒措手不及，倒拽著鈀，敗陣而走。大聖縱雲跳出重圍。眾陰兵亦四散奔走。老牛得勝，聚群妖歸洞閉門而去。

行者道：「這廝驍勇！自昨日與老孫戰起，直至今夜，未定輸贏，卻得你兩個來接力。如此苦鬥一夜，他更不見勞困。纔這一夥小妖，卻又莽壯。他將洞門緊閉，如之奈何？」八戒道：「如今難得他扇子，如何保得師父過山？且回去，轉路走他娘罷！」土地道：「大聖休焦惱，天蓬莫懈怠。但說轉路，就是入了旁門，不成個修行之道，你師父在那正路上坐著，眼巴巴只望你們成功哩！」行者發狠道：「正是，正是，說得有理！我們正要與他：

賽輸贏，弄手段。好施為，地煞變。返清涼，息火焰。打破頑空參佛面，行滿超昇極樂天，大家齊赴龍華宴。」

那八戒聽言，也便努力，道：

「是，是，是，去，去，去，管甚牛王會不會。木生在亥配為豬，牽轉牛兒歸土類。申下生金本是猴，無刑無剋多和氣。用芭蕉，為水意，火焰消除成既濟。晝夜休離苦盡功，功完趕上盂蘭會。」

他兩個領著土地、陰兵，一齊上前，使鈀輪棒，乒乒乓乓，把一座摩雲洞的前門打得粉碎。唬得那外護頭目闖入裏邊報道：「大王，孫悟空率眾打破前門也！」那牛王與玉面公主備言其事，正恨孫行者哩，聽說打破前門，十分發怒，急披掛，拿了鐵棍，罵出來道：「潑猴猻，你是多大個人兒，敢這等上門撒潑？」八戒罵道：「潑老剝皮，你是個甚麼人物，敢量那個大小？不要走，看鈀！」牛王喝道：「你這囔糟的夯貨，不見怎的，快叫猴兒上來！」行者道：「不知好歹的榼草，我昨日還與你論兄弟，今日就是仇人了，仔細吃吾一棒！」那牛王奮勇相迎。這場比前番更勝，三個人攪在一處捨死忘生，又鬥有百十餘合。八戒發起獃性，仗著行者神通，舉鈀亂築。牛王遮架不住，敗陣回頭，就奔洞門。卻被土地、陰兵攔住道：「大力王，那裏走，吾等在此！」那老牛不得進洞，急抽身，又見行者、八戒趕來，慌得卸了盔甲，丟了鐵棍，搖身一變，變作一隻天鵝，望空飛走。

行者看見，笑道：「八戒，老牛去了！」那獃子漠然不知，土地亦不能曉，一個個東張西覷。行者指道：「那空中飛的不是？」八戒道：「那是一隻天鵝。」行者道：「正是老牛變的。你兩個打進此門，把群妖盡行剿除，拆了他的窩巢，絕了他的歸路，等老孫與他賭變化去。」那八戒與土地依言攻破洞門不題。

這大聖收了棒，捻訣念咒，搖身一變，變作一個海東青，颼的一翅，鑽在雲眼裏，倒飛下來，落在天鵝身上，抱住頸項嗛眼。那牛王也知是行者變化，急忙抖抖翅，變作一隻黃鷹，反來嗛海東青。行者又變一個烏鳳，專一趕黃鷹。牛王識得，又變作一隻白鶴，長唳一聲，向南飛去。行者立定，抖抖翎毛，又變作一隻丹鳳，高鳴一聲。那白鶴見鳳是鳥王，諸禽不敢妄動，刷的一翅，淬下山崖，將身一變，變作一隻香獐，乜乜些些，在崖前吃草。行者認得，也就落下翅來，變作一隻餓虎，剪尾跑蹄，要來趕獐作食。牛王慌了手腳，又變作一隻金錢花斑的大豹，要傷餓虎。行者見了，迎著風把頭一幌，又變作一隻金眼狻猊，聲如霹靂，鐵額銅頭，復轉身要食大豹。牛王著了急，又變作一個人熊，放開腳，就來擒那狻猊。行者打個滾，就變作一隻賴象，鼻似長蛇，牙如竹筍，撒開鼻子，要去捲那人熊。

牛王嘻嘻的笑了一笑，現出原身一隻大白牛，頭如峻嶺，眼若閃光，兩隻角似兩座鐵塔，牙排利刃，連頭至尾有千餘丈長短，自蹄至背有八百丈高下，對行者高叫道：「潑猴猻，你如今將奈我何？」行者也就現了原身，抽出金箍棒來，把腰一躬，喝聲叫「長」，長得身高萬丈，頭如泰山，眼如日月，口似血池，牙似門扇，手執一條鐵棒，著頭就打。那牛王硬著頭使角來觸。這一場，真個是撼嶺搖山，驚天動地。詩曰：

道高一尺魔千丈，奇巧心猿用力降。若得火山無烈焰，必須寶扇有清涼。
黃婆大志扶元老，木母同情掃獸王。和睦五行歸正果，煉魔滌垢上西方。

他兩個大展神通，在半山中賭鬥，驚得那過往虛空神眾與金頭揭諦、六甲六丁、一十八位護教伽藍，都來圍困魔王。那魔王公然不懼。孫大聖當面迎，眾多神四面打，牛王急了，就地一滾，復本相便投芭蕉洞去。行者也收了法相，與眾神隨後追襲。那魔王入洞，閉門不出。眾神把一座翠雲山圍得水泄不通。

正都上門攻打，忽見八戒與土地、陰兵嚷嚷而至。行者問摩雲洞事體如何，八戒道：「那老牛的娘子被我一鈀築死，原來是個玉面狸精。那夥群妖已盡皆剿戮，又將他洞府燒了。聞土地說他還有一處家小，住在此山，故又來這裏。那可是芭蕉洞麼？」行者道：「正是！羅剎女就在此間。」八戒發狠道：「既是這般，怎麼不打進去問他要扇子，倒讓他停留長智？」

獃子抖擻威風，舉鈀照門一築，忽辣的一聲，將那石崖連門築倒了一邊。慌得那女童忙報爺爺：「不知甚人把前門都打壞了！」牛王方跑進去，喘噓噓的，正告訴羅剎與行者奪扇子賭鬥之事。聞報心中大怒，就口中吐出扇子，遞與羅剎。羅剎接扇在手，滿眼垂淚道：「大王，把這扇子捨與那猴猻，教他退兵去罷！」牛王道：「夫人呵，物雖小而恨則深。你且坐著，等我再和他比拚去來。」那牛王重整披掛，又選兩口寶劍，走出門。正遇著八戒，掣劍劈臉便砍。八戒舉鈀迎著，退出門來，早有大聖輪棒當頭，牛魔即駕狂風，跳離洞府，又都在那翠雲山上相持。眾神四面圍繞，土地、陰兵左右攻擊。

那牛王捨命捐軀，鬥經五十餘合，抵敵不住，敗了陣，往北就走。早有五臺山碧魔巖神通廣大潑法金剛阻住，喝道：「牛魔，你往那裏去！我蒙佛祖差來，佈列天羅地網，至此擒汝也。」正說間，隨後有大聖、八戒、眾神趕來。那魔王慌轉身向南走，又撞著峨眉山清涼洞法力無量勝至金剛擋住。牛王急抽身往東便去，卻逢著須彌山摩耳崖毗盧沙門大力金剛攔住。牛王又悚然而退，向西就走，又遇著崑崙山金霞嶺不壞尊王永住金剛截住。那老牛見四面八方都是佛兵天將，真個是羅網高張，不能脫命。正在倉惶之際，又見行者帥眾趕來。他就駕雲頭望上便走。

卻好有托塔李天王並哪吒太子，領魚肚、藥叉、巨靈神將，漫住空中，叫道：「慢來，慢來，吾奉玉帝旨意，特來此剿除你也！」牛王急了，依前搖身一變，還變作一隻大白牛，使兩隻鐵角去觸天王。天王使刀來砍，隨後孫行者又到。哪吒太子高叫：「大聖，衣甲在身，不能為禮。愚父子昨日見如來發檄，奏聞玉帝，言唐僧路阻火焰山，孫大聖難伏牛魔王。玉帝傳旨，特差我父王領眾助力。」行者道：「這廝神通不小，又變作這等身軀，卻怎奈何？」太子笑道：「大聖勿慮，你看我擒他。」這太子即喝一聲「變」，變作三頭六臂，飛身跳在牛王背上，使斬妖劍望頸項上一揮，不覺得把個牛頭斬下。天王收刀，卻纔與行者相見。那牛王腔子裏又鑽出一個頭來，口吐黑氣，眼放金光。被哪吒又砍一劍，頭落處，又鑽出一個頭來。一連砍了十數劍，隨即長出十數個頭。哪吒取出火輪兒掛在那老牛的角上，便吹真火，焰焰烘烘，把牛王燒得張狂哮吼，搖頭擺尾。纔要變化脱身，又被托塔天王將照妖鏡照住本相，騰那不動，無計逃生，只叫：「莫傷我命，情願歸順佛家也！」哪吒道：「既惜身命，快拿扇子出來！」牛王道：「扇子在我山妻處收著哩！」

哪吒見説，將縛妖索解下，穿在他鼻孔裏，用手牽來。行者卻會聚了金剛、丁甲、伽藍、天王、神將並八戒、土地、陰兵，簇擁著白牛，回至芭蕉洞口。老牛叫道：「夫人，將扇子出來，救我性命！」羅刹聽叫，急卸了釵環，脱了色服，挽青絲穿縞素，如道姑打扮，雙手捧那柄丈二長的芭蕉扇子，走出門跪在地下，磕頭禮拜道：「望菩薩饒我夫妻之命，願將此扇奉承孫叔叔成功去也！」行者近前接了扇，同大眾共駕祥雲，徑回東路。

卻説三藏與沙僧盼望行者許久不回，正然憂慮。忽見祥雲滿空，瑞光照地，飄飄颻颻，眾神行將近。長老害怕道：「悟淨，那壁廂是何處神兵來也？」沙僧認得道：「師父呵，那是四大金剛、金頭揭諦、六甲六丁、護教伽藍與過往眾神，牽牛的是哪吒三太子，拿鏡的是托塔李天王，大師兄執著芭蕉扇，二師兄並土地隨後，其餘的都是護衛神兵。」三藏聽説，換了毗盧帽，穿了袈裟，與悟淨拜迎稱謝道：「我弟子有何德能，敢勞列位尊聖臨凡！」四大金剛道：「聖僧，恭喜了，十分功行將完。吾等奉佛旨差來助汝，汝當竭力修持，勿得須臾怠惰。」三藏叩頭受命。

大聖執著扇子，行近山邊，盡氣力揮了一扇，那火焰山平平息焰，寂寂除光。行者喜歡，又搧一扇，便得見習習瀟瀟，清風微動。第三扇，滿天雲漠漠，細雨落霏霏。詩曰：

火焰山遙八百程，火光大地有聲名。火煎五漏丹難熟，火燎三關道不清。
特借芭蕉施雨露，幸蒙天將助神兵。牽牛歸佛休頑劣，水火相聯性自平。

此時三藏解燥除煩，清心了意。四眾皈依謝了。金剛各轉寶山，丁甲昇空保護，過往神祇四散。天王、太子牽牛，徑歸佛地回繳。止有本山土地，押著羅剎女在旁伺候。行者道：「那羅剎，你不走路，還在此等甚？」羅剎跪拜道：「大聖原說搧息了火，還我扇子。今此一場，只因不倜儻，以致勞師動眾，誠悔之晚矣。我等也修成人道，只是未歸正果。望大聖賜還我本扇，修身養性去也。」土地道：「大聖！趁此女深知息火之法，斷絕火根，還他扇子，拯救這方生民，誠為恩便。」行者道：「我聞說這山搧息了火，只收得一年五穀，便又火發，如何治得除根？」羅剎道：「若要斷絕火根，只消連搧四十九扇，永遠再不發了。」行者聞言，執扇子使盡筋力，望山頭連搧四十九扇，那山上大雨淙淙。果然是寶貝：有火處下雨，無火處天晴。他師徒們立在這無火處，不遭雨濕。坐了一夜，次早纔收拾馬匹、行李，把扇子還了羅剎。羅剎拜謝了，自去隱姓修行，後來也得了正果，經藏中萬古流名。土地感激謝恩，隨後相送。行者、八戒、沙僧保著三藏前進，真個是身體清涼，足下滋潤。誠所謂：

坎離既濟真元合，水火均平大道成。

畢竟不知前到何處，且聽下回分解。

十二時中忘不得，行功百刻全收。五年十萬八千周。休教神水涸，莫縱火光愁。水火調停無損處，五行聯絡如鈎。陰陽和合上雲樓。乘鸞登紫府，跨鶴赴瀛洲。

這一篇詞，牌名《臨江仙》，單道三藏師徒四眾，水火既濟，本性清涼，借得純陰寶扇，搧息燥火遙山，不一日行過了八百之程，師徒們散誕逍遙，向西而去。正值秋末冬初時序，四眾行彀多時，前又遇城池相近。唐僧勒馬叫悟空：「你看那廂樓閣崢嶸，是個甚麼去處？」行者擡頭觀看道：「師父，那座城池，是一國帝王之所。」

長老策馬，須臾到門下馬。進門觀看，只見六街三市，貨殖通財，又見衣冠隆盛，人物豪華。正行時，忽見有十數個和尚，一個個披枷戴鎖，沿門乞化，著實藍縷不堪。三藏歎道：「兔死狐悲，物傷其類。」叫悟空：「你上前去問他一聲，為何這等遭罪？」行者依言，即叫那和尚：「你是那寺裏的，為甚事披枷戴鎖？」眾僧跪倒道：「爺爺，我等是金光寺負屈的和尚。」行者道：「金光寺坐落何方？」眾僧道：「轉過隅頭就是。」行者將他帶在唐僧前問道：「怎生負屈，你說我聽。」眾僧道：「爺爺，不知你們是那方來的，我等似有些面善。此問不敢在此奉告，請到荒山，具說苦楚。」長老道：「也是。」即同至山門，門上橫寫七個金字「敕建護國金光寺」。師徒們進得門來觀看，但見那：

遍地落花無客過，一庭啼鳥少僧來。

三藏止不住心酸墜淚。眾僧們頂著枷鎖，將正殿推開，請長老上殿拜了佛。卻轉到後面，見那方丈檐柱上又鎖著六七個小和尚，三藏甚不忍見。及到方丈，眾僧俱來叩頭，問道：「列位老爺相貌不一，可是東土大唐來的麼？」行者笑道：「這和尚有甚未卜先知之法，你怎麼認得？」眾僧道：「我等有甚未卜先知之法，只是負了屈苦，無處分明，日逐家只是叫天叫地。想是驚動天神，昨夜間各人都得一夢，說有個東土大唐來的聖僧，救得我等性命，庶乎冤苦可伸。今日果見老爺這般異相，故認得也。」

三藏道：「你這裏是何地方，有何冤屈？」眾僧道：「此城名喚祭賽國，乃西邦大去處。當年有四方朝貢：南，月陀國；北，高昌國；東，西梁國；西，本鉢國。年年進貢美玉明珠，嬌妃駿馬。我這裏不動干戈，不去征討，他那裏自然拜為上邦。」三藏道：「想是你這國王有道，文武賢良。」眾僧道：「爺爺，文也不賢，武也不良，國君也不是有道。我這金光寺，自來寶塔上祥雲籠罩，瑞靄高昇，夜放霞光，晝噴彩氣，遠近無不同瞻。故此以為天府神京，四方朝貢。不期三年之前，孟秋朔日，夜半子時，下了一場血雨，把我這寺裏黃金寶塔污了。這兩年外國不來朝貢，我王欲要征伐。眾臣疑道我寺裏僧人偷了塔上寶貝，所以無祥雲瑞靄，以此奏上。昏君更不察理。那些贓官，將我僧眾拿了去，千般拷打，萬樣追求。當時我這裏有三輩和尚，前兩輩已被拷打不過死了，如今又捉我輩問罪枷鎖。老爺在上，我等怎敢欺心盜取塔中之寶？萬望爺爺慈悲，廣施法力，拯救我等性命。」

三藏聞言，點頭歎道：「這樁事暗昧難明。悟空，今日甚時分了？」行者道：「有申時前後。」三藏道：「我欲面君倒換關文，奈何這眾僧之事，不得明白。我當時離長安，立願遇寺拜佛，見塔掃塔。今日至此，遇有受屈僧人，乃因寶塔之累，你與我辦一把新笤帚，待我沐浴了，上去掃掃，即看這事何如，方好面君奏言，解救他們苦難也。」

這些枷鎖的和尚聽說，連忙去廚房取把廚刀，遞與八戒，教打開那小和尚的鐵鎖，放他去安排齋飯湯水。八戒笑道：「不用刀斧，我那一位毛臉老爺，他是開鎖的積年。」行者真個近前，用手一抹，幾把鎖都退落下。那小和尚俱跑到廚中，安排茶飯。三藏師徒們吃了齋，漸漸天昏。只見那和尚拿了兩把笤帚進來，一個小和尚點了燈來請洗澡。此時滿天星月光輝，譙樓更鼓齊發。

三藏沐浴畢，穿了小袖褊衫，手裏拿一把新笤帚，對眾僧道：「你等安寢，待我掃塔去來。」行者道：「塔上既被血雨所污，日久無光，恐生惡物。老孫與你同去如何？」三藏道：「甚好，甚好！」兩人各持一把，先到大殿上點燈燒香，佛前拜道：「弟子陳玄奘，奉東土大唐差往靈山拜佛取經。今至祭賽國金光寺，遇寶塔被污，僧眾負屈。弟子竭誠掃塔，望我佛威靈，早示原因，昭雪冤枉，不勝感仰。」祝罷，與行者開了塔門，自下層望上而掃。唐僧掃了一層，又上一層，如此掃到第七層上，卻已二更時分。長老漸覺困倦，行者道：「困了，你且坐下，等老孫替你掃罷！」三藏道：「這塔是多少層數？」行者道：「怕不有十三層哩！」長老道：「是必掃了，方趁本願。」又掃了三層，腰酸腿軟，就於十層上坐倒道：「悟空，你替我把那三層掃淨下來罷！」行者抖擻精神，登上第十一層，霎時又上到第十二層。正掃處，只聽得塔頂上有人言語。行者道：「怪哉，怪哉！這早晚有三更時分，怎麼得有人在頂上言語？斷乎是邪物也，且看看去。」

他輕輕的挾著笤帚，撒起衣服，鑽出前門，踏著雲頭觀看。只見第十三層塔心裏坐著兩個妖精，面前放一盤嗄飯，一隻碗，一把壺，在那裏猜拳吃酒哩。行者丟了笤帚，掣出金箍棒，攔住塔門喝道：「好怪物！偷塔上寶貝的原來是你。」兩個怪物慌了，急起身，拿壺拿碗亂摜。被行者橫攔住道：「我若打死你，沒人供狀。」只把棒逼將去。那怪貼在壁上，莫想掙扎得動，口裏只叫：「饒命，饒命，不干我事！自有偷寶貝的在那裏也。」行者使個拿法，徑拿下第十層塔中，報道：「師父，拿住偷寶貝的賊了！」三藏正自盹睡，忽聞此言，又驚又喜道：「是那裏拿來的？」行者把怪物揪到面前跪下道：「他在塔頂上猜拳吃酒，是老孫輕輕捉來。師父可取他個口詞，看他是那裏妖精。偷的寶貝在於何處？」

那怪物戰戰兢兢，口叫「饒命」。遂從實供道：「我兩個是亂石山碧波潭萬聖龍王差來巡塔的，他叫作奔波兒灞，我叫作灞波兒奔，他是鯰魚怪，我是黑魚精。因我萬聖老龍生下一個女兒，就喚作萬聖公主。那公主花容月貌，有十二分人才。招得個駙馬，喚作九頭駙馬，神通廣大。前年與老龍來此，顯大法力，下了一陣血雨，污了寶塔，偷了塔中的舍利子佛寶。公主又去大羅天上靈虛殿前，偷了王母娘娘的九葉靈芝草，養在那潭底下，金光霞彩，晝夜光明。近日聞得有個孫悟空往西天取經，說他神通廣大，沿路上專一尋人的不是，所以這些時常差我等在此巡攔。若還有那孫悟空到時，好準備也。」行者聞言，嘻嘻冷笑道：「那業畜等這等無禮！怪道前日請牛魔王在那裏赴會，原來他結交這夥潑魔，專幹不良之事。」

說未了，只見八戒與兩三個小和尚，提著兩個燈籠，走上來道：「師父，掃了塔不去睡覺，在這裏講甚麼哩？」行者道：「師弟，你來正好。塔上的寶貝，乃是萬聖老龍偷了去。今著這兩個小妖巡塔，探聽我等的消息，卻纔被我拿住也。」八戒掣鈀就打道：「既是妖精，不打死待何時？」行者道：「你不知，且留著活的，好去見皇帝講話，又好作眼去尋賊追寶。」獃子真個收了鈀，一家一個，都抓下塔來。兩三個小和尚喜喜歡歡，提著燈籠，引長老下了塔。一個先跑報眾僧道：「好了，好了，我們得見青天了！偷寶貝的妖怪已是爺爺們捉將來矣。」行者叫拿鐵索來，穿了琵琶骨，鎖在這裏，「汝等看守，我們睡覺去，明日再做理會。」那些和尚都緊緊守著，讓三藏們安寢。

不覺的天曉。長老道：「我與悟空入朝，倒換關文去來。」長老即穿了錦襴袈裟，戴了毗盧帽。行者取了關文同去。八戒道：「怎麼不帶這兩個妖賊去？」行者道：「待我們奏過了，自有駕帖著人來提他。」遂行至朝門外。三藏對閣門大使作禮道：「煩代轉奏，貧僧是東土大唐差去西天取經者，意欲面君，倒換關文。」那黃門官即與通報。

國王傳旨教宣，長老引行者入朝。眾文武見了行者，無不驚怕。長老在階前舞蹈山呼的行拜，大聖叉著手，斜立在旁，公然不動。長老啟奏罷，國王傳旨教宣唐朝聖僧上金鑾殿，安繡墩賜坐。長老先將關文捧上，然後謝恩告坐。

那國王將關文看了一遍，心中喜悅道：「似你大唐王能選高僧，不避路途遙遠，拜佛取經。寡人這裏和尚，專心只是做賊，敗國傾君！」三藏合掌道：「怎見得敗國傾君？」國王道：「寡人這國，乃是西域上方，常有四方朝貢。皆因國內有個金光寺，寺內有座黃金寶塔，光彩沖天。近被本寺賊僧，暗竊了其中之寶，三年無有光彩，外國這三年也不來朝。寡人心痛恨之。」三藏合掌笑道：「萬歲差矣。貧僧昨到天府，一進城門，就見金光寺負冤之僧。貧僧至夜掃塔，已獲住偷寶之妖賊矣。」國王大喜道：「妖賊安在？」三藏道：「現被小徒鎖在金光寺裏。」

那國王急降金牌：「著錦衣衛快到金光寺取妖賊來，寡人親審。」三藏又奏道：「萬歲，雖有錦衣衛，還得小徒去方可。」國王道：「高徒在那裏？」三藏用手指道：「那玉階旁立者便是。」國王見了大驚道：「聖僧如此丰姿，高徒怎麼這等相貌？」大聖聽見了，高叫道：「陛下，人不可貌相，海水不可斗量。若愛丰姿者，如何捉得妖賊也？」國王聞言，回驚作喜道：「聖僧說得是。朕這裏不選人材，只要獲賊得寶為上。」再著當駕官看車蓋，叫錦衣衛好生伏侍聖僧，去取妖賊來。那當駕官即備大轎、黃傘，錦衣衛點起校尉，將行者八擡八綽，大四聲喝路，徑至金光寺來。

八戒、沙僧只說是國王差官，急出迎接，原來是行者坐在轎上。獃子笑道：「哥哥，你得了本身也！」行者下轎道：「我怎麼得了本身？」八戒道：「你打著黃傘，擡著八人轎，卻不是猴王之職分？故說你得了本身。」行者道：「快解下兩個妖物，押見國王去。」於是八戒、沙僧每人揪著一個，大聖依舊坐了轎，擺開頭踏，將兩妖押赴當朝。

須臾，至白玉階前。國王下龍牀，與唐僧及文武多官同目視之。那怪一個是暴腮烏甲，尖嘴利牙；一個是滑皮大肚，巨口長鬚。雖然是有足能行，大抵是變成的人像。國王問曰：「你是何方賊怪，何年盜我寶貝，一夥共有多少賊徒，都喚作甚麼名字，從實一一供來！」二怪跪下供道：

三載之外，七月初一。有個萬聖龍王，離此處路有百十。潭號碧波，山名亂石。生女多嬌，妖嬈美色。招贅一個九頭駙馬，神通無敵。他知你塔上珍奇，與龍王合伴做賊。先下血雨一場，後把舍利偷訖。見今照耀龍宮，黑夜明如白日。公主又偷了王母靈芝，在潭中溫養寶物。我兩個不是賊頭，乃龍王差來小卒。今夜被擒，所供是實。」國王道：「既取了供，如何不供自家名字？」那怪道：「我喚作奔波兒灞，是個鯰魚怪；他喚作灞波兒奔，是個黑魚精。」國王叫錦衣衛好生收監，傳赦赦了金光寺眾僧，快教光祿寺排宴，謝聖僧獲賊之功，議請聖僧捕擒賊首。光祿寺即時備了葷素兩樣筵席，國王請唐僧四眾上麒麟殿敘坐，一一問了名號，奏樂安席。這場筵宴，直到午後方散。

三藏謝了國王，國王再請到建章宮，又吃了一席，卻纔舉酒道：「敢煩那位聖僧，帥眾出師，降妖捕賊？」三藏道：「教大徒弟孫悟空去。」大聖拱手應承。國王道：「孫長老既去，用多少人馬？」八戒忍不住叫道：「那裏用甚麼人馬！趁如今酒醉飯飽，我共師兄去，手到擒來。」國王聞說，即取大觥來，與二位長老送行。孫大聖叫把兩個小妖帶去作眼，國王傳旨即時提出。二人挾著兩妖，駕風頭，徑上東南而去。畢竟不知此去如何，且聽下回分解。

第六十三回　二僧蕩怪鬧龍宮　群聖除邪獲寶貝

卻說祭賽國王與大小公卿，見大聖與八戒騰風駕霧，提著兩個小妖，飄然而去，一個個朝天禮拜。又拜謝三藏、沙僧道：「寡人肉眼凡胎，只知高徒有力量，拿住妖賊便了，豈知乃騰雲駕霧之上仙也。」遂稱唐僧為老佛，稱沙僧為菩薩，滿朝文武忻然頂禮不題。

卻說大聖與八戒把兩個小妖提到亂石山碧波潭，住定雲頭，將金箍棒吹口仙氣，變作一把戒刀，將一個黑魚怪割了耳朵，鯰魚精割了下脣，撇在水裏，喝道：「快去對那萬聖龍王說，我齊天大聖孫爺爺在此，著他即送金光寺塔上的寶貝出來，免他一門老幼遭誅。」

那兩妖得命逃生，拖著鎖索，淬入水內，竟上龍王宮殿，報大王：「禍事了！」那萬聖龍王正與九頭駙馬飲酒，忽見他兩個來，即停杯問何禍事。那兩個告道：「昨夜巡攔，被唐僧、孫行者掃塔捉獲，用鐵索拴鎖。今早見國王，又被那行者與豬八戒抓著我兩個，割了耳朵、嘴脣，拋在水中，著我來報說，齊天大聖在外，要索那塔頂寶貝。」那老龍聽說是齊天大聖，唬得魂不附體，戰兢兢對駙馬道：「賢婿啊，別個來還好計較，若果是他，卻不善也！」駙馬笑道：「太岳放心。愚婿自幼學了些武藝，四海之內，也曾會過幾個豪傑，怕他做甚！等我出去與他交戰三合，管取那廝縮首歸降。」

那怪急起身披掛了，使一柄月牙鏟，步出龍宮，分開水道，在水面上叫道：「是甚麼齊天大聖，快上來納命！」行者按一按鐵棒道：「你孫爺爺在此。」那怪道：「我聞得你是取經的和尚，沒要緊羅織管事。我偷祭賽國的寶貝，與你何干？卻無故傷我頭目，又大膽上吾寶山廝鬧。」行者道：「這賊怪甚不達理！我雖不受國王的恩惠，但是你偷他的寶貝，屢年屈苦金光寺僧人。他是我一門同氣，我怎麼不與他出力，辨明冤枉？」駙馬道：「你既如此，想是要行賭賽。常言道：『武不善作。』只怕一時間傷了你的性命，誤了你去取經。」

行者大怒道：「這潑賊怪，有甚強能，敢開大口。走上來，吃老爺一棒！」那駙馬更不心慌，把月牙鏟架住鐵棒，就在那亂石山頭，往往來來，鬥經三十餘合，不分勝負。八戒見他們戰酣，舉著釘鈀，從妖精背後一築。原來那怪九個頭，轉轉都是眼睛，看見八戒在背後來時，即使鏟鐏架著釘鈀，鏟頭抵著鐵棒。又耐了六七合，擋不得前後齊攻，他卻打個滾，騰空跳起，現了本相，乃是一個九頭蟲，觀其形像，十分兇惡。八戒看見心驚道：「哥啊，我自為人，也不曾見這等個惡物！是甚血氣生此禽獸也？」行者道：「真個罕有，等我趕上打去！」大聖急縱雲，跳在空中，使鐵棒照頭便打。那怪物大顯身，展翅斜飛，颼的打個轉身，掠到山前，半腰裏又伸出一個頭來，張開口如血盆相似，把八戒一口咬著鬃，捉下碧波潭水內而去。及至龍宮外，還變作前番模樣，將八戒擲在地下，叫小的們：「把這個和尚綁在那裏，與我巡攔的小卒報仇！」眾精推推嚷嚷，擡了八戒進去。那老龍王歡喜，迎出道：「賢婿有功，怎生捉他來也？」即命排酒賀功不題。

卻說行者見妖精擒了八戒，心中忖道：「這廝恁般利害！我待回朝見師，恐那國王笑我。待要開言罵戰，怎奈我又單身？況水面之事不慣，且等我變化了進去看看。」即捻著訣，搖身一變，還變作一個螃蟹，淬於水內，徑至牌樓之前。原來這條路，是他前番襲牛魔王走熟了的。直至宮門之下，見那老龍王與九頭蟲闔家兒歡喜飲酒。行者不敢相近，爬過東廊之下，見幾個蝦精蟹精，紛紛紜紜耍子。行者聽了一會，問道：「駙馬爺爺拿來的那長嘴和尚，這會死了不曾？」眾精道：「不曾死，縛在那西廊下哼的不是？」

行者聽說，又輕輕的爬過西廊，真個那獃子綁在柱上哼哩。行者四顧無人，近前叫聲「八戒」，將鉗咬斷索子叫走。那獃子脫了手道：「哥哥，我的兵器被那怪拿上宮殿去了，怎處？」行者道：「你先去牌樓下等我。」八戒悄悄的溜出。行者復爬上宮殿觀看，見左首下釘鈀放光，使個隱身法，將鈀偷出，到牌樓下遞與八戒。獃子得了鈀，便道：「哥哥，你先走，等老豬打進宮殿。若得勝，就捉住他一家子。若敗出來，你在這潭岸上救應。」行者便負出水面。

這八戒雙手纏鈀，一聲喊，打將進去。慌得那大小水族，奔上宮殿道：「不好了，長嘴和尚掙斷繩反打進來了！」那老龍與九頭蟲並一家子俱措手不及，跳起來，藏藏躲躲。這獃子闖上宮殿，一路鈀，築破門扇，把些桌椅傢伙之類，盡皆打碎。那九頭蟲將公主安藏在內，急取月牙鏟趕至前宮，喝道：「潑夯野豕，怎敢驚吾眷族！」八戒罵道：「這賊怪，你焉敢將我捉來？這場不干我事，是你請我來家打的。快拿寶貝還我，回見國王了事。不然，決不饒你一家命也。」那怪咬定牙齒，與八戒交鋒。那老龍纔定了神思，領龍子、龍孫，各執槍刀，齊來攻取。八戒見事不諧，虛幌一鈀，撤身便走。那老龍帥眾追來，須臾攛出水中，都到潭面上翻騰。

行者正在潭岸等候，忽見他們追趕八戒出來，就半踏雲霧，掣鐵棒只一下，把個老龍頭打得稀爛，可憐血濺潭中，屍飄浪上。唬得那龍子、龍孫各各逃命；九頭駙馬收龍屍轉宮而去。

行者與八戒且不追襲，回上岸，正自商量。忽聽得狂風滾滾，慘霧陰陰，從東方徑往南去。行者仔細觀看，乃二郎顯聖，領梅山六兄弟，架著鷹犬，一個個腰挎彎弓，手持利刃，縱風霧踴躍而行。行者道：「八戒，那是七聖兄弟，倒好留請他們，與我們助戰，倒是一場大機會。但內有顯聖大哥，我曾受他降伏，不好見他。你去攔住雲頭，叫住了他，待他安下，我卻好見。」那獃子急縱雲頭，上山攔住，高叫道：「真君，且少停車駕，有齊天大聖請見哩！」那爺爺見說，即傳令停住，與八戒相見畢，問：「齊天大聖何在？」八戒道：「現在山下。」二郎即喚六兄弟，乃是康、張、姚、李、郭、直，各各出營，請行者上山相見，道：「大聖，你脫離大難，受戒沙門，刻日功完，高登蓮座，可賀，可賀！」行者道：「不敢。雖然脫難西行，未知功成何日。今因路過祭賽國，搭救僧災，在此擒妖索寶。偶見兄長車駕，大膽請留一助，未審肯見愛否？」二郎笑道：「我因閒暇無事，同眾兄弟採獵而回。幸蒙大聖不棄，敢不如命。卻不知此地是何怪賊？」六聖道：「大哥忘了？此間是亂石山碧波潭，萬聖之龍宮也。」二郎驚訝道：「萬聖老龍卻不生事，怎麼敢偷塔寶？」行者將上項事說一遍道：「方纔是我把老龍打死，那廝們收屍掛孝去了。我兩個正議索戰，卻見兄長儀仗降臨，故此輕瀆也。」二郎道：「既傷了老龍，正好與他攻擊，使那廝不能措手，卻不連窩巢都滅絕了？」八戒道：「雖是如此，奈天晚何？」二郎道：「我們營內有隨帶酒餚，教小的們就此鋪設，與二位歡敘這一夜，待天明索戰何如？」卻命小校安排。眾兄弟在星月光前，幕天席地，舉杯敘舊。

正是歡娛夜短，早不覺東方大亮。那八戒幾鍾酒，吃得興氣勃然的道：「天已明了，等老豬下水去索戰也！」你看他斂衣纏鈀，使分水法，跳將下去，徑至那牌樓下，發聲喊，打入殿內。

此時那龍子披了麻，看著龍屍哭，龍孫與那駙馬在後面收拾棺材哩！這八戒上前，手起處，把個龍子夾頭一鈀，築了九個窟窿。唬得那龍婆與眾往裏亂跑，哭道：「長嘴和尚又把我兒打死了！」那駙馬聞言，即使月牙鏟，帶龍孫往外殺來。八戒舉鈀迎敵，且戰且退，跳出水中。這岸上大聖與七兄弟一擁上前，槍刀亂下，把個龍孫剁成幾段。那駙馬見不停當，在山前打個滾，又現了本相，展開翅，旋繞飛騰。二郎即取金弓，安上銀彈，扯滿弓往上就打。那怪急鎩翅，掠到山邊，要咬二郎，半腰裏纔伸出一個頭來，被那頭細犬攛上去，汪的一口，把頭血淋淋的咬將下來。那怪物負痛逃生，徑投北海而去。八戒便要趕去，行者止住道：「莫趕他，正是窮寇勿追。他被細犬咬了頭，必定是多死少生。等我變作他的模樣，你分開水路，趕我進去，尋那公主，哄他寶貝來也。」二郎道：「不趕他倒也罷了，只是遺這種類在世，必為後人之害。」至今有個九頭蟲滴血，是遺種也。

那八戒依言，分開水路。行者變作怪物前走，八戒後追。漸漸追至龍宮，只見萬聖公主道：「駙馬，怎麼這等慌張？」行者道：「那八戒得勝，把我趕將進來。你快把寶貝與我好生藏了！」那公主那識真假，即於後殿裏取出一個渾金匣子來，遞與行者道：「這是佛寶。」又取出一個白玉匣子，也遞與行者道：「這是九葉靈芝。」行者將兩個匣兒收在身邊，把臉一抹，現了本相。公主慌了，便要搶奪匣子。被八戒跑上去，著肩一鈀，築倒在地。還有一個老龍婆撤身急走，八戒趕去，行者道：「且莫打死他，留個活的，好去國內見功。」遂將龍婆提出水面。行者隨後捧匣上岸，對二郎感謝道：「仗兄長威力，得了寶貝，掃淨妖賊也。」二郎兄弟都道：「既已功成，我們就此告別。」遂帥眾回灌口去訖。

行者捧著匣子，八戒拖著龍婆，半雲半霧，頃刻間到了國內。那金光寺解脱的和尚都在城外迎接，忽見他兩個近前，磕頭禮拜，接入城中。那國王聽説，連忙下殿，共唐僧、沙僧迎著，稱謝神功不盡。隨命排宴謝恩，三藏道：「且著小徒歸了塔中之寶，方可飲宴。」

國王又問：「龍婆能人言語否？」八戒道：「乃是龍王之妻，豈不知人言？」國王道：「既知人言，快早招前盜寶之由。」龍婆道：「偷佛寶，我全不知，都是我那夫君龍鬼與那駙馬九頭蟲，知你塔上之光乃是佛家舍利子，三年前下了血雨，乘機盜去。」又問靈芝草是怎麼偷的，龍婆道：「這是我小女萬聖公主私入大羅天上靈虛殿前，偷的王母娘娘九葉靈芝草。那舍利子得這草的仙氣溫養著，千年不壞，萬載生光，去地下掃一掃，即有萬道霞光，千條瑞氣。如今被你奪來，弄得我夫死子絕，婿喪女亡，千萬饒了我罷！」行者道：「家無全犯，饒便饒你。只要你長遠替我看塔。」龍婆道：「好死不如惡活。但留我命，憑你差遣。」行者叫取鐵索來，把龍婆琵琶骨穿了，教沙僧請國王來看我們安塔去。

那國王即忙排駕，同三藏攜手出朝，並文武多官隨至金光寺，上塔將舍利子安在第十三層塔頂寶瓶中間，把龍婆鎖在塔心柱上。念動真言，喚出本國土地、城隍與本寺伽藍，每三日進飲食一餐，與這龍婆度口，少有差訛，即行處死。眾神暗中領諾。行者卻將芝草把十三層塔層層掃過，安在瓶內，溫養舍利子。這纔是整舊如新，霞光萬道，瑞氣千條，依然八方共覩，四國同瞻。下了塔門，國王拜謝道：「不是老佛與三位菩薩到此，怎生得明此事也！」

行者道：「陛下，『金光』二字不好，不是久住之物，金乃流動之物，光乃閃爍之氣。貧僧為你勞碌這場，將此寺改作伏龍寺，教你永遠常存。」那國王即命換上新匾，乃是「敕建護國伏龍寺」。一壁廂安排御宴，一壁廂召丹青寫下四眾生形，五鳳樓註了名號。國王擺鑾駕送唐僧師徒，又賜金玉酬答。師徒們堅辭，一毫不受。這真個是：

妖邪剪滅諸天樂，寶塔回光大地明。

畢竟不知此去前路如何，且聽下回分解。

第六十四回　荊棘嶺悟能努力　木仙菴三藏談詩

話表祭賽國王謝了三藏師徒獲寶擒怪之恩，卻命當駕官製造衣服鞋襪，備乾糧烘炒，倒換了通關文牒，大排鑾駕，並多官百姓、伏龍寺僧人，大吹大打，送四眾出城。約有二十里，先辭了國王。眾人又送二十里辭回。伏龍寺僧人送有五六十里不回，有的要同上西天，有的要修行伏侍。行者遂弄個手段，把毫毛拔了三四十根，都變作斑斕猛虎，攔住前路，哮吼跳躍。眾僧方懼，不敢前進。大聖纔引師父策馬而去。少時間去得遠了，眾僧人俱大哭而回。

師徒四眾，走上大路，卻纔收回毫毛，一直西去。正是時序易遷，又早冬殘春至。正行處，忽見一條長嶺，嶺頂上是路。三藏勒馬觀看，那嶺上荊棘丫叉，薜蘿牽繞，雖是有道路的痕跡，左右卻都是荊棘刺針。唐僧叫徒弟：「這路怎生走得？你看路痕在下，荊棘在上，只除是蛇蟲伏地而遊方可。若你們走，腰也難伸，教我如何乘馬？」八戒道：「不打緊，等我使出扒柴手來，把釘鈀分開荊棘，莫説乘馬，就擡轎也包你過去。」三藏道：「你雖有力，長遠難熬。卻不知有多少遠近？」行者道：「等我去看看。」將身一縱，跳在半空看時，只見那：

處處薜蘿纏古樹，重重藤葛繞叢柯。為人誰不遭荊棘，那見西方荊棘多！

行者看罷，下來道：「師父，這去處一望無際，似有千里之遙。」三藏大驚：「這般怎生得度？」八戒笑道：「要得度，還依我。」

好獃子，捻個訣，念個咒語，把腰躬一躬，叫「長」，就長了有二十丈的身軀；把釘鈀幌一幌教「變」，就變了有三十丈的鈀柄。拽開步，雙手使鈀，將荊棘左右摟開；「請師父跟我來也！」三藏見了甚喜，即策馬緊隨後面，沙僧挑著行李，行者也使鐵棒撥開。這一日未曾住手，行有百十里。將次天晚，見有一塊空闊之處，當路上有一通石碣，上有三個大字，乃「荊棘嶺」，下有兩行十四個小字，乃

荊棘蓬攀八百里，古來有路少人行。

八戒見了，笑道：「等我老豬與他添上兩句：

自今八戒能開破，直透西方路盡平！」

三藏忻然下馬道：「徒弟呵，累了你也！我們就在此住過了今宵，待明早再走。」八戒道：「師父莫住，趁此天色晴明，我等連夜摟開路走他娘！」那長老只得相從。

八戒上前努力。師徒們人不住手，馬不停蹄，又行了一日一夜，卻又天色晚矣。那前面蓬蓬結結，又聞得風敲竹韻，颯颯松聲。卻好又有一段空地，中間乃是一座古廟。廟門之外，有松柏凝青，桃梅鬥麗。三藏下馬，與三個徒弟少憩。行者道：「此地少吉多凶，不宜久坐。」說不了，忽見一陣陰風，廟門後，轉出一個老者，角巾淡服，手持拐杖，後跟著一個青臉獠牙紅鬚赤體鬼使，頭頂著一盤面餅，跪下道：「大聖，小神乃荊棘嶺土地。知大聖到此，特備蒸餅一盤奉上，老師父各請一餐。此地八百里更無人家，聊吃些兒充飢。」八戒歡喜，上前就欲取餅。不知行者端詳已久，喝一聲：「且住，這廝不是好人。你是甚麼土地，來誑老孫，看棍！」那老者見他打來，將身一轉，化作一陣陰風，呼的一聲，把個長老攝將起來，飄飄蕩蕩，不知去

向。慌得那大聖兄弟前後找尋不題。

卻說那老者同鬼使把長老擡到一座煙霞石屋之前，輕輕放下，與他攜手相攙道：「聖僧休怕。我等不是歹人，乃荊棘嶺十八公是也，因風清月霽之宵，特請你來會友談詩，消遣情懷故耳。」那長老卻纔定睛細看，漸覺月明星朗。只聽得人語相接，都道：「十八公請得聖僧來也。」長老擡頭觀看，乃是三個老者，前一個霜姿丰采，第二個綠鬢婆娑，第三個虛心黛色，面貌衣服，各不相同，都來與三藏作禮。長老還了禮道：「弟子有何德行，敢勞列位仙翁下愛？」十八公笑道：「一向聞知聖僧有道，等待多時，今幸一見。如果不吝珠玉，寬坐敘懷，足見禪機真派。」三藏躬身道：「敢問仙長大號？」十八公道：「霜姿者號孤直公，綠鬢者號凌空子，虛心者號拂雲叟。老拙號曰勁節。」三藏道：「四翁尊壽幾何？」孤直公道：

我壽今經千歲古，撐天葉茂四時春。香枝鬱鬱龍蛇狀，碎影重重霜雪身。
自幼堅剛能耐老，從今正直喜修真。烏棲鳳宿非凡輩，落落森森遠俗塵。

凌空子道：

吾年千載傲風霜，高幹靈枝力自剛。夜靜有聲如雨滴，秋晴蔭影似雲張。
盤根已得長生訣，受命尤宜不老方。留鶴化龍非俗輩，蒼蒼爽氣近仙鄉。

拂雲叟道：

歲寒虛度有千秋，老景瀟然清更幽。不雜囂塵終冷淡，飽經霜雪自風流。
七賢作侶同談詠，六逸為朋共唱酬。戛玉敲金非瑣瑣，天然情性與仙遊。

勁節十八公道：

我亦千年約有餘，蒼然貞秀自如如。堪憐雨露生成力，借得乾坤造化居。

萬壑風煙惟我盛，四時灑落讓吾疏。蓋張翠影留仙客，博弈調琴講道書。

三藏稱謝道：「四位仙翁，俱高年得道，丰采清奇，得非漢時之四皓乎？」四老道：「承過獎。吾等非四皓，乃深山之四操也。敢問聖僧，妙齡幾何？」三藏合掌躬身答道：

四十年前出母胎，未曾墜地已逢災。任拋江水隨波浪，幸遇金山脫本骸。
養性看經無懈怠，誠心拜佛敢遲回？於今奉命朝西去，多感仙翁錯愛來。

四老俱稱道：「聖僧自出娘胎，即從佛教，果是從小修行，真正有道之上僧也。我等幸接台顏，敢求大教，望以禪法指示一二，足慰生平。」長老聞言，即慨然對眾言曰：

禪者，靜也。法者，度也。靜中之度，非悟不成。悟者，洗心滌慮，脫俗離塵是也。夫人身難得，中土難生，正法難遇，全此三者，幸莫大焉。至德妙道，渺漠希夷，六根六識，遂可掃除。菩提者，不死不生，無餘無欠，空色包羅，聖凡俱遣。訪真了元始鉗錘，悟實了牟尼手段。發揮象罔，踏碎涅槃。必須覺中覺了悟中悟，一點靈光全保護。放開烈焰照婆娑，法界縱橫獨顯露。至幽微，更守固，玄關口說誰人度？我本元修大覺禪，有緣有志方能悟。

四老側耳受了，無邊喜悅，一個個稽首拜道：「聖僧乃禪機悟本也！」

拂雲叟道：「禪雖靜，法雖度，須要性定心誠，總為大覺真仙，終證無生之道。若我等之玄，卻又大不同也。」三藏道：「道乃非常，體用合一，如何不同？」拂雲叟笑道：

我等生來堅實，體用比爾不同。感天地以生身，蒙雨露而滋色。笑傲風霜，消磨日月。一葉不雕，千枝節操。似這話不叩沖虛，你執持梵語。道也者，本安中國，反來求證西方。空費了草鞋，不知尋個甚麼？石獅子剜了心肝，野狐涎灌徹骨髓。忘本參禪，妄求佛果，都是我荊棘嶺葛藤謎語，蘿蓏渾言。此般君子，怎生接引？這等規模，如何印授？必須要檢點見前面目，靜中自有生涯。沒底竹籃汲水，無根鐵樹生花。靈寶峰頭牢著腳，歸來雅會上龍華。

三藏聞言，叩頭拜謝。十八公用手攙扶。凌空子打個哈哈道：「拂雲之言，分明漏泄，聖僧不必執著。我等趁此月明，原不為講論修持，且自吟哦逍遙，放蕩襟懷可也。」拂雲叟笑指石屋道：「若要吟哦，且入小菴一茶何如？」

長老欠身向石屋觀看，門上有三個字，乃「木仙菴」。遂此同入，又敘了坐次。忽見那赤身鬼使，捧一盤茯苓膏，將五盞香湯奉上。四老請唐僧先吃，三藏驚疑，不敢便吃。那四老一齊享用，三藏卻纔吃了兩塊，各飲香湯收去。三藏留心偷看，只見那裏玲瓏光彩，如月下一般。真是：

水自石邊流出，香從花裏飄來。滿座清虛雅致，全無半點塵埃。

那長老見此仙境，得意開懷，十分歡喜，忍不住念了一句道：

禪心似月空還朗。

勁節老笑而即聯道：

詩興如天清更新。

孤直公道：

好句漫裁呈錦繡。

凌空子道：

佳文不點唾奇珍。

拂雲叟道：

六朝一洗繁華盡，四始重刪《雅頌》分。

三藏道：「弟子一時胡談幾字，誠所謂班門弄斧。適聞列仙之言，清新飄逸，真詩翁也。」勁節道：「聖僧不必閒敘，出家人全始全終，既有起句，何無結句，望卒成之。」三藏只得續後句云：

半枕松風茶未熟，吟懷瀟灑滿腔春。

十八公道：「好個『吟懷瀟灑滿腔春』！聖僧乃有道之士，大養之人也，不必再作聯句，請賜教全篇，庶我等亦好勉和。」三藏無已，只得笑吟一律曰：

杖錫西來拜法王，願求妙典遠傳揚。金芝三秀詩壇瑞，寶樹千花蓮蕊香。百尺竿頭須進步，十方世界立行藏。修成玉像莊嚴體，極樂門前是道場。

四老聽畢，俱極讚揚。十八公道：「老拙無能，大膽也和一首。」云：

勁節孤高笑木王，靈椿不似我名揚。山空百丈龍蛇影，泉秘千年琥珀香。解與乾坤生氣概，喜因風雨化行藏。衰殘自愧無仙骨，惟有苓膏結壽場。

孤直公和云：

霜姿常喜宿禽王，四絕堂前大器揚。露重珠纓蒙翠蓋，風輕石齒碎寒香。長廊夜靜吟聲細，古殿秋陰淡影藏。元日迎春曾獻壽，老來寄傲在山場。

凌空子和云：

樑棟之材近帝王，太清宮外有聲揚。晴軒恍若來青氣，暗壁尋常度翠香。壯節凜然千古秀，深根結矣九泉藏。凌雲蓋世婆娑影，不在群芳豔麗場。

拂雲叟和云：

淇澳園中樂聖王，渭川千畝任分揚。翠筠不染湘娥淚，班籜堪傳漢史香。
露葉年年顏不改，霜柯代代節難藏。子猷去世知音少，亘古留名翰墨場。

三藏道：「眾仙翁之詩，真個是吐鳳噴珠，游夏莫贊。厚愛高情，感之極矣！但夜已深沈，三個小徒不知在何處等我？弟子敢此告回尋訪，望老仙指示歸路，尤無窮之至愛也。」四老笑道：「聖僧勿慮。我等也千載奇逢。況天光晴爽，月明如晝，再請寬坐。待天曉當遠送過嶺，高徒一定可相會也。」

正話間，只見石屋之外，兩個青衣女童，打一對絳紗燈籠，後引著一個仙女。那仙女捻著一枝杏花，笑吟吟進門相見。四老欠身問道：「杏仙何來？」那女子對眾道了萬福道：「知有佳客，在此賡酬，特來相訪，敢求一見。」十八公指著唐僧道：「佳客在此，何勞求見？」三藏躬身，不敢言語。那女子叫：「快獻茶來。」又有兩個黃衣女童，拿著茶盞、茶壺，壺內香茶噴鼻。斟了茶，那女子微露春蔥，捧一盞先奉三藏，次奉四老，然後自取一盞，傾坐相陪。

茶畢，欠身問道：「仙翁今宵盛會，佳句請教一二如何？」拂雲叟道：「我等皆鄙俚之言，惟聖僧真盛唐之作，甚可嘉羨。」四老即以長老前詩後詩並禪法論，宣了一遍。那女子滿面春風，對眾道：「妾身不才，不當獻醜。但聆此佳句，似不可虛也，勉強將後詩奉和一律如何？」遂朗吟道：

上苑名高眾卉王，泗濱壇坫共稱揚。董仙偏愛春林蔭，孫楚曾吟寒食香。
雨潤紅姿嬌且豔，煙蒸翠色露還藏。自憐過熟微酸意，搖落年年伴麥場。

四老聞詩，都道：「清雅脫塵，句內包含春意，好個『雨潤紅姿嬌且豔，煙蒸翠色露還藏！』」那女子笑答道：「惶恐，惶恐！適聞聖僧之章，誠然錦心繡口。如不吝珠玉，賜教一闋如何？」唐僧不答應。那女子漸有見愛之情，挨挨擦擦，移近坐邊，低聲悄語道：「佳客，趁此良宵，不耍子待怎的？人生光景，能有幾何？」十八公道：「杏仙儘有仰高之情，聖僧豈可無俯就之意？如不見憐，是不知趣了也。」孤直公道：「聖僧乃有道有名之士，決不苟且行事。如此舉動，是我等取罪了。果是杏仙有意，可教拂雲叟與十八公做媒，我與凌空子保親，成此姻眷，豈不美哉！」三藏聽言，遂變了顏色，跳起來高叫道：「汝等皆是一類怪物，這般誘我！當時只以風雅之言，談玄講道可也。如今怎麼以美人局來騙害貧僧，是何道理？」四老見三藏發怒，一個個不敢言語。那赤身鬼使，暴躁如雷道：「這和尚好不識擡舉！我這姐姐，那些兒不好？且莫說他美質嬌姿，女工針指，只這一段詩才，也配得你過。休錯過了，孤直公之言甚當。如果不可苟合，待我再與你主婚。」三藏大驚失色，憑他們亂談亂講，只是不理。鬼使又道：「你這和尚，我們好言好語，你不聽從。若是我們發起村野之性，還把你攝了去，教你和尚不得做，老婆不得取，卻不枉為人一世也？」長老暗想道：「我徒弟們不知在那裏尋我哩！」止不住眼中墮淚。那女子陪著笑，挨至身邊，袖中取出一方蜜褐綾汗巾來，與他揩淚道：「佳客勿得煩惱，我與你倚玉偎香，耍子去來。」長老咄的一聲吆喝，跳起身來就走，被那些人扯扯拽拽，將及天明。

忽聽得喊叫：「師父！師父！你在那方言語也？」原來那大聖與八戒、沙僧，牽馬挑擔，一夜不曾住腳，穿荊度棘，東尋西找，卻好半雲半霧的過了八百里荊棘嶺。聽得唐僧吆喝，卻就喊了一聲。那長老掙出門來，叫悟空：「我在這裏哩，快來救我！」那四老與鬼使並女子與女童，幌一幌，都不見了。

須臾間，八戒、沙僧俱到，問師父：「怎麼得到此處？」三藏把夜來之事，說了一遍。行者道：「你既與他敘話談詩，就不曾問他個名字？」三藏道：「我都問來。那老者喚作十八公，號勁節，那三個一號孤直公，一號凌空子，一號拂雲叟，那女子稱為杏仙。」八戒道：「此物在於何處，纔往那方去了？」三藏道：「去向之方不知，但談詩之處相去不遠。」

他三人同師父看處，只見一座石崖，崖上有「木仙菴」三字。三藏道：「此間正是。」行者仔細觀之，那裏邊有一株大檜樹，一株老柏，一株老松，一株老竹。竹後有一株丹楓。再看崖那邊，還有一株老杏，二株臘梅，二株丹桂。行者笑道：「你可曾看見妖怪？」八戒道：「不曾。」行者道：「你不知。就是這幾株樹木在此成精也。」八戒道：「哥哥怎得知道？」行者道：「十八公乃松樹，孤直公乃柏樹，凌空子乃檜樹，拂雲叟乃竹竿，赤身鬼乃楓樹，杏仙即杏樹，女童即丹桂、臘梅也。」八戒聞言，不論好歹，一頓釘鈀，三五長嘴，連拱帶築，把兩株臘梅、丹桂、老杏、丹楓，俱揮倒在地，果然那根下俱鮮血淋漓。三藏近前扯住道：「悟能，不可傷他！他雖成了氣候，卻不曾傷我。我等找路去罷。」行者道：「師父不可惜他，恐日後成了大怪，害人不淺也。」那獃子索性一頓鈀，將松、柏、檜、竹一齊築倒，卻纔請師父上馬西行。畢竟不知前去如何，且聽下回分解。

第六十五回　妖邪假設小雷音　四眾皆遭大厄難

話表唐三藏一念虔誠，似這草木之靈，尚來引送，雅會一宵，脫出荊棘攀纏。行穀多時，又值那三春之日。師徒正行間，忽見一座高山，遠望著與天相接。三藏一見心驚。行者掮著棒，剖開路，引師父直上高山。行過嶺頭，下西平處，忽見祥光藹藹，彩霧紛紛，有一所樓臺殿閣，隱隱的鐘磬悠揚。三藏道：「徒弟，看是個甚麼去處。」行者擡頭，仔細觀看，回覆道：「師父，那去處是便是座寺院，卻不知禪光瑞藹之中，又有些凶氣何也？觀此景象，也是雷音，卻又路道差池。我們到那廂，決不可擅入，恐遭毒手。」唐僧道：「既有雷音之景，莫不就是靈山？你休誤了。」行者道：「不是，不是。靈山之路，我也走過幾遍，那是這路途！」沙僧道：「不必多疑。此條路未免從那門首過，是不是一見可知也。」行者道：「說得有理。」

那長老策馬加鞭，至山門前，見「雷音寺」三個大字，慌得滾下馬來，口裏罵道：「潑猴猻，現是雷音寺，還哄我哩！」行者陪笑道：「師父莫惱，你再看看，山門上乃四個字，你怎麼只念出三個來，倒還怪我？」長老再看，真個是四個字，乃「小雷音寺」。三藏道：「就是小雷音寺，必定也有個佛祖在內。經上言三千諸佛，諒必不在一方，這不知是那一位佛祖的道場。古人云：『有佛有經，無方無寶。』我們可進去來。」行者道：「不可進去，此處少吉多凶。若有禍患，你莫怪我。」三藏道：「我心願遇佛拜佛，如何怪你？」即命八戒取袈裟，換僧帽，結束了衣冠，舉步前進。

只聽得山門裏有人叫道：「唐僧，你自東土來拜見我佛，怎麼還這等怠慢？」三藏聞言，即便下拜。八戒也磕頭，沙僧也跪倒。惟大聖牽馬，收拾行李，在後方入。到二層門內，就見如來大殿，殿門外寶臺之下，擺列著五百羅漢、三千揭諦、四金剛、八菩薩、比丘尼、優婆塞、無數的聖僧、道者，真個也香花豔麗，瑞氣繽紛。慌得那長老與八戒、沙僧一步一拜，拜上靈臺。行者公然不拜。又聞得蓮臺座上厲聲高叫道：「那孫悟空，見如來怎麼不拜？」行者仔細觀看，見得是假，遂丟了馬匹、行囊，掣棒喝道：「你這夥業畜，十分膽大，怎麼假倚佛名，敗壞如來清德！」雙手輪棒，上前便打。只聽得半空中叮噹一聲，撇下一付金鐃，把行者連頭帶足，合在金鐃之內。慌得個八戒、沙僧連忙使起鈀杖，就被些阿羅、揭諦、聖僧、道者一擁近前圍繞。他兩個措手不及，連三藏盡被拿了，一齊都繩穿索綁，緊縛牢拴。

原來那蓮花座上粧佛祖者乃是個妖王，眾阿羅等都是些小怪。遂收了佛像，依然現出妖身。將三眾擡入後邊收藏，把行者合在金鐃之中，閣在寶臺之上，限三晝夜化作了膿水，纔蒸他三個受用。這正是：

碧眼童兒識假真，黃婆木母共昏沈。果然道小魔頭大，錯入旁門枉費心。

那時群妖把馬拴在後邊，把三藏的袈裟、僧帽安在行李擔內，亦收藏了不題。

卻說行者合在金鐃裏，黑洞洞的，燥得滿身流汗，左拱右撞，不能得出，即使鐵棒亂打，莫想得動分毫。他思想將身往外一掙，要掙破那金鐃，遂捻著一個訣，就長有千百丈高，那金鐃也隨他身長，全無一些瑕縫。卻又把身子往下一小，小如芥菜子兒，那鐃也就隨身小了，更沒些些孔竅。他又把鐵棒吹口仙氣，變作幡竿一樣，撐住金鐃。他卻把腦後毫毛拔下兩根，變作梅花頭五瓣鑽兒，挨著棒下，鑽有千百下，只鑽得蒼蒼響喨，再不鑽動一些。行者急了，卻捻訣念咒，拘得那五方揭諦、六丁六甲、一十八位護教伽藍，都在金鐃之外，道：「大聖，我等俱保護著師父，你又拘喚我等做甚？」行者道：「我那師父不聽我勸戒，就死也不虧！但只你等怎麼快作法，將這鐃鈸掀開，放我出來，再作處治。這裏面不通光亮，滿身暴躁，卻不悶殺我也？」眾神真個掀鐃，就如長就的一般，莫想得動分毫。金頭揭諦道：「大聖，這鐃鈸不知是件甚麼寶貝，上下合成一塊。小神力薄，不能掀動。」

揭諦即著六丁神保護著唐僧，六甲神看守著金鐃，眾伽藍前後照察。他卻縱起祥光，須臾間，闖入南天門裏，不待宣召，直上靈霄殿下，見玉帝啟奏道：「主公，臣乃五方揭諦使。今有齊天大聖保唐僧取經，路遇一山，名小雷音寺。被妖魔困陷他師徒，將大聖合在一付金鐃之內，進退無門，看看至死。特來啟奏。」玉帝即傳旨差二十八宿星辰快去釋厄降妖。

那星宿不敢少緩，隨同揭諦，出了天門，至山門之內。有二更時分，那些大小妖精都各去睡覺。眾星宿都到鐃鈸之外，報道：「大聖，我等是玉帝差來二十八宿，到此救你。」行者聽說，便教動兵器打破鐃鈸。眾星道：「不敢打。此物乃渾金之寶，打著必響，響時驚動妖魔，卻難救拔。等我們用兵器捎他。你裏邊但見有一些光處就走。」行者道：「正是。」你看他們使槍的、使劍的、使刀的、使斧的，扛的扛，擡的擡，掀的掀，捎的捎，弄到有三更天氣，漠然不動，就是鑄成了囫圇的一般。那行者在裏邊，東張張，西望望，爬過來，滾過去，莫想看見一些光亮。

亢金龍道：「大聖呵，觀此寶定是個如意之物，斷然也能變化。你在裏面，於那合縫之處，用手摸著，等我使角尖兒拱進來，你可變化了，趁鬆處脫身。」行者依言，真個在裏面亂摸。這星宿把身變小了，那角尖兒就似個針尖一樣，順著鈸合縫口上，伸將進去。可憐用盡千斤之力，方能穿透裏面。卻將本身與角，使法相叫「長，長，長」，角就長有碗來粗細。那鈸口倒也不像金鑄的，好似皮肉長成的，順著亢金龍的角，緊緊噙住，四下裏更無一絲鏬縫。行者摸著他的角，叫道：「不濟事，上下沒有一毫鬆處！沒奈何，你忍著些兒疼，帶我出去。」即將金箍棒變作一把鋼鑽兒，將他那角尖上鑽了一個孔竅，把身子變得似個芥菜子兒，拱在那鑽眼裏蹲著，叫扯出去。這角星宿又不知費了多少力，方纔拔出，使得力盡筋疲，倒在地下。

行者卻從他角尖鑽眼裏跳出，現了原身，掣出鐵棒，照鐃鈸噹的一聲打去，就如崩倒銅山，咋開金礦，可惜把個佛門之器，打作個千百塊散碎之金。唬得那二十八宿驚張，五方揭諦髮豎。老妖夢裏驚覺，急起來披衣擂鼓，聚點群妖，各執器械。此時天將黎明。一擁趕到寶臺之下，只見行者與列宿圍在碎破金鐃之外。老妖大驚，即令：「小的們緊關了前門，不要放出人去！」

行者即攜星眾，駕雲跳在九霄空裏，那妖收了碎金，排開妖卒，列在山門外。妖王披掛了，使一根短軟狼牙棒，出營高叫：「孫行者，好男子不可遠走高飛，快向前與我交戰三合！」行者即引星眾，按落雲頭，挺著鐵棒喝道：「你是個甚麼怪物，擅敢假粧佛祖，虛設小雷音寺！」那妖道：「這猴兒是也不知我的姓名，故來冒犯仙山。此處喚作小西天。因我修行，得了正果，天賜與我的寶閣珍樓。我乃是黃眉老佛。這裏人不知，但稱我為黃眉大王。一向久知你往西去，有些手段，故此設象顯能，誘你師父進來，要和你打個賭賽。如若鬥得過我，饒你師徒，讓汝等成個正果；

如若不能，將汝等打死，等我去見如來取經，果正中華也。」行者笑道：「妖精，不必海口，既要賭，快上來領棒！」那妖王喜孜孜，使狼牙棒抵住。兩個鬥經五十回合，不見輸贏。那山門口，群妖鳴鑼擂鼓，吶喊搖旗。這壁廂有二十八宿天兵共五方揭諦眾聖，各掮器械，吆喝一聲，把那魔頭圍在中間。

老妖魔公然不懼，一隻手使狼牙棒，架著眾兵，一隻手去腰間解下一條舊白布搭包兒，往上一抛，滑的一聲響喨，把孫大聖、二十八宿與五方揭諦，一搭包兒通裝將去，挎在肩上，拽步回身。眾妖個個歡然，得勝而回。老妖教取了三五十條麻索，解開搭包，拿一個，捆一個。擡去後邊，不分好歹，俱擲之於地。妖王又排筵暢飲，至暮方散，各歸寢處不題。

卻說大聖捆至夜半，使了個法，將身一小，脫下繩來。走近唐僧身邊，叫聲「師父」。長老認得聲音，道：「徒弟，快救我一救！向後事但憑你處，再不強了。」行者先解了師父，放了八戒、沙僧，又將二十八宿、五方揭諦，個個解了，又牽過馬來，教快先走出去。出了門，卻回來來找尋行李。亢金龍道：「既救了你師父就彀了，又還尋甚行李？」行者道：「人固要緊，衣缽尤要緊。包袱中有通關文牒、錦襴袈裟、紫金鉢盂，俱是佛門至寶，如何不要！」八戒道：「哥哥你去找尋，我等先去路上等你。」你看那星眾，簇擁著唐僧，共弄神通，一陣風撮出圍垣，奔大路下了山坡等候。

約有三更時分，大聖輕輕走入裏面，原來一層層門户甚緊。他就捻著訣，搖身一變，變作一個仙鼠，俗名蝙蝠。他順著瓦口，鑽將進去。只見那三層樓窗之下，閃灼灼一道毫光。近前看時，卻是包袱放光。原來那妖把唐僧的袈裟脫了，就亂摁在包袱之內。那袈裟上邊有許多珠寶，所以黑夜放光。他見了衣鉢，心中大喜，就現了本相，拿將過來，擡上肩就走。不期脫了一頭，撲的落在樓板上，一聲響喨。可可的老妖在樓下睡覺，把他驚醒，跳起來，叫那些小妖點燈打火，一齊吆喝，前後去看。行者恐遭他羅網，挑不成包袱，就跳出樓窗外走了。

那妖前前後後，尋不著唐僧等。又見天色將明，取了棒，帥眾來趕。只見那二十八宿與金銀五方揭諦等神，雲霧騰騰，屯住山坡之下。妖王喝一聲：「那裏去，吾來也！」角木蛟急喚眾兄弟和揭諦、丁甲、伽藍，同八戒、沙僧，丟下三藏、白馬，各執兵器，一擁而上。這妖見了，呵呵冷笑，叫一聲哨子，有四五千大小妖精，一個個威強力勝，渾戰在西山坡上。正在那不分勝敗之際，只聞得行者叱咤一聲道：「老孫來了！」那星宿、揭諦、丁甲等神，被群妖圍在垓心渾殺。老妖使棒來打他三個，這行者、八戒、沙僧丟開棍杖、輪著釘鈀抵住。這一場真個是地暗天昏，只殺得太陽星西沒山根，太陰星東生海嶠。那妖見天晚，打個哨子，解下搭包，拿在手中。行者看得分明，道聲：「不好了，走呵！」他就顧不得眾人，一路觔斗，跳上九霄空裏。眾人不解其意，被他抛起去，又都裝在裏面。那妖收兵回寺，又教取出繩索，照舊將三眾吊起，諸神綁縛了擡在地窖子內，封鎖了蓋不題。

卻說行者跳在九霄，見妖兵回轉，已知眾等遭擒。他卻按下祥光，落在那東山頂上，咬牙恨怪物，滴淚想唐僧，叫道：「師父呵！你是那世裏造下冤和業，今世裏步步遇妖魔。似這般苦楚難逃，怎生是好？」獨自一個，嗟歎多時，復又寧神定慮，以心問心道：「這妖魔不知是個甚麼搭包子，裝得許多物件？如今將天神、天將許多人又都裝進去了。我待求救於天，奈恐玉帝見怪。我記得有個北方真武，號曰蕩魔天尊，他如今現在南贍部洲武當山上，等我去請他來搭救師父一難。」正是：

仙道未成猿馬散，心神無主五行枯。

畢竟不知此去端的如何，且聽下回分解。